GRUPO DE APOIO A SERIAL KILLERS

SARATOGA SCHAEFER

GRUPO DE APOIO A SERIAL KILLERS

Tradução
Maíra Meyer

mood

Esta é uma publicação Mood, selo exclusivo da Ciranda Cultural

Traduzido do original em inglês
Serial Killer Support Group

Texto
© Saratoga Schaefer

Publisher
Samara A. Buchweitz

Editora
Michele de Souza Barbosa

Tradução
Maíra Meyer

Produção editorial
Ciranda Cultural

Preparação
Fátima Couto

Diagramação
Linea Editora

Revisão
Fernanda R. Braga Simon e Mônica Glasser

Capa
Laerte Silvino

Dados Internacionais de Catalogação na Publicação (CIP) de acordo com ISBD

S294g Schaefer, Saratoga

Grupo de apoio a serial killers / Saratoga Schaefer ; tradução de Maíra Meyer. - Jandira, SP : Mood, 2025.
352 p. ; 14cm x 20cm.

Tradução de: Serial Killer Support Group
ISBN: 978-65-8306-034-1

1. Literatura inglesa. 2. Ficção. 3. Crime. 4. Morte. 5. Thriller. 6. Família. 7. Luto. 8. Assassinato. 9. Mulheres. 10. Vingança. I. Meyer, Maíra. II. Título.

CDD 823
2025-2884 CDU 821.111

Elaborado por Vagner Rodolfo da Silva - CRB-8/9410

Índice para catálogo sistemático:
1. Literatura inglesa 823
2. Literatura inglesa 821.111

1ª edição em 2025
www.cirandacultural.com.br

Para Bella,
como um presentinho.

"E, se você olhar por muito tempo para um abismo, o abismo também vai olhar para você."

Friedrich Nietzsche

REGRAS DO
GRUPO DE APOIO

①

Proibido contato externo.

②

Proibido fornecer informações identificáveis.

③

Proibido promover brigas internas.

④

Proibida a reentrada.

⑤

Proibido falar com a polícia.

Aquele que quebrar **qualquer uma** destas regras será morto.

CAPÍTULO 1

Mal se parecia com um sapo, se Cyra pudesse ser sincera.

Feito de maneira tosca e com apenas alguns centímetros de altura, era constituído de duas bolas redondas coladas juntas. Sem pés com membranas, sem língua comprida. O pálido brilho verde e os olhos brancos gigantes que se arregalavam da pequena cabeça eram os únicos indícios de que o objeto de argila era para ser um sapo. Feito à mão, óbvio. Estava perto da ponta da mesa, acocorado atrás do abajur.

Cyra olhou fixamente para o sapo disforme, encarando seu olhar inexpressivo, tentando evitar que as mãos tremessem e os dentes batessem. A delegacia não estava gelada; a sensação de frio vinha de seus ossos, provocada pelas notícias do detetive.

O homem sentado à mesa em frente a Cyra limpou a garganta, notando que de repente ela ficara parada.

– Senhora Griffin?

Com relutância, Cyra afastou o foco do sapo. Devia ser alguma coisa que o filho do detetive Bellows fizera na aula de artes, sem dúvida. Lixo para qualquer outra pessoa, mas importante o bastante para ele a ponto de trazê-lo para o trabalho e colocá-lo diante de sua mesa.

– É Cyra.

– Claro. Cyra. – Bellows pronunciou errado seu nome, embora ela tivesse acabado de dizê-lo. – Você ouviu o que eu disse?

"Sáira", não "Círa", ela teve vontade de dizer, mas era preciso ver se valia a pena.

– Sim, ouvi. O que mais?

– Como é que é? Não sei se entendi o que quer dizer – o detetive replicou, com expressão desconfiada.

– Quero dizer que você não pode afirmar que acha que minha irmã foi vítima de um *serial killer* e ainda assim não vai me dar mais nenhuma informação – disse Cyra. Sua voz estava firme, e ela podia sentir os olhos esbugalhados do sapo observando suas bochechas, como se perguntasse onde é que estavam as lágrimas.

"Cuide da sua vida", pensou ela, referindo-se ao sapo.

Bellows piscou para ela do outro lado da mesa, que estava coberta por arquivos em pastas amarelas, um *laptop* velho e surrado e três fotos emolduradas de um menininho praticamente sufocado pela cabeleira espessa e preta de uma mulher. O restante da delegacia zunia em torno deles, abafando a conversa, de modo que ela se camuflava entre as outras tragédias que aconteciam ao mesmo tempo.

As mãos de Cyra estavam firmemente apertadas em volta da mochila, segurando-a como se fosse um bote salva-vidas – a única coisa que a mantinha flutuando num mar de cabeça para baixo. O zíper fazia uma pressão desconfortável na parte interna de seu braço, mas ela não se mexeu para ajeitá-lo.

O detetive Bellows pigarreou e franziu de leve o cenho.

– Esta é uma investigação aberta. Para ser franco, eu sequer deveria ter dito isto a você, mas seu amiguinho do Departamento de Registros insistiu que eu lhe desse alguma informação, então é por isso que estamos conversando aqui e agora. Você precisa entender que estamos fazendo tudo ao nosso alcance para encontrar o assassino da sua irmã. Deixe a gente fazer nosso trabalho.

Cyra quis gritar, mas engoliu o grito como andava engolindo toda a fúria desde que recebera a ligação do dia 25 de setembro, às 14h06, que lhe partira o coração.

– Faz bem mais de um mês – Cyra disse por sua vez, satisfeita com o tom calmo de sua voz. Ela resistiu à vontade de entrar em mais uma competição de encarar o sapo de argila na mesa e, em vez disso, encarou Bellows nos olhos.

– Deve haver mais coisas. Se não houver...

O detetive Bellows pareceu entender o que ela estava dizendo.

– O caso não será arquivado. – Sua voz ficou suave, e sua irritação se dissipou. – Nem imagino o que você está passando. Mas, como eu disse na semana passada, o fato de não termos muitas evidências físicas não indica que não possamos resolver o caso. Não posso compartilhar tudo com você para preservar a investigação, mas há algumas... semelhanças no assassinato da sua irmã que, creio eu, estão nos apontando para uma direção promissora.

– E qual seria?

– Acabei de comentar que não posso compartilhá-las. – A voz do detetive voltou a ficar um pouco irritada, enquanto ele lhe lançava um olhar de advertência.

– Quantas vezes mesmo ela foi atingida na cabeça? – perguntou Cyra. – Muitas, certo? Mas ela teria morrido no segundo golpe. O resto foi exagero. É isso? E vocês encontraram o objeto que usaram para matá-la? O primeiro policial com quem conversei disse que pensaram ter sido uma pedra.

Bellows ficou meio esverdeado. Quase igual ao sapo.

– É da sua irmã que você está falando.

Cyra se inclinou para a frente, de olhos atentos.

– Sabia que a gente fazia aniversário no mesmo dia? Nós duas nascemos no dia 12 de janeiro. Mesmo dia, com cinco anos de diferença. Sabe como era chato quando éramos crianças? Ter de compartilhar o aniversário? Ganhar presentes conjuntos, ter festas conjuntas? Deus, eu odiava. Sabe o que eu pedia quando soprávamos as velas no bolo que compartilhávamos todos os anos? – Cyra engoliu em seco e apertou a mochila com mais força contra o corpo. – Eu pedia para ter meu próprio aniversário. Pedia que não tivesse mais que dividi-lo com Mira. – Bellows olhou para ela como se desejasse estar em qualquer outro lugar no mundo, e de repente não conseguiu continuar a fazer contato visual com ela. – Este será o primeiro ano em que terei meu próprio aniversário. E todo ano depois deste terei de viver sabendo que pedi por isso.

– Você não pediu por isso – declarou Bellows. – Ninguém teria pedido por isso.

– Preciso saber o que aconteceu – disse Cyra. – Preciso saber quem a matou. Que padrão é esse de que o senhor está falando? Era uma assinatura? Um cartão de visita?

– Não posso mais discutir isso com você – repetiu Bellows, juntando as sobrancelhas loiro-avermelhadas. – Por favor, pare de perguntar.

"Isso é um sim", pensou Cyra. "Havia algo no corpo de Mira que devia estar conectado com outras vítimas."

– Se esse é o trabalho de um *serial killer*, por que vocês não conseguem pegá-lo? – perguntou Cyra.

– Essas coisas levam tempo – insistiu Bellows. – Acredite, estamos fazendo tudo o que podemos. Mas não é um caso que pode ser resolvido da noite para o dia. – O homem se ajeitou na cadeira, arrumando os cabelos ruivos cujas raízes já começavam a ficar grisalhas, e olhou fixamente para Cyra. – Não vou desistir da sua irmã, tá bom? Não vou mentir: isso pode levar algum tempo. Mas vamos pegá-lo.

Cyra tentou imaginar o detetive correndo por um beco escuro, com os pés latejando e a barba retorcida enquanto perseguia um criminoso, mas não conseguiu. Ela sabia desde a primeira reunião, naquele dia terrível, que ele tinha família. Ele a usara como uma forma de tentar criar um vínculo com ela: "Eu perderia a cabeça se alguma coisa acontecesse com meu filho". Mas o único resultado disso foi mostrar a Cyra que o homem tinha prioridades na vida que nada tinham a ver com a irmã dela.

Talvez ela pudesse confiar no Departamento de Polícia de Nova York. Mas talvez não. E talvez ela não quisesse ficar esperando sentada até eles prenderem alguém. Além disso, de qualquer maneira, não era esse o resultado que ela queria.

– Senhorita Griffin? Cyra? Você está bem?

Bellows se inclinou para a frente, talvez notando a expressão que tomou conta do rosto de Cyra quando ela pensou na cara navalha automática que havia adquirido recentemente e que estava enfiada sob o travesseiro, em sua casa. Ela fingira que a tinha comprado para se defender após a morte de Mira, mas à noite ela sacava a navalha e imaginava um assassino sem face. Imaginava a lâmina mergulhando no peito dele repetidas vezes.

– Estou bem – disse Cyra, ficando em pé de repente. – Obrigada por aceitar me receber.

Bellows se levantou, limpando de novo a garganta.

– É claro. Mas... no futuro... deixe-me entrar em contato com você quando tivermos informações, tá bom? Será mais rápido se pudermos trabalhar sem interrupções.

Cyra entendeu. "Deixe-nos em paz, deixe-nos continuar com isso para conseguirmos o mínimo dos mínimos, e então rotulá-lo de caso arquivado e seguir com a vida."

– Tá bom.

– Posso acompanhá-la... – Bellows se calou, hesitante.

– Não é preciso.

O alívio brotou no rosto do detetive enquanto ele meneava a cabeça.

– Manteremos contato, Cyra. Logo, assim espero.

Cyra se esforçou para não revirar os olhos e inclinou a cabeça em direção a ele com um gesto que, assim esperava, revelava mostras de gratidão, e depois se virou, balançando a mochila de modo que ela se ajeitasse em seus ombros enquanto ela caminhava rumo ao saguão da delegacia.

– Cyra!

Ela se virou à esquerda e viu Eli correndo em sua direção; ele devia estar montando guarda perto da escada, esperando que ela aparecesse. Cyra tentou fazer uma cara receptiva – tinha uma dívida com ele, afinal. Eli trabalhava no Departamento de Registros, cargo que odiava porque era uma função entediante de entrada de dados e arquivos, mas qualquer influência ínfima que exercesse na polícia compensava. Ele tinha conseguido arranjar esse encontro de Cyra com Bellows após o detetive começar a se esquivar de suas ligações urgentes e vez ou outra exigentes. Cyra esperou Eli se aproximar dela e depois começou a se mover de novo.

– Como foi?

Eli corria para acompanhar Cyra enquanto ela caminhava até a frente da delegacia de polícia. Ele *tinha cara* de quem trabalhava no Departamento de Registros – cabelos curtos cacheados, óculos de aro grosso, nariz empinado e arrebitado, e um guarda-roupa que parecia consistir especialmente em blusas de flanela.

– Tudo o que ele me disse foi que eles acham que pode estar conectado com um *serial killer*.

– Nossa, é mesmo? Isso é... um horror. – Eli parou por um momento, em choque, ao ouvir as palavras de Cyra, mas agora se apressava para acompanhá-la. – Então, eles vão pegá-lo. Se houver outras vítimas. Não se preocupe, Cyra, vamos pegar esse babaca.

– Eles estão indo devagar demais – replicou Cyra, chegando à saída e pisando duro nos degraus de concreto em meio ao ar frio de outono. – E há de vinte e cinco a cinquenta *serial killers* ativos nos Estados Unidos a qualquer momento, você sabia? E a cidade de Nova York tem a quantidade mais elevada de pessoas. Faria sentido se houvesse vários assassinos aqui, mas quando foi a última vez que você ouviu falar de tiras pegando um *serial killer* na cidade?

– Cyra...

– Eles estão indo devagar demais – repetiu, enquanto Eli andava atrás dela na calçada.

– Cyra!

Ela parou. Várias pessoas se amontoaram em torno dela, algumas lançando olhares de reprovação para os dois por bloquearem a calçada congestionada. Havia um evento no Barclays Center naquele dia, e a avenida estava mais lotada do que na última vez que Cyra dera as caras, sem anunciar, para atazanar Bellows em busca de mais informações. O prédio de tijolos cor de creme da delegacia se erguia como se olhasse para os dois com reprovação.

Cyra se virou para Eli, que tremia na flanela escocesa e na calça jeans *skinny*.

– O que você quer, Eli? Preciso voltar para o Queens.

– Quando foi a última vez que você dormiu? – perguntou ele.

– Ontem à noite – mentiu Cyra.

– De acordo com a Izzie, não.

– Como ela saberia?

Eli suspirou.

– Ela entrou em contato com a Bea outro dia. Estamos preocupados com você.

– Sua namorada está me vigiando e enchendo o saco da minha ex?

– Alguém tem de fazer isso – disse Eli, irritado. – Seu pai está fora de si de tristeza, e Mira não ia querer que você continuasse assim. Temos que ficar todos juntos. Mira precisa que a gente seja uma frente unida.

Mira não precisava de mais nada. Eli não entendia isso?

– Faz semanas que não vejo a Bea. Ela também não saberia se estou dormindo. Estou bem, Eli.

Cyra tentou inspirar profundamente, mas havia algo preso em seus pulmões, impedindo-a de fazer qualquer coisa além de respirar fracamente. Seus olhos doíam de exaustão, mas, sempre que tentava se deitar, algumas imagens invadiam sua mente: Mira, sangue, olhos sem expressão, esparramados perto do ancoradouro em Prospect Park – imagens que Cyra nunca tinha visto, mas das quais apenas ouvira falar. Imagens infladas e exageradas por sua imaginação implacável.

Ela colocou uma foto emoldurada de Mira ao lado da cama, uma das *selfies* da irmã, na esperança de poder fixar-se nessa versão dela. A foto havia sido tirada no escuro, como Mira frequentemente trabalhava, mas seu rosto estava iluminado pelo tremeluzir quente de um belo candelabro, e ela sorria discretamente. Mira tinha os traços irlandeses do pai – cabelos arruivados levemente cacheados, pele lisa, um nariz comprido e fino, e grandes olhos verdes. Cyra, por sua vez, era mais morena, mais baixa, mais corpulenta do que Mira. Para sua decepção, Cyra tinha herdado o rosto da mãe. Ela tentava usar óculos com a maior frequência que conseguia, a fim de proporcionar ao rosto um formato ligeiramente diferente. Mesmo assim, às vezes ela estremecia ao se ver em um espelho de passagem, pensando ser Grace Griffin, a mulher que os abandonara.

Mas olhar a fotografia de Mira no apartamento todos os dias não estava funcionando. Aquela versão de Mira nunca era a que aparecia nos sonhos de Cyra.

– Preciso encontrar esse cara, Eli – Cyra disse, por fim. – Sei que a Izzie era a melhor amiga da Mira, mas sou a irmã mais velha. É minha função fazer isso. – Ela fez uma pausa, olhando para cima, para o céu azul sem nuvens, pensando no que fizera por Mira no passado. – Os policiais são limitados; eles não podem infringir nenhuma lei. Mas eu faria qualquer coisa para descobrir a verdade. Só queria ter algo para poder continuar.

Eli arregalou os olhos.

– Entendi. Certo, ouça. Talvez eu possa ajudar você. Venha ao nosso apartamento hoje à noite. Sete horas?

Cyra ficou intrigada, embora isso significasse que ela teria de voltar para o Brooklyn em poucas horas.

– Tá bom. Sete horas.

Eli deu um apertão no ombro dela e desapareceu dentro da delegacia.

Só aí Cyra desdobrou a mão esquerda, revelando o sapinho de argila que ela havia surrupiado da mesa de Bellows. Pôs o sapo dentro da mochila e se misturou na multidão.

× × ×

– Que bom que você conseguiu vir! Tenho a impressão de não a ver há tanto tempo! – disse Izzie, entregando a Cyra uma lata gelada de água com gás saborizada. Sua voz estava mais alegre, quase forçada, um esforço óbvio para parecer normal. – Você acabou de assistir à temporada final de *Potomac*? Aquela mulher é uma figura...

Cyra pegou a lata gotejante, largou a bolsa no chão e se jogou no sofá de veludo.

– Assistir a quê? – respondeu, ausente, abrindo a tampa da lata e observando as borbulhas.

– *The Real Housewives*! – disse Izzie, disparando para a cozinha a fim de pegar a própria água com gás, enquanto Eli ia atrás dela com um pacote de legumes desidratados. – A de Potomac é sua favorita, certo?

– Ah… – disse Cyra, tirando os olhos da bebida e lutando contra uma onda de confusão, botando com cuidado um sorriso na cara e tentando injetar na voz um ânimo que não sentia. Sério que Izzie esperava que Cyra ligasse para coisas do tipo? – Sim, claro…

Eli abriu o pacote de legumes e o passou, enquanto Izzie começava a tagarelar sobre o programa que Cyra não se incomodara de ver durante cerca de um mês. Ela olhou para os legumes endurecidos, enquanto o cheiro gorduroso e salgado revestia o interior do seu nariz. Um impulso de irritação tomou conta dela rapidamente. Que diabos eles estavam fazendo conversando sobre *realities* de TV e comendo petiscos? Eli prometera ajudá-la. Era por isso que ela estava ali. Ela pousou o pacote de legumes na mesa de café.

– Eli – falou Cyra, mal notando o gorjeio de irritação de Izzie quando ela a interrompeu no meio da frase –, você disse que tinha uma novidade sobre o assassinato de Mira.

Fez-se um silêncio mortal no apartamento. Izzie fechou a boca na mesma hora, e Eli corou. Cyra percebeu que ainda estava com o sorriso forçado no rosto, o que talvez explicasse as expressões horrorizadas de seus companheiros. Seus lábios se achataram, e ela engoliu em seco.

– Você está bem? – perguntou Eli.

– Estou – respondeu Cyra. – Só preciso saber o que você sabe.

– É que… você fala sobre isso de um jeito tão informal – sussurrou Izzie.

– O quê?

– O… o assassinato – disse Izzie. – Você fala com tanta calma…

Não era a primeira vez que eles tinham essa conversa. Mas Cyra estava ocupada demais tentando descobrir o que tinha acontecido com Mira; ela não tinha tempo para botar para funcionar, de maneira consistente, as emoções que outras pessoas pensavam que ela poderia exprimir após aquela morte chocante e repentina.

O que ela queria dizer era: "Desculpe por não explodir de chorar sempre que o nome da minha irmã é mencionado. Desculpe por não demonstrar tristeza do jeito mais aceitável para você".

– Por favor, Eli, tive um dia longo – disse ela, em vez disso.

– Sim, Eli, conte – acrescentou Izzie, rodeando o namorado com as sobrancelhas franzidas. – O que ela quer dizer? Você sabe algo sobre o que aconteceu?

– Precisamos de mais petiscos – murmurou Eli, voltando para a cozinha.

– Eu pego – disparou Izzie, entrando na frente dele. – Você fala.

– Bem – disse Eli, olhando para qualquer lugar, menos para o rosto de Cyra. – Certo, então o Bellows disse que eles acham que esse pode ser o trabalho de um *serial killer*. Mas o que ele não contou foi que há um falatório sobre uma... uma reunião. Uma reunião semanal. Para *serial killers*.

– Uma *o quê*? – Izzie gritou ao voltar para a sala de jantar, colocando uma tigela de amendoins na mesa de café. – Diga que você está brincando, Eli.

– Não estou. É um grupo de apoio para *serial killers*.

Cyra ignorou os petiscos e se inclinou à frente no sofá de veludo, envolvendo com os dedos a parte inferior da almofada em que estava sentada e encarando Eli, que agora se espremia na poltrona perto da namoradeira.

Izzie e Eli moravam em um apartamento de cinquenta e cinco metros quadrados em Park Slope, pelo qual pagavam uma quantia absurda de dinheiro, considerando o lamentável salário de funcionário público de Eli e o de professora primária de Izzie. Mas Izzie queria morar em um lugar de onde conseguisse ir a pé ao PS 321, onde lecionava, e ambos se integravam facilmente à crescente multidão de *hipsters*, apesar de Izzie ser de Michigan, e Eli, de Wisconsin. Também não era longe de onde Mira havia morado em Dumbo. Cyra, por sua vez, morava em um estúdio fuleiro em Jamaica, no Queens, e tinha de andar uma hora e meia de trem sempre que queria visitar a irmã.

– Explique, por favor – exigiu Cyra, concentrando-se somente em Eli, mesmo enquanto Izzie, nervosa, fazia pequenas tarefas ao redor, tirando coisas diferentes da geladeira, na esperança de fazer a irmã de sua melhor amiga comer algo.

Eli parecia preparado para o pior.

– Não é para eu saber disso, então nenhuma de vocês pode contar para mais ninguém. Nem mesmo para o seu pai, Cyra.

Não havia motivos para preocupação. Cyra só falara duas vezes com o pai desde a morte de Mira. Holton Griffin estava inconsolável durante as duas conversas, mal subsistindo, mal ouvindo, segurando a garrafa com tanta força que os nós de seus dedos pareciam estar permanentemente manchados de branco. O pai já era um poço de insegurança por causa da paixão pelo uísque; após a morte de Mira, sucumbira a ela de forma instantânea e inacreditável. Sobrara para Cyra dar conta de tudo – a polícia, os repórteres perdidos, os amigos de Mira, o resto da família que ficara sabendo da notícia. Ela tivera de organizar sozinha o funeral da irmã mais nova.

O pai delas ficara abatido de tristeza, e Cyra, sabendo que Mira era a favorita dele, deixou que ele se desesperasse.

No início, a dor de Cyra era menor. Como se alguém tivesse comprimido seu coração com dedos curtos. Agradável não, mas suportável. Exceto que os dedos não se soltavam. Desconfortos que duram demais logo geram agonia total. A compressão começou a se parecer com um vício. À medida que as semanas se passavam e os dedos continuavam segurando seu coração, foi um alívio quando a dor ficou tão intensa que Cyra finalmente se entorpeceu.

– E como você descobriria isso se não é para saber? – perguntou Izzie, sentando-se afinal perto de Cyra na namoradeira, com os olhos castanhos cerrados e as bochechas morenas empalidecendo ao antecipar o que o parceiro diria. – É melhor não ser nada que possa fazer você ser demitido. – Pela expressão de Eli, era exatamente isso, e Izzie franziu profundamente o cenho. – Eli, não!

– Meu trabalho é tão maçante, Iz! – queixou-se Eli. – Às vezes eu faço... leituras leves.

– *Leituras leves*? – Izzie repetiu.

– Às vezes eu acesso arquivos em busca de casos interessantes – disse Eli timidamente.

– E então você os recoloca no lugar deles, não é? – perguntou Izzie. – Você nunca os traria aqui para casa, certo?

Eli ficou roxo, e Izzie fechou a cara.

– Vá para a parte importante – disse Cyra, impaciente, tentando controlar a agitação.

– Tá bom, tá bom. Há mais ou menos um ano, eu estava lendo um arquivo que foi enviado do Departamento de Crimes Cibernéticos. Acho que eles o mandaram a todas as delegacias do Departamento de Polícia de Nova York, porque, er...

– Anda, desembucha! – disparou Cyra. Suas mãos estavam úmidas; ela apertava a lata de bebida, derramando o líquido borbulhante pelos nós dos dedos e pelos punhos.

– Há rumores de um grupo de apoio a *serial killers* que faz reuniões em algum lugar da cidade de Nova York – falou Eli, com as palavras saindo todas as mesmo tempo. – O FBI encontrou conversas sobre isso na *dark web*. Parece ser só em Nova York; eles se encontram uma vez por semana; há uma senha em um fórum criptografado, e, óbvio, é um segredo guardado a sete chaves.

– Por que não o derrubaram? – perguntou Izzie com a voz mais aguda do que o normal. Ela se aproximou um pouco mais de Cyra no sofá.

– Bem, em primeiro lugar, não podem confirmar que ele exista de verdade. O relatório observa que poderia ser boato ou um grupo de *incels* brincando. Especialmente porque nenhum dos agentes federais conseguiu provar que é real; sempre que eles usam a senha, é uma dificuldade fazer contato com eles. Pelo que eu soube, há um... guardião ou algo do tipo no fórum. Você precisa enviar provas fotográficas de suas... habilidades. Os federais adulteraram algumas imagens e tentaram se infiltrar, mas quem está monitorando o grupo nunca morde a isca. Talvez saibam, de algum modo, que as fotos são falsas. Eu não sei. E acho que a maior parte da polícia está cética porque... sabe... um grupo de apoio a *serial killers*? Ora, parece roteiro de filme B.

– Mas você acha que poderia ser real – afirmou Cyra. – E os federais, também, já que continuam tentando acessá-lo.

– Bem, se o grupo *é* real, o fórum é a única evidência. Se alegarem crimes cibernéticos para derrubar o fórum, os malucos irão para outro lugar, e aí perderão todos eles. Acho que estão apenas tentando ficar de olho neles.

– E eles acham que o grupo se encontra pessoalmente? – perguntou Cyra.

– Será? Não está claro.

– Parece perigoso. O encontro presencial, quero dizer. E estranho. *Serial killers* não devem ser solitários? Aposto que isso é coisa virtual.

– Não sei, Cy. Como eu disse, provavelmente isso não é verdade.

A mente de Cyra estava correndo mais depressa do que ela conseguia acompanhar. Algo estava se desenrolando feito um tapete à sua frente, levando-a a um corredor escuro, ameaçador, mas também estimulante.

– Bem, será que não é uma boa essas pessoas estarem tentando buscar ajuda? – sugeriu Izzie. – Elas estão tentando não matar, certo? Talvez possam ser reabilitadas.

Eli deu uma risada, sem acreditar.

– Ah, não, Iz, não. Não é como um grupo do AA ou algo do tipo. Não é para impedi-los de matar. É para *incentivá-los*. É um "lugar seguro" para falar.

Izzie perdeu a cor que restava em seu rosto e enterrou a cabeça nas mãos. Uma mecha de cabelo escuro caiu sobre seus ombros, escondendo-a como uma cortina de teatro que se fecha.

Mas Cyra estava reta feito uma vassoura, enquanto o sangue invadia seu rosto.

– Preciso ver esse arquivo.

– Isso é que não! – disse Eli na mesma hora. – Eu poderia ser despedido só por ter contado isso a você.

– Você disse que queria ajudar – acusou Cyra. – Por que me contou isso, então?

– É! – falou Izzie, saindo de trás dos cabelos para lançar um olhar furioso ao namorado. – Por que diabos você contaria isso pra gente?

Por um momento Eli não disse nada, limitando-se a olhar para o carpete verde-oliva.

– Porque existe uma chance de o assassino de Mira estar nesse grupo, se é que ele existe – comentou Cyra, enfim. – O arquivo diz quantas pessoas fazem parte dele?

– Não. Não há informações sobre quem ou quantos são, nem sobre onde eles se encontram, nada.

– Mas eles têm um fórum na *dark web*, além da senha. – Cyra encarou Eli, querendo que ele a olhasse nos olhos. Ele cedeu, fitando seu pescoço.

– Sim.

– Eli, não... – disse Izzie.

– O que faz você pensar que chegará mais longe do que o próprio FBI? – perguntou Eli, cruzando os braços e recostando-se na cadeira, de repente reticente. – E você também não pode mandar uma foto de um cadáver, Cyra.

– Eles são a lei – disse Cyra. – Eu, não. E estou um pouco mais motivada que eles. Ela era minha irmã. Não me importo em seguir regra nenhuma. – À palavra "regra", Eli estremeceu e desviou o olhar. – Me deixe tentar pelo menos. Você não teria dito nada se não tivesse antecipado esse resultado.

– Não! – Izzie voltou a protestar. – É loucura! É perigoso demais!

Eli torceu as mãos como se estivesse tentando arrancar uma decisão de seus dedos. O apartamento pareceu ficar silencioso enquanto ele estava ali pensando. Então, seus ombros tremeram e ele olhou para ela.

Cyra não teve esperanças. Ela já sabia.

– Tá bom – sussurrou Eli. – Posso te mostrar o site. Posso te dar a senha. Mas é só isso. Depois, é por sua conta e risco.

– É tudo de que preciso.

– O que você sabe sobre a *dark web*?

– Hum...

Eli fez uma careta.

– É, foi o que pensei. Sei um pouquinho, alguma coisa que peguei do trabalho. Vou escrever as instruções para você. Siga-as à risca.

Cyra meneou a cabeça.

– Obrigada.

– E me diga na mesma hora se alguém entrar em contato com você. E, definitivamente, não faça burradas, como pedir para se encontrar com alguém.

– Vocês dois perderam a cabeça, porra? – guinchou Izzie.

Eli se balançou nos pés, contornou a mesa de café abarrotada e puxou a namorada para cima.

– Dê um minuto para nós, Cyra.

Eles foram para a cozinha e se encostaram na pia enquanto sussurravam, furiosos.

Cyra continuou rígida, mas por educação fingiu mexer no celular, embora conseguisse ouvir cada palavra – era um apartamento pequeno, afinal, e Izzie tinha dificuldade para controlar a voz quando chateada.

– Você vai fazê-la ser assassinada – Cyra ouviu o sussurro cortante de Izzie. – Aí serão as duas mortas. E por que você não me contou nada disso?

– Relaxe, ela não vai chegar a lugar algum – replicou Eli em voz mais baixa que a dela. – Provavelmente ela precisa disso. Ajuda na cura, no desfecho. Ela não pode fazer o que o FBI não pode, tá bom?

– E por que você não me falou nada? – A voz de Izzie estava aguda, carregada de dor.

– Ai, Iz, agora não.

Cyra parou de prestar atenção neles. Izzie cedeu, agarrando-se à expectativa razoável de que Cyra, é claro, uma coordenadora de *marketing* de uma casa de repouso de luxo, nunca seria capaz de se infiltrar em um grupo de apoio secreto, possivelmente falso, para as pessoas mais perigosas da cidade.

Mas Cyra sentia que tudo por que havia passado levava a isso. Quando a mãe foi embora, tudo o que ela fizera para proteger Mira no passado, até as aulas de artes marciais mistas que Cyra fizera por cinco anos, fora para isso, e ela sequer sabia. Sua irmã estava morta. Seu pai atingira o fundo do poço. Sua namorada fora embora, incapaz de lidar com a tragédia. E, no entanto, Cyra estava pronta.

Izzie não sabia que Cyra reduzira a carga horária e agora só estava trabalhando meio período, mal conseguindo sobreviver. Ela não sabia que, após a conversa anterior com Bellows, Cyra tinha entrado na internet e encomendara seis livros sobre *serial killers* para pesquisar. Ela não sabia que Cyra andara assistindo a tutoriais *online* de lutas com faca desde quando Mira fora assassinada, com o objetivo de se defender melhor enquanto saía à caça do assassino da irmã. Ela não sabia que Cyra se afastara de todos os amigos e familiares, afirmando que precisava de tempo para processar a situação.

O que Cyra tinha contado a Bellows era verdade – ela se ressentia por ter de compartilhar o aniversário com Mira, mas isso não mudava o fato de que sua vida inteira se passara em função de manter a irmã em segurança.

Agora era diferente.

Mira se fora, e os princípios morais de Cyra haviam ido com ela. O mundo estava cinza; tudo estava desassociado e sem sentido. Cyra não sucumbira após a morte de Mira. Nunca chorava. Nunca gritava. Apenas tinha começado a fazer planos, decidida a saber quem tinha matado sua irmã e por quê.

Ela saiu do corpo e voltou, vazia e com fome.

E agora, finalmente, havia algo para alimentá-la.

CAPÍTULO 2

A bem da verdade, aquela atitude era condenável, mas Cyra não podia se dar ao luxo de se importar.

Doris Mathers era uma boa mulher. No fim, já não tinha posse de suas faculdades mentais, mas sempre sorria, mostrando as gengivas para Cyra quando ela passava pelo seu quarto. Quando Doris chegou à casa de repouso, Cyra criou laços com ela por ambas compartilharem o gosto por vidro marinho. Às vezes Cyra usava um pingente que Mira lhe dera, e Doris tinha reparado nisso, e mostrara a Cyra os vasos de vidro marinho turvos, ordenados por cor, espalhados pelo seu quarto.

Mas a triste realidade de trabalhar em uma casa de repouso era que os moradores morriam. Com frequência. Quando Macy, a enfermeira do turno, viu Cyra no saguão alguns dias após seu encontro com Bellows e discretamente contou que Doris falecera uma hora atrás, Cyra achou que ficaria tomada de tristeza.

Mas não ficou. Tudo o que ela sentiu foi o torpor familiar que tomara conta dela após a morte de Mira. O mesmo torpor que sentira em ocasiões passadas. Essa sensação sonolenta, desconectada, costumava assustá-la, mas agora era um alívio.

– Sei que vocês conversavam vez ou outra – disse Macy, apertando o braço de Cyra. Por que as pessoas achavam que a morte lhes dava o direito de ficar tocando os outros? – Lamento. Se quiser fazer uma pausa...

– Ela ainda está no quarto?

– Ah, *er*... sim. Tem uma série de papelada que ainda precisa ser preenchida.

– Gostaria de me despedir – disse Cyra, ciente da perturbadora ausência de tristeza. No lugar dela, a oportunidade gritava que se apressasse antes que a chance fosse embora. Mas, por causa de Macy, Cyra se inclinou para a frente, apertando os olhos como se estivesse tentando não chorar. – Você sabe, prestar uma homenagem...

– Claro. Você sabe qual o quarto dela. Daqui a pouco vamos tirá-la de lá. – Macy deu um sorriso encorajador para Cyra, e esta tentou imitá-lo, imaginando se estaria se comportando da maneira certa.

No quarto de Doris, Cyra tentou não pensar demais no que estava fazendo: uma pose perto do corpo da mulher que esfriava em um espaço apertado lotado de vidro marinho. Cyra posicionou o celular acima da cabeça, garantindo que sua expressão impassível e tesa e o corpo rígido de Doris estivessem na moldura. Cyra tocou na tela, tirando uma *selfie* com a mulher morta.

Um arrepio percorreu o corpo de Cyra. Em termos morais, aquilo era uma estupidez. Ela se odiaria, mas mesmo isso parecia exigir energia demais. Do mesmo jeito que sentir as mãos de Bea no seu corpo ou os abraços de Izzie após a morte de Mira tinha exigido energia demais. Era mais fácil sucumbir ao torpor.

– Desculpe – sussurrou Cyra ao corpo da mulher, esperando estar falando a sério.

Doris teria compreendido. Ou talvez não. De qualquer maneira, não importava; Doris estava morta, e não havia como mudar isso. Era mais fácil aceitar aquilo do que chorar, simulando um *show* para os colegas de trabalho.

A vida inteira Cyra sentiu que as pessoas esperavam mais dela. Reações mais efusivas, emoções mais potentes. Quando um de seus ex-parceiros a traiu, Cyra simplesmente jogou no lixo os pertences que ele tinha deixado no apartamento dela, bloqueou-o e nunca olhou para trás. Mira a incentivou a repreendê-lo, vingar-se, fazer *alguma coisa*, mas Cyra não ligou.

A pessoa que Cyra mais amava era Mira, e, quando ela morreu, todos os sentimentos que Cyra era constantemente solicitada a demonstrar se tornaram inconsequentes. Era muito mais fácil desaparecer atrás do nada. Para que ficar na dor estagnante do luto e da perda se, em vez disso, ela podia não sentir nada?

Não, ela não estava reagindo à morte da irmã de um jeito "normal", mas era um jeito que lhe permitia seguir em frente, fazer o que fosse necessário para obter justiça.

Além do mais, a habilidade de Cyra de se desconectar havia protegido Mira no passado.

Quando Cyra estava no primeiro ano da faculdade comunitária, Mira, ainda no ensino médio, começou a namorar PJ Longfellow. De imediato Cyra não gostou dele – por que um veterano estaria interessado em namorar sua irmã secundanista? Havia um único motivo possível, o que fez Cyra cerrar os dentes.

Cyra morava em casa quando se graduou em Marketing na Duchess – que ficava a apenas sete minutos da casa delas em Poughkeepsie, e cujo valor era acessível. Isso queria dizer que ela estava por perto para ver as manchas que começavam a aparecer na clavícula e nos ombros da irmã. Ela percebeu como a personalidade efusiva de Mira ficava mais discreta, como ela passara a vestir roupas mais senhoris, conservadoras. Mira negou que havia algo errado, portanto, Cyra tentou conversar com o pai sobre isso em uma das raras vezes que ele estava em casa, e não trabalhando em um local de construção ou em um encontro com uma mulher nova com quem se relacionaria por três semanas.

– Ah, querida – dissera Holton Griffin, passando as mãos pelo rosto enrugado como se estivesse cansado demais para lidar com a conversa. – Sei que isso é difícil para você.

– O quê? – retrucara Cyra, achando estranha aquela reação.

– Sei que vocês duas são muito diferentes – continuara ele, com um copo de uísque na mão enquanto assistia ao jogo dos Mets, alternando a atenção entre ela e o time. – Mas o ciúme não é uma emoção produtiva. PJ é bom para Mira. Trabalhei um pouco com o pai dele no ano passado, é um bom homem. Você vai encontrar um cara legal se parar de se concentrar na vida de sua irmã mais nova e viver a sua.

Ele havia dito essas palavras de maneira informal e calma, como se mal importassem, mas elas tinham cantado pelo ar como flechas e acertado Cyra no coração, uma atrás da outra. O pai de Cyra sabia que ela namorava garotas e rapazes, mas sequer se importara em se lembrar disso. A boca dela secou, e sua resposta, também.

Como ela poderia dizer que ele estava depositando confiança excessiva em uma menina de dezesseis anos porque era mais fácil do que ser pai dela de verdade? Ele nunca dava ouvidos a Cyra. Ela se parecia demais com a mãe. Mira, a imagem espelhada do pai, só precisava pedir e recebia tudo que queria, mesmo se eles não pudessem bancar. É claro que ele faria vista grossa à própria negação de Mira. É claro que não confiaria em Cyra, a filha que tinha o rosto da mulher que o magoara.

Nas poucas vezes que PJ vinha para jantar, Cyra o fuzilava com o olhar, desejosa de que ele sentisse seu ódio, mas ele mal parecia notar sua existência. Cyra sempre olhava as mãos dele, analisando-as em busca de sinais de arranhões de defesa ou de juntas vermelhas. Ela nunca via nada, só o anel brega de formatura que ele usava na mão esquerda. Era chamativo e tinha um rubi entalhado que mal dava para ver, porque PJ gostava de usar a pedra do lado de dentro do dedo – uma escolha estranha, que Mira dizia que lhe permitia "sentir a beleza na palma da mão o tempo todo".

Cyra tinha regurgitado dentro da boca quando a irmã lhe contara isso.

À medida que o relacionamento continuava, sem saber o que fazer, sem saber como fazer Mira enxergar a verdade do que estava acontecendo com ela, Cyra se sentia paralisada e impotente.

Até o dia em que Mira voltou para casa com um cachecol enrolado no pescoço. Cyra se escondeu atrás dela no corredor e viu Mira tirá-lo em seu quarto, revelando marcas vermelhas terríveis por todo o pescoço branco e delgado.

– Mira!

Sua irmã deu um pulo, com uma expressão de culpa no rosto enquanto tentava, desajeitada, recolocar o cachecol. Cyra não deixou; correu até o quarto e puxou as mãos de Mira do pescoço, enquanto o horror crescia em seu peito.

No centro da garganta de Mira havia uma marca discreta de anel. Os recuos afiados de uma pedra podiam ser vistos na pele delicada da irmã. Isso só aconteceria se alguém estivesse usando a pedra do anel na parte de dentro da mão.

Cyra se virou e correu para o carro. Mira a seguiu, suplicando que parasse. Mas Cyra não conseguiu. Ela não tinha mais ninguém – a mãe se fora; o pai era ausente. Precisava proteger a irmã. Era sua função.

Mira se jogou no banco de trás antes de Cyra dar a partida. Enquanto dirigia, uma calma estranha se apossou de Cyra, uma desconexão de seu corpo que se insinuava quando ela não estava olhando. Cyra encontrou PJ no pátio frontal, praticando alongamentos, sem camisa na tarde quente de maio. PJ era uma cabeça mais alto que Cyra, pequena que só, mas isso não importava. Ela saltou do carro e jogou o corpo contra o dele, derrubando-o na grama.

– Nunca, *nunca* mais volte a pôr as mãos na minha irmã, ou então... ou então... vou garantir que será a última coisa que você vai fazer – disse Cyra em tom frio e vazio.

Mira estava sentada no banco de trás do carro, pressionada contra a janela, chorando em silêncio. Da grama, PJ olhou para cima, com os olhos arregalados.

Cyra não se arrependia do que tinha feito com PJ, mas naquele dia algo se rompeu entre ela e Mira. Uma semente de ressentimento tinha sido plantada. Cyra havia arruinado o primeiro relacionamento de Mira – e esta nunca conseguiu aceitar ou discutir o abuso que tinha sofrido. As irmãs fizeram as pazes, permaneceram próximas e mudaram-se juntas para a cidade, mas Cyra sentia os tentáculos da raiva de Mira e sua desconfiança tocando-a ao longo dos anos.

Especialmente quando Mira tirou a foto – aquela foto de Cyra que viralizou.

Cyra olhou para Doris com os olhos semicerrados e o rosto enrugado e lívido. O quarto cheirava a naftalina e purificador de ar com aroma de limão.

"Chore. Faça alguma coisa. Não fique aí parada feito uma sociopata", Cyra se repreendia. Mas não conseguia demonstrar emoções que não sentia.

Em vez disso, ela apanhou um dos muitos vasos cheios de vidro marinho da mesa de cabeceira e o colocou no bolso. Deixou o quarto – e Doris – para trás.

Naquela noite, Cyra se sentou ao computador em seu estúdio bagunçado, com as anotações de Eli escritas em páginas rasgadas de jornais à sua frente. Seguindo suas instruções, ela garantiu que os acessos à *webcam* e ao microfone estavam bloqueados, cobriu a câmera com fita e fechou todos os outros aplicativos antes de abrir o navegador da *dark web* que Eli lhe havia dito que usasse – uma rede que rebateria seu tráfego criptografado por meio de notas aleatórias, dificultando o rastreio. Eli mencionou que ela teria de "limpar" sua identidade na *web* a cada meia hora e após a sessão, pois isso eliminaria quaisquer vestígios de sua existência.

"O link abaixo é para o fórum", Eli escrevera. "É o que chamam de endereço cebola – não pesquisável por meio de navegadores-padrão."

Prendendo o fôlego, Cyra digitou o endereço, olhando para as anotações a fim de ver a senha necessária para acessar o fórum e o suposto guardião.

Eli havia descrito o site como um fórum, mas na verdade ele mais parecia uma sala de bate-papo das antigas. A página era branca, exceto por um ícone pixelado de uma caveira. Quando Cyra clicou nele, apareceu uma caixa de conversa:

Anônima0220: *Mulher pode entrar?*

Sem-rédeas0237: *Senha?*

Anônima0220: *Parasita.*

Sem-rédeas0237: *Como posso ajudar?*

Anônima0220: *É só para homens?*

Sem-rédeas0237: ... *Não. Mas você seria a única.*

Anônima0220: *Legal.*

Sem-rédeas0237: *Precisamos de mais informações.*

Anônima0220: *E eu preciso confirmar que você é quem diz ser.*

Sem-rédeas0237: *Não é assim que funciona. Há etapas nesse processo. Primeiro precisamos de mais informações sobre você. Uma foto. De uma vítima recente.*

Anônima0220: *[untitled.jpg]*

Anônima0220: *Olá? Ainda está aí? Já faz dez minutos.*

Sem-rédeas0237: *Então, você é mulher. Interessante.*

Anônima0220: *Eu te disse. E agora?*

Sem-rédeas0237: *Como você faz isso?*

Anônima0220: *Injeções de ar. Onde trabalho. Gente velha morre em hospitais o tempo todo. É fácil, se você tomar cuidado. E sou muito cuidadosa.*

Anônima0220: *Olá?*

Sem-rédeas0237: *Vou te mandar um endereço* inbox. *Você vai até lá. Sozinha. Haverá uma coisa esperando por você. Você precisa se livrar dela. Se fizer qualquer outra coisa, se contar a outra pessoa, saberemos. Volte aqui quando tiver feito isso. Mais instruções chegarão.*

Anônima0220: *Como sei que isso não é uma armadilha?*

Anônima0220: *Olá?*

Anônima0220: *Olá??*

<Sem-rédeas0237 fez logoff.>

× × ×

Cyra sabia que aquilo tinha sido uma burrice.

Imaginou que as chances de aquilo ser uma armação ou de ela ser assassinada na mesma hora eram altas, mas não tinha muita escolha. Não era uma situação em que ela podia pedir escolta policial, e precisava fazer isso. Era sua única opção.

Enquanto se preparava para sair do apartamento, começou um zunido no fundo de seus ossos, uma sensação familiar. Sua respiração ficou curta e entrecortada, e as axilas começaram a transpirar aos borbotões. Uma sensação de náusea inundou seu estômago.

– Não – disse Cyra, cerrando as mãos. – Agora, não.

Ataques de pânico eram péssimo sinal. Esse era o primeiro desde a morte de Mira, e Cyra precisava controlar o raciocínio para o que estava prestes a fazer. Lidar com ataques de pânico durante anos significava que Cyra aprendera alguns truques para acabar com eles antes que viessem à tona. Se agisse rápido, poderia impedir esse antes que ganhasse força.

Cyra correu ao canto do apartamento onde ficava sua cozinha minúscula e escancarou a porta do congelador, colocando a cabeça lá dentro e inspirando com força o ar gelado que saía. Seu corpo se desacelerou, acalmou-se no frio cortante; os pulmões ainda ardiam, mas funcionavam enquanto ela inalava o ar gelado que lhe passaria pelo peito e levaria embora todas as emoções que vinham à tona.

Enquanto respirava, sentindo as cócegas do pequeno ataque de pânico sumirem, imaginava se algum dos *serial killers* que ela estava tentando rastrear ficaria empolgado em pensar nela de cabeça dentro do congelador.

Cyra se afastou e fechou a porta do congelador, sentindo as batidas lineares e calmas do coração sob os dedos. Ela havia conseguido se livrar do ataque de pânico com as expirações frias e profundas, mas agora precisava ir, antes de pensar demais no que estava fazendo.

Ela deixou o apartamento, correndo escadaria abaixo e lançando-se na noite gélida. Seu canivete estava no bolso de trás, as roupas eram largas e discretas, e ela usava óculos de sol e um boné de beisebol, parecendo-se com uma celebridade disfarçada, embora já passasse da meia-noite. Sem saber o que enfrentaria nas coordenadas, mas com a dica do uso da palavra "se livrar" fornecida pelo guardião, Cyra levava luvas e sacos de lixo na mochila.

O endereço que o guardião do grupo mandara por mensagem eram coordenadas enviadas com instruções concisas:

"Segunda à noite. Chegue à 1h10 em ponto. Olhe atrás do lixo, no lado norte do lote. Estará lá. Dê um fim nela. Vá sozinha. Não conte a ninguém".

Cyra se dirigiu ao norte para o Boulevard Astoria e andou o quilômetro extra até um minúsculo estacionamento abandonado perto do Aeroporto LaGuardia. Uma cerca de elos de arame farpado rodeava o estacionamento, mas havia trechos em que os elos tinham se rompido, e Cyra conseguiu passar por eles, pisando em ervas daninhas crescidas e abrindo caminho pelo pavimento rachado. Esse bloco estava escuro, e as luzes da rua, fracas ou apagadas. Estava quieto, vazio – era uma área industrial que se transformava em zona erma à noite. O estacionamento em si era cheio de sombras, iluminado por pontos de luz de prédios de apartamentos a algumas quadras de distância.

À medida que Cyra penetrava mais no estacionamento, buscando o formato ameaçador da lixeira no limite norte, suas mãos tremiam. Não conseguia evitar o suor que transpirava das axilas, apesar do ar gélido, mas o nervosismo vinha da antecipação em vez do medo – será que finalmente estava chegando a algum lugar?

Ela mal conseguia enxergar com os óculos de sol ainda cobrindo os olhos, mas não ousou tirá-los nem se arriscou a usar uma lanterna. Não queria que ninguém passasse dirigindo e a avistasse. Quando chegou à lixeira, estava vesga, com o coração acelerado e os punhos cerrados. Respirando fundo, deu uma espiadela pelas bordas.

No início, não conseguiu enxergar nada, o que era bom. Ela estava se preparando para deparar com um cadáver. Não quis imaginar o que acabaria fazendo em uma situação dessas. Que tipo de escolha faria, e com que velocidade.

Agachando-se mais, Cyra finalmente a viu, mais aninhada nas sombras. Uma sacola.

Não ousou tocá-la com as mãos descobertas. Olhando para trás a fim de garantir que ainda estava sozinha no estacionamento, Cyra tirou um par de luvas pretas de borracha da mochila e, com cuidado, puxou a sacola em sua direção pela alça. Das sombras da lixeira, havia luz suficiente apenas para permitir que Cyra abrisse o zíper, olhando o interior.

– Ah, que merda! – murmurou ela.

Não era um corpo, é claro. Mas também era ruim, e ela compreendeu a tarefa: um policial não passaria dessa etapa. Havia uma camisa social branca, quase reluzindo à noite, amassada dentro da sacola. Estava respingada de manchas escuras. Cyra viu as pontas dos sapatos de couro por baixo, arranhados e cobertos de gotas marrom-avermelhadas.

"Aqueles babacas", pensou Cyra, fechando depressa o zíper da sacola.

Embora não visse ninguém por perto, ela não tinha a menor dúvida de que estava sendo observada. Estava escuro demais para avistar uma câmera escondida ou uma pessoa se insinuando nas sombras do lado de fora do estacionamento, mas Cyra sabia que os próximos passos iriam decidir seu valor e a entrada no grupo. As autoridades policiais não poderiam livrar-se da evidência na sacola – a capacidade dela de dar um fim total a esses pertences cimentaria sua condição de criminosa. Uma delas.

Cyra desejou sentir repulsa e medo, mas estava tão focada que não se daria conta disso. Tal como a situação com Doris, ela sabia que o que estava prestes a fazer era errado, mas precisava dar continuidade ao ato. Por Mira. Nada mais importava. Ela devia isso à irmã.

Engolindo em seco, apertando a língua no céu da boca e desejando que sensações de calma desconectada tomassem conta de si, Cyra tirou um saco de lixo, colocou a sacola dentro dele e o amarrou bem, enfiando tudo dentro da própria mochila.

Ela não teve coragem de voltar ao apartamento. Não carregando o que carregava e não sem saber se estava sendo seguida. Em vez disso, reservou um quarto em um dos motéis mais baratos perto de LaGuardia, que tinha um aspecto decadente, fornecendo um nome falso e fingindo ter perdido o voo.

Cyra mal dormiu. Na verdade, ela nunca dormia, mas certamente não conseguiria descansar enquanto os pertences manchados de sangue de uma pessoa morta estivessem no chão perto do banheiro.

Cyra tinha parado de dormir após a morte de Mira. Bea tentara convencê-la a experimentar remédios ou fazer uma rotina de sono, mas Cyra resistiu. Para que se incomodar, se nada parecia real? Na maioria das noites, ela se enrolava em um cobertor no sofá e assistia a documentários sobre a natureza, enquanto sua consciência ia e vinha. Bea, no fim, parou de tentar chamá-la para a cama e a deixava passar a noite sozinha no sofá. Quando Bea foi embora, foi um alívio. Cyra pôde girar em torno de si mesma em paz.

Cyra assistiu a *Family Feud* até as primeiras horas da manhã, olhando a fechadura do quarto de vez em quando, vez ou outra indo verificar o olho mágico na ponta dos pés. Nunca havia ninguém ali.

Quando o sol nasceu, Cyra fez o *checkout* com olheiras e exausta e pegou o metrô para Sheepshead Bay. Sua calma estava começando a ir embora quando ela chegou ao local de aluguel de caiaques aonde Mira a levara um ano atrás.

Os olhos de Cyra estavam inquietos; as pernas, pesadas. Mas ela foi ao balcão de aluguéis, pagou em dinheiro, subiu no caiaque no cais, remou até sair do canal através do Shell Bank Creek, rumo ao Inlet Rockaway. A mochila contendo a sacola continuou nas suas costas até ela chegar a uma área longe de quaisquer outros barqueiros, longe o suficiente da costa e das pontes a ponto de ter certeza de que ninguém poderia ver o que ela estava fazendo.

O céu estava cinza. Ondas suaves batiam contra o caiaque, enquanto uma rajada fria do oceano borrifava de água salgada a pele de Cyra. Ela sentia frio até os ossos, como se estivesse com queimaduras de gelo. Breezy Point era uma uma faixa plana de terra logo à frente; o horizonte borrado de Coney Island era visível à direita.

Com a boca seca, Cyra ancorou o remo entre os joelhos, jogou a mochila sobre os ombros doloridos e removeu o saco de lixo, abrindo o topo para poder tirar a sacola. Em seguida, tirou do fundo da mochila as pedras que tinha coletado de um estacionamento perto da locadora e abriu o zíper da sacola, enfiando-as lá dentro.

Ela balançava na arrebentação das ondas como uma gaivota, pesando a sacola, amassando o saco de lixo dentro dela antes de abrir todo o zíper e deslizá-lo sem cerimônia pela borda do caiaque. Observou a mancha escura afundar depressa sob a superfície, rumo a um túmulo aquático.

Remou pela área por mais meia hora, observando, esperando. Mas a sacola não voltou a flutuar. Satisfeita, mordeu o lábio, ignorando a vozinha dentro da sua cabeça que lhe fazia ver o tamanho do seu erro, e dirigiu o caiaque de volta à locadora.

Tomou o longo caminho para casa. Parou em várias lojas grandes e pegou ônibus e trens diferentes, tentando apagar vestígios que ela sequer sabia se tinha. Por fim, quase vinte e quatro horas depois que tinha saído, ela voltou a seu apartamento no Jamaica.

De volta à *dark web*, a caveira pixelada reluziu à sua frente. Dessa vez, a resposta foi ainda mais rápida, causando arrepios nos pelos do seu braço:

Muito bem. Acho que estamos prontos para nos encontrarmos pessoalmente.

CAPÍTULO 3

Cyra estava no meio do apartamento frio, olhando a foto de Mira perto da cama, com os pés descalços parecendo dois blocos de gelo, enquanto ouvia o barulho da cidade entrar pela janela aberta.

Ela encontraria o guardião do grupo naquele dia. O teste final. Um teste para o qual ela tinha levado toda a semana anterior se preparando.

Não tinha contado nada para Eli e Izzie.

Na verdade, ela dissera a eles o oposto: que saíssem de seu caminho e ficassem tranquilos.

– Nunca tive resposta – ela disse a eles, quando perguntaram o que tinha acontecido. – Acho que vocês estavam certos. Talvez isso nem seja real.

Mas era. Após livrar-se da sacola, Cyra comprou uma peruca loira autêntica, que aprendera a colocar assistindo a tutoriais de *drag queens*, e sapatos de salto embutido para fazê-la parecer mais alta que o um metro e sessenta e cinco habitual. De qualquer modo, Cyra não era grande usuária de mídias sociais, mas deletou todas as contas e limpou qualquer evidência de sua existência no *site* da casa de repouso, o que era fácil, já que ela era encarregada da manutenção da página.

Não havia nada que pudesse fazer com a conta de Mira no Instagram ou sua fotografia pública. Ela se preocupava um pouco com a foto mais famosa da irmã, mas duvidava de que um grupo de *serial killers* estivesse escarafunchando subseções específicas do cenário de fotos em seu tempo livre. Além disso, a mudança de aparência poderia ajudar. A versão de Cyra no retrato de Mira parecia muito diferente da atual. Tirar uma foto de alguém em sua pior versão não captava com precisão essa pessoa.

A fotografia de Mira, por outro lado, era linda. Cyra estava contente por conseguir olhar para ele sem desmoronar. A morte da irmã a livrara de qualquer conexão. Ela se sentia como Buda, só que mentalmente doente. E, sim, a consequência fora a perda da namorada, Bea, de quem ela genuinamente gostava, mas era melhor assim: não sentir nada.

O torpor começou quando sua mãe foi embora.

Cyra estava nas escadas do corredor de sua casa de infância. Mira, de apenas cinco anos, chorava vendo a mãe juntar suas coisas e fingir que ia se encontrar com uma amiga.

– Você vai voltar logo? – perguntou Mira, melancólica.

– É claro – respondeu Grace, incapaz de olhar para as filhas.

– Você é pequena demais. – Cyra se lembrou de ter dito isso enquanto Grace levava as sacolas até a porta. – Você não os ouve brigar de madrugada. Eu ouço. Eles gritam um com o outro. Mamãe encontrou um homem de quem ela gosta mais que do papai, e papai descobriu.

– Já chega – sibilou Grace. Ela havia parado na soleira da porta, virando-se uma vez para olhar suas meninas aninhadas nas escadas. – Eu amo vocês, Cyra e Mira – disse ela. – Tá bom? Eu *amo* vocês.

Enquanto via a mãe sair pela porta e o clique da fechadura era abafado pelo choro de Mira, Cyra cravou as unhas nas palmas das mãos e sentiu sua raiva, a tristeza e a traição saindo junto com o sangue. Isso havia sido substituído por um abençoado nada, uma camada lisa de gelo. O frio envolveu o coração de Cyra de modo que ela sentia um torpor permitindo que ficasse ali nas escadas, calma e firme, por Mira.

× × ×

– Estou surpresa por você ter escolhido um lugar público – disse Cyra ao se sentar diante da mesa de piquenique, encarando o homem enorme de boné dos Mets e óculos escuros imensos que cobriam metade do seu rosto. – Achei que gostaria de mais privacidade.

Cyra se olhara no espelho antes de sair do apartamento no Queens e ficara satisfeita com os resultados. A peruca loira na altura dos ombros parecia de verdade, e foi estranho se ver sem os óculos tricolores de sempre – as lentes de contato que ela raramente usava deixavam seu rosto mais estreito, mais nu, mesmo com toda a maquiagem que, em geral, ela nunca usava. Os sapatos de salto que Cyra tinha comprado *online* lhe davam alguns centímetros extras, e ela mudara até o estilo – uma calça preta, blusa marfim e casaco de lã preto. As roupas que Bea não queria, que ela tencionava doar, mas nunca o fizera. Era uma diferença e tanto das camisetas simples e dos tênis de sempre. Seu estilo nunca fora muito chique, mas após a morte de Mira ela tinha parado de tentar ser elegante de uma vez por todas. Ser *clean* e se vestir adequadamente lhe conferia a sensação de estar na pele de outra pessoa.

– Achei que assim funcionaria melhor para nosso propósito – disse o homem. Sua voz era profunda e suave, a pele tinha cor de terra molhada e os braços eram crivados de músculos. – E achei que você ficaria mais à vontade aqui. Por ser mulher e tudo o mais.

"Aqui" era um gramado no East Meadow do Central Park, em uma mesa de piquenique castigada pelas intempéries e que ficava longe o bastante das outras, de modo que as duas pessoas sentadas ali não fossem ouvidas. O ar cheirava a folhas secas e cachorros-quentes fervilhantes; o cheiro vinha de um carrinho estacionado na direção do vento; o rosto de seu dono estava escondido em um capuz, e ele tinha pinças na mão.

Cyra ficara duas horas escondida perto do ponto de encontro, que mais uma vez fora enviado a ela via coordenadas latitudinais e longitudinais. Os músculos que tinha adquirido por causa da luta livre tinham facilitado a subida na árvore a quarenta e cinco metros de distância sem ser observada. Ela optara por se empoleirar nos galhos mais baixos, cuidando para não sujar a saia, e observara a mesa de piquenique. Seu parceiro claramente tivera a mesma ideia, pois ela notara o grandalhão comprar um cachorro-quente e depois se sentar diante de uma mesa diferente com o jornal do dia durante uma hora antes do horário de encontro. Às três horas em ponto, ele jogara fora o cachorro-quente e o jornal e fora para a outra mesa.

– Para ser franca, eu gostaria de mais privacidade – disse Cyra. Ela encarava o homem como se pudesse memorizar seus traços, escondidos atrás do boné e dos óculos.

"É você? Você a matou?"

– É mesmo? – O homem balançou a cabeça. – E por quê?

– Escute, não quero perder tempo se isso não for de verdade – disse Cyra. – E se for algum tipo de pegadinha...

– Você deve entender que temos preocupações parecidas. Daí a... tarefa que pedimos para você fazer.

"Pedimos. Então, ele não é o único."

– Você estava me observando?

– Há regras nisso – disse o homem, ignorando bruscamente a pergunta de Cyra. – Vou enviá-las depois a você por conversa criptografada, se quiser. Você deve estar ciente de que faço perguntas durante a admissão, mas ninguém mais pode saber nada específico. Nada de nomes, nada de acesso à vida alheia, exceto durante as reuniões, nada de identificação de... vítimas específicas. Também há mais regras. Temos de tomar cuidado. Nossas reuniões são presenciais, uma precaução extra que temos de tomar.

– Era o que eu esperava.

"Presenciais! Eu me enganei, eles se encontram cara a cara, sim." Ela não sabia se ficaria empolgada ou aterrorizada com as oportunidades que se apresentariam.

Por um momento Cyra pensou em como era burra por fazer aquilo. Em como estava se expondo. Depois que as notícias sobre Mira haviam irrompido, Cyra pensou em adquirir uma arma e aprender a usá-la. Assistiu a tutoriais no YouTube, fez pesquisas preliminares. Mas aí pensou em todas as noites insones, sozinha no apartamento, com uma arma ao alcance da mão. Às vezes, as noites ficavam sombrias demais. Para que dar margem à tentação?

Em vez disso, algumas semanas após a morte de Mira, Cyra comprou o canivete, que se podia sacar com um toque rápido, afiado e serrado, e passou a carregá-lo no bolso. Começou a assistir a vídeos *online* de tutoriais. Isso, além de anos de experiência no *kickboxing* e do treinamento de luta livre, fez Cyra sentir-se mais preparada que pessoas comuns em termos de autodefesa. Porém, ao olhar aquele homem, seu tamanho, seus músculos, admitiu que aquilo poderia ser demais para ela.

– Vamos precisar saber mais sobre você – disse o homem.

– Eu mandei a foto – afirmou Cyra. – Joguei fora a sacola. O que mais vocês precisam de mim para saber que sou quem digo ser?

Ele meneou a cabeça.

– Sua foto foi aprovada. Conheço alguém muito bom com computadores. O que você mandou não foi manipulado ou editado de forma nenhuma. Mas seria bom termos uma prova adicional. Precisamos saber se o seu lugar é este mesmo.

Cyra cerrou os punhos. Ela esperava por isso, e viera preparada.

– Vou mostrar as minhas se você me mostrar as suas. Mas, é claro, para isso vou precisar de privacidade.

O homem se endireitou e estalou os dedos.

Ela fizera a lição de casa. Não conseguir dormir lhe dera muito tempo para ler sobre mulheres *serial killers*. Havia uma personagem em sua mente, uma pessoa em quem ela poderia se transformar. Alguém frio e vazio, que desempenharia certa função para aquela gente.

– Tem um lugar aqui perto – disse o homem. – É mais tranquilo. Mais privativo. Se você não estiver... pouco à vontade para ir a um segundo local.

Ela não conseguia enxergar os olhos dele, mas imaginou um brilho por trás dos óculos de sol. Todo mundo sabia que, quando um assassino levava alguém a um segundo local, suas chances de sobreviver despencavam. Mas aquela situação não era normal. Era uma série de testes. Ao menos era isso que ela entendia.

– Vou ficar bem – disse ela, estabilizando a voz. Era surpreendentemente fácil fazer aquilo. Ou talvez não fosse, considerando que ela ainda tinha de sentir uma pontada de medo. O medo se fora, enfraquecido e inacessível.

Com a pesquisa, Cyra tinha aprendido que psicólogos evolucionistas teorizavam que *serial killers* homens agem como "caçadores", enquanto *serial killers* mulheres são "coletoras", escolhendo as vítimas com base nas vantagens que se podem extrair delas. Mas isso não valia para algumas das mulheres sobre as quais ela tinha lido. Mulheres como Erzsébet Báthory, Darya Nikoláievna Saltíkova e Nannie Doss pareciam ter matado porque, bem... elas *gostavam disso*. A mulher Cyra também fingia ser caçadora. Não mataria por dinheiro ou sobrevivência, mas por aventura.

– Tem certeza de que está pronta para isso? – perguntou o homem, trazendo Cyra de volta ao chão.

– Vá na frente – disse ela, levantando-se, alisando a calça e jogando no ombro a bolsa preta volumosa que carregava. Ela mostraria ao homem o que havia dentro dela, na esperança de que fosse a peça que faltava para sua entrada no grupo.

O grandalhão se levantou devagar, observando-a atentamente, como um falcão, sob os óculos de sol. Cyra o seguiu em silêncio enquanto eles caminhavam pela trilha rumo à saída do parque, na Fifth Avenue. Sua pele latejava e suas entranhas vibravam, mas era de uma sensação de urgência, e não de medo. Virando para a direita, longe do Mount Sinai, eles andaram algumas quadras até o homem fazer um gesto para que ela o seguisse a uma porta lateral perto de uma pequena mercearia. Ele tirou uma chave enferrujada e destrancou a porta, entrando primeiro.

Cyra parou por uma mera fração de segundo antes de segui-lo.

Lá dentro, os sons da rua desapareceram quando a porta bateu atrás deles. Ficou escuro por um momento, e Cyra imaginou se era aí que ela seria morta. Em vez disso, ouviu-se um barulho desajeitado, um palavrão de resmungo e, em seguida, uma luz fraca amarelada tremeluziu acima deles quando o grandalhão soltou a cordinha que havia puxado para acendê-la.

Eles estavam em um armazém aparentemente sem uso. Era anexo à mercearia, isso era certo. Embora não houvesse outras portas ou janelas no cômodo, Cyra ouviu a caixa registradora fazer *cling* do outro lado da parede, e havia pilhas escassas de suprimentos, como papel higiênico e outros itens de limpeza doméstica, espalhados pelo espaço apertado. No centro do cômodo havia uma mesa que mancaria se pudesse andar. Ela nunca tinha ouvido falar em mercearias com armários anexos estranhos com acesso para a rua, mas talvez toda a loja fosse uma fachada para o grupo.

– E então? – perguntou o grandalhão.

– Você primeiro.

Ele balançou a cabeça.

– Não é assim que funciona. Você é a estranha. Você nos achou. Preciso saber se você é quem diz ser.

– Achei que fosse um clube anônimo. Sem nomes verdadeiros.

– Você sabe o que quero dizer. Você tem alguma coisa para mim ou vamos ter um problema?

Cyra cravou as unhas na palma da mão, pressionando a ponta da língua no céu da boca como se pudesse passá-la pelo palato mole. Sua visão vacilou, mas ela se concentrou no homem à sua frente, tentando estabilizar a respiração. Um pensamento estranho, persistente, pairou sobre a ansiedade que se aproximava: "Seria vergonhoso sucumbir na frente desse cara".

Ela estava preocupada em fazer papel de boba diante de um assassino. Mas algo disse a Cyra que isso não era prioridade naquele momento.

Ela voltou a atenção novamente para seu corpo, para a pressão na boca e a dor na palma das mãos. Devagar, deixou que o torpor camuflado abaixo da superfície da pele aflorasse, puxando-o para cima e para fora e deixando-o acomodar-se na sua pele.

Expirou.

"Eu dou conta disso."

– Muito bem. Você já viu a foto do meu trabalho, mas tenho mais uma coisa – disse ela, tirando a bolsa do ombro e colocando-a na mesa. Estava calma agora, estável.

O grandalhão foi para o outro lado da mesa e, quando viu que ela estava tirando algo da bolsa, estendeu a mão e removeu os óculos de sol. Seus olhos eram como pequenas bolas de gude escuras, pequenos demais para o rosto, e não entregavam nada. Devagar, Cyra puxou um saco plástico para congelador. Geralmente, ficava dentro de uma caixa de sapatos no fundo do guarda-roupa, atrás de um monte de cacarecos, longe da vista. Bea nunca sequer o notara.

Cyra ouviu a respiração do homem quando soltou o saco na mesa. Ele ficou totalmente parado por um momento, e em seguida olhou para cima, com os olhos fixos no rosto dela, como se buscassem algum engano.

– É um chapéu – disse ele, simplesmente.

Via-se um chapéu de beisebol azul-claro, com manchas marrons e sujeira, dentro do saco plástico transparente. Parecia gasto e puído, com sangue seco empapado na parte de trás.

Cyra imaginou como explicaria aquilo a Bea, Izzie ou Eli. Imaginara um sem-número de vezes como explicaria aquilo a Mira. Mas nunca encontrara forças para dizer, para contar à irmã o papel que Cyra tivera na morte do primeiro namorado de Mira.

"Foi um acidente", Cyra se imaginou dizendo, suplicando que Mira entendesse. "Depois do dia em que confrontei PJ por estrangular você, eu estava voltando para casa, de carro, da faculdade. Era noitinha, havia névoa, e eu estava na estrada traseira, tomando o atalho para casa. Eu vi o PJ de bicicleta e pensei nele te machucando. Eu não tive intenção de... só queria assustá-lo. Vim por trás dele rápido, e ele surtou, hesitou, caiu. Nem cheguei tão perto dele. Mas foi culpa minha ele ter apagado. Ele não estava usando capacete. Só o chapéu de beisebol. Quando saí do carro para verificar, ele já tinha morrido."

Mesmo que Cyra não estivesse exatamente triste por PJ estar morto, ela ainda não sabia como aceitar o fato de que suas ações é que haviam levado à morte dele; então, encobriu o acidente, tentando não pensar demais nisso, o que no início foi difícil de fazer. Mira ficou devastada pelo acidente. A cidade inteira ficou. Mas ninguém supôs que Cyra estivesse envolvida nele. As estradas eram escorregadias, e PJ não estava usando capacete. Ficou claro para todo mundo que ele tinha perdido o controle da bicicleta e batido a cabeça. Cyra passou meses consolando Mira, fingindo o tempo todo que não era culpa sua.

Os ataques de pânico de Cyra haviam começado logo depois.

Mais cedo ou mais tarde, ela queria contar tudo a Mira. Cyra pensava que era esse o motivo de ter pegado o chapéu de PJ naquela noite e de tê-lo guardado durante todos aqueles anos. Quando ela finalmente se abrisse com a irmã, seria bom ter uma prova de que estava lá, para que Mira acreditasse nela e não pensasse que Cyra estava inventando. Ou talvez quisesse preservar um lembrete de seu ato. Da terrível escolha que ela fizera naquela noite, que resultara na morte de um adolescente. Mas, claro, Cyra nunca contou a Mira, e agora era tarde demais. Agora, sua função na trágica morte de PJ era um peso que ela carregaria para sempre.

Mas ela ainda poderia usar isso para ajudar Mira. Ela só tinha que... enrolar.

– Eu não faço mais isso – falou Cyra, acenando com a cabeça para o chapéu. – Sangue faz bagunça. Mas ele foi o meu primeiro, e eu era inexperiente e esquentadinha, então foi assim que tudo aconteceu.

– Amigo seu? – perguntou o homem, sarcástico.

– Namorado – respondeu Cyra, contando uma versão da verdade. – Ele era abusivo. Me empurrava, me estrangulava. Um dia me cansei. Esmaguei a cabeça dele com uma pedra durante uma caminhada no norte do estado.

– O que você fez com o corpo?

Cyra pensou rápido, decidindo que era melhor contar a verdade. Ou, pelo menos, uma meia-verdade.

– Deixei lá. Estávamos no meio do nada. Tirei o corpo da trilha e deixei os animais fazerem o trabalho por mim.

– Você ficou com o chapéu.

Cyra limpou a garganta. Deveria acertar essa parte. Ela tinha feito uma pesquisa. Sabia o que um assassino a sangue-frio diria.

– É, pois é, eu queria um pedaço dele. Chame de troféu. É o que fazemos, certo? Colecionar troféus? – Ela fingiu reprimir um tom de escárnio, como se tudo aquilo fosse indigno de si.

Então Cyra parou e esperou, com o pulso latejando de impaciência, enquanto o homem refletia sobre suas palavras.

– Bem – disse ele após um instante. – Acho que isso é bom o bastante para mim.

Pronto. Cyra tinha passado no teste. Ela estava dentro.

WHIPWORM

Em seu segundo dia na cadeia, Ernie Martinez foi abordado por um homem com uma tatuagem "PODR BRCO" nos nós dos dedos que seguravam uma navalha afiada.

"Ele vai me atacar", Ernie pensou, sabendo que não tinha tempo suficiente para se defender adequadamente daquele homem de cabeça tão redonda e branca quanto uma bola de bilhar. Além disso, ele ainda estava carregando a bandeja do almoço e, por algum motivo, não queria largá-la. Seria barulhento e inconveniente. Se ele ia morrer, preferia morrer em silêncio, sem fazer uma zona.

Mas, antes que o homem pudesse atacar, uma sombra grande pairou sobre ambos. Uma mão que parecia do tamanho de um prato se lançou e girou o braço do homem branco, fazendo-o soltar a navalha. Uma segunda mão segurou a bandeja de almoço do grandalhão acima da cabeça dos dois para a comida não derramar, tal como Ernie faria com a bebida ao andar em zigue-zague em meio a um bar lotado.

– Vá embora – grunhiu o salvador de Ernie, e, embora o cara branco tivesse murmurado alguns comentários ácidos, sem a arma ele parecia castrado, e fugiu quando o grandalhão soltou seu braço.

– Obrigado – disse Ernie, sem saber qual seria o próximo ditame da etiqueta da cadeia.

Aquele não era o lugar dele. Não que ele fosse inocente; não era. Mas não tinha a constituição adequada para a prisão. Ou o tipo certo de corpo. Sempre fora magro e leve – rápido, o garoto mais veloz do time de futebol do ensino médio, mas não exatamente intimidante.

– Você é novo, eles vão tentar foder você – disse o grandalhão. Ele era negro e parrudo, e havia algo de reconfortante em sua presença, que Ernie não conseguiu identificar. – A gente divide o beliche. Lembra?

Ernie sentiu o pescoço queimar de vergonha ao perceber que, na verdade, não reconhecia seu companheiro de quarto. Supôs que não havia prestado muita atenção em nada nem em ninguém desde que chegara, dois dias antes. Vinha andando por ali em meio a uma névoa estranha, ainda preso ao que acontecera quatro meses atrás e que o levara até ali, para começo de conversa.

– Certo, desculpe.

– Venha, sente-se comigo – disse o colega de Ernie, inclinando-se como quem não quer nada, pegando a navalha do chão e colocando-a no bolso ao olhar ao redor em busca dos guardas. Ninguém estava olhando naquela direção, o que fez Ernie imaginar se eles sabiam o que o PODR BRCO faria.

– Meu nome é Jackson, mas pode me chamar de Python. Todo mundo chama desse jeito.

Python conduziu Ernie a uma mesa desgastada na lanchonete sem vida, longe do grupo de carecas perto da fila da cantina que agora os encarava. Python e Ernie se sentaram um à frente do outro, colocando as bandejas na mesa grudenta.

– Por que você está aqui? – Ernie perguntou a Python, imaginando se seria uma pergunta rude. Sua mãe sempre lhe ensinara a ser educado e prudente, e mesmo na prisão era difícil livrar-se daqueles hábitos. Além do mais, sua mãe, que Deus a tivesse, morrera seis meses antes e não estava mais por perto para desaprová-lo.

– Homicídio culposo – Python falou com naturalidade. Estava curvado sobre a bandeja, com os antebraços na mesa, bloqueando a comida na defensiva e inclinando-se de modo a poder devorá-la o mais rápido possível.

Ernie esperou que Python perguntasse por que ele estava no norte do estado, mas, por não ter perguntado, decidiu que ele mesmo falaria disso.

– Estou aqui por agressão. Tentei matar uma pessoa. Acho. Foi o que me disseram. Sinceramente, não sei o que estava tentando fazer.

Não era exatamente verdade.

Ernie sabia o que estava fazendo ao homem do bar, que se chamava Matt ou Max, ou algo do tipo, da mesma forma que uma pessoa sabe o que está fazendo quando entra num *site* pornô para se masturbar. Era essa sensação de vergonha, de fazer algo errado, mas ignorá-la e fingir que, se você não a está olhando bem nos olhos, não importa. E Ernie tinha muita experiência em fingir que não estava assistindo ao tipo de pornografia a que assistia.

Sua mãe não teria aprovado isso. Nem seu pai, mas ele havia abandonado Ernie e sua mãe quando o menino tinha onze anos, deixando para trás somente a caixa de ferramentas e o mau cheiro de cigarro que a mãe tentava tirar com aromatizantes de ambiente. A casa inteira cheirava a florais doces enjoativos e mentol todos os dias, até a morte dela. Então, passara a cheirar apenas a mentol.

Ao ver Matt ou Max no bar sob a luz estroboscópica, com as clavículas salientes sob a gola em V preta, Ernie sabia o que faria. Do mesmo jeito que fazia com os outros. Colocar o pó na bebida. A oferta prestativa de chamar um táxi para o homem quando ele começasse a tropeçar. Em seguida, levar o cara drogado ao carro de Ernie, em vez disso, e conduzi-lo a algum lugar legal e silencioso, onde ele poderia pressionar a velha chave inglesa do pai na garganta do homem e fotografá-lo quando acabasse. Ernie guardava as fotos como lembrança, tiradas com um rolo de filme que ele mantinha em seu porão. Ele tinha uma pilha fina delas enfiada na Bíblia, em sua mesa de cabeceira.

Mas algo deu errado com Matt ou Max. Ernie se culpava; ainda estava de luto pela morte da mãe. Tinha de ser isso. Ele não mediu a dose certa. Porque, quando Ernie tentou ajudar Matt ou Max a entrar no carro, o homem resistiu, de repente lúcido e irado. Matt ou Max gritou com Ernie, tentando voltar para o bar.

Ernie, evidentemente, perdeu a cabeça. Sacou do bolso a chave inglesa do pai bem ali na rua, e foram necessárias duas pessoas para tirá-lo de cima de Matt ou Max.

– Meu advogado não era lá essas coisas – Ernie disse a Python. – Não dá para pagar muito quando se tem uma mercearia familiar. Mas ele conseguiu mudar a acusação para agressão em vez de tentativa de assassinato. Só que fiquei triste por terem levado minha chave inglesa. Era do meu pai. Tinha valor sentimental.

Ele teve sorte de os promotores não terem encontrado mais nada; não perceberam que Matt ou Max tinha sido drogado. Todos apenas presumiram tratar-se de uma briga de bêbados que tinha saído do controle. A promotoria não sabia que o homem que eles haviam pegado já tinha matado quatro pessoas. Em certo sentido, Ernie teve sorte. Agressão não era nada em comparação com o que ele tinha feito.

Ernie pensou em como continuaria seu trabalho se não tivesse a chave inglesa do pai quando saísse dali a dez anos. Parar não era opção, é claro. Seu período na prisão já lhe ensinara isso com apenas alguns dias – ele só precisava tomar mais cuidado. Devia isso aos pais. Ernie sabia que o pai os deixara por sentir que o filho era doente. Ernie não podia encontrar o pai ou trazer a mãe de volta dos mortos, mas podia continuar o trabalho de sua vida: remover homens que ousavam explorar seus desvios em vez de enterrá-los bem fundo até apodrecerem e desaparecerem no nada.

– Fique alerta aqui – grunhiu Python, ainda pendendo sobre a bandeja, ignorando o comentário de Ernie sobre suas acusações, como se não o tivesse ouvido. – Não fale em excesso, não olhe para ninguém. Fique do meu lado e faça silêncio.

– Você vai me ajudar? Por quê?

Python olhou para cima.

– Não sei muito bem. Chame de penitência. Vou te proteger.

Um calor invadiu o peito de Ernie. Alguém cuidaria dele. Alguém cuidaria dele pela primeira vez. Ele fizera muito pela mãe, sobretudo no fim, quando o câncer a impedia de se banhar ou se vestir sozinha. Mas ela o repreendera e o censurara até o último instante. Até o ponto em que ela bebeu a limonada batizada que Ernie lhe havia feito e que continha o quádruplo da dosagem que ele usava com os homens nos bares.

Ernie cuidou de pessoas a vida toda. Da mãe, dos clientes da mercearia sempre se queixando ou procurando itens que ele não tinha, e das mulheres com quem tivera relacionamentos breves e sem sucesso.

Agora, pela primeira vez alguém se oferecia para cuidar dele.

Ernie sorriu para Python, imaginando quantas doses seriam necessárias para imobilizar um homem tão grande.

× × ×

Python se sentou na beira do beliche de baixo, dando tapinhas no colchão e fazendo um gesto para Ernie se juntar a ele.

– Me procura quando sair, beleza? – disse Python, entregando ao companheiro de cela um cartão de visitas com o nome de um centro de reabilitação e um endereço. – Agora não vai demorar muito. Você disse que estão revisando seu caso, não é?

– Saída antecipada por bom comportamento – Ernie confirmou, pegando o cartão e segurando-o respeitosamente contra o peito.

– Você vai ficar bem – insistiu Python. – Fique longe de encrencas. Você vai sair logo.

Ernie sentiria falta do amigo. Sentiria falta da respiração pesada de Python de madrugada na parte de baixo do beliche, da maneira como ele comia, parecendo uma guerra, do jeito ousado como encarava os guardas quando eles o olhavam. Ernie nunca tivera uma amizade verdadeira como essa. E não queria que ela acabasse quando fosse solto. Python o aceitava; chegara a provar sua integridade ao guardar o segredo de Ernie. Agora ele sabia tudo sobre o homem, os bares. Ernie lhe contara isso após um ano de estadia. E Python continuara ao lado dele.

Aquela sensação de… ser aceito… De ser livre para expressar quem você realmente era, sem julgamentos… Isso era algo que Ernie queria compartilhar. Lembrou-se do que Python dissera cinco anos antes: "Chame de penitência".

Uma ideia, uma ideia ousada e louca, vinha ruminando no cérebro de Ernie havia algum tempo. Um jeito de fazer mais amizades, criar mais conexões, mesmo depois que ele saísse e continuasse sua missão.

– Te vejo do outro lado – Ernie prometeu. – Mas primeiro preciso te contar uma coisa. Uma ideia que tive. Um jeito de criar um senso de comunidade para pessoas como nós. Como eu.

– E o que é?

Ernie sorriu.

– Digamos que seja um grupo de apoio.

CAPÍTULO 4

– Quando foi que você passou a matar com ar nos hospitais? É uma diferença e tanto entre isso e espancar um namorado, não é? – O grandalhão agora estava encostado na parede, aparentemente um pouco mais relaxado do que antes.

– Levei um tempinho para descobrir minha vocação – retrucou Cyra com a boca seca, enquanto recolocava na bolsa o saco plástico contendo o chapéu manchado de PJ. – Para ser franca, meu problema não era com homens; era com minha mãe. Foi fácil encontrar mulheres que me faziam lembrar dela onde eu trabalho. Mais velhas, é claro, para que não fosse surpresa quando morressem "de velhice".

– Entendi.

– E você? Qual é a sua? – perguntou Cyra, cuidando para não parecer muito ansiosa. Sua investigação começara oficialmente; quanto mais ela soubesse, melhor.

– Pode me chamar de Python – disse o grandalhão. – Sou o moderador de nosso grupo. Bem, eu o gerencio, mas tecnicamente não faço parte dele.

– Espere, você não é um...

Python balançou a cabeça.

– Tirei duas vidas. Mas não foi por prazer. Não foi por... diversão, como... como seu tipo faz. Fui contratado para "dar um jeito" em duas pessoas, e fui pego porque o idiota que me contratou contou vantagem em um bar. Meu colega de cela em Sing Sing era dos seus. Nos demos bem, e nós dois fomos soltos mais ou menos na mesma época. – Ele notou a sobrancelha erguida de Cyra e disse: – Tive a sentença reduzida por testemunhar contra o idiota que me contratou, que alegava inocência. Entrei com vinte anos, saí vinte anos depois. E o Whipworm estava lá por agressão; só ficou cinco anos, por causa de bom comportamento. Eles não sabiam das... outras coisas.

– Aposto que não – murmurou Cyra.

– Temos regras – continuou Python. Ele também as mencionou antes: uma lista que enviaria a ela. – Nada de nomes verdadeiros, nada de locais, nada de interações com membros fora do grupo. Não dar álibis ou dicas sobre... vítimas uns aos outros. Nada que possa criar elos entre nós. Se alguém for pego, será o único a se dar mal. Quanto mais anônima você conseguir ficar, melhor. Tenho quase certeza de que alguns dos caras inventam histórias sobre os próprios métodos e interesses para se sentirem mais seguros. – Ele franziu a testa. – Você não pode confiar nos outros. Vocês podem ter o mesmo... *hobby*, mas é isso. Lembre-se: o grupo de apoio é para apoiar, para proporcionar um lugar onde você possa ser você mesma pela primeira vez. Peça ajuda para certas... atividades. Aqui não é lugar para contar vantagem.

– Mas eu aposto que as pessoas usam o lugar para isso. Para contar vantagem.

– Eu garanto que todo mundo siga as regras. – A voz de Python era séria, como a de um professor alertando sobre o cantinho do castigo. – Não é para ser um recreio.

O cara era obcecado com as regras. Cyra engoliu em seco e jogou os ombros para trás.

– Sabe, nem todo mundo do "nosso tipo" faz o que faz por puro prazer. Alguns de nós não conseguem se controlar. Alguns de nós *têm de fazer* o que fazem.

Python meneou a cabeça, como se já tivesse ouvido isso antes.

Ela estava se saindo bem. Bem até demais, talvez? Ele desconfiaria se ela fosse perfeita demais? Só que não: ela tinha uma vantagem da qual vinha se esquecendo: era mulher. Isso era bizarro o bastante, diferente o bastante para intrigar os homens.

Cyra disse:

– Não consigo acreditar que isso é real. Ouvi rumores *online* e pensei que valia a pena tentar, mas presumi que era uma pegadinha.

– É real – disse Python. Uma careta surgiu em seu rosto, como se ele quisesse que não fosse. – Foi ideia de Whipworm. Ele disse que essa vida era solitária. Que seria legal ter um espaço para conversar com gente com as mesmas ideias que de fato... sacassem a coisa. – Ele olhou para ela. – Mas nenhuma vez, em dois anos de reuniões, ouvimos falar de uma mulher como você na área.

– Não – replicou Cyra, forçando um sorriso. – Não ouviram, não é? Somos mais raras que os homens. E, ouso dizer, é mais difícil nos pegar. – Ela fez uma pausa. – Por que vocês se encontram pessoalmente? Não é mais arriscado?

– Claro. Mas deixar evidências *online* ou ter de falar somente em códigos em salas de bate-papo que a polícia federal tivesse chances de hackear seria pior. Além disso – Python acomodou melhor o corpo e limpou a garganta –, é assim que os grupos de apoio funcionam. Tem algo na conexão cara a cara que os torna mais significativos.

– Só que é meio bizarro – insistiu Cyra. – *Serial killers* não são conhecidos pela simpatia.

– Você se surpreenderia. Até os psicopatas precisam de interação humana.

– Ou então de dar uma olhada na concorrência – Cyra apontou.

– Isso quem diz é você. Afinal, você está aqui.

– Como sei que é isso é real? Como sei que todos vocês são quem dizem ser?

Python a analisou.

– Você não sabe. Confiança é uma via de mão dupla. Investigo todos os novos membros em potencial, e, embora o que você tenha feito até agora pareça convincente, não tenho como saber ao certo se você é quem diz ser. Assim como você ainda não sabe se somos pra valer. É um salto de fé.

"Um salto de fé."

As palavras soaram como uma lembrança de Mira desdobrada na mente de Cyra, da irmã insistindo com ela cinco anos antes:

– Dê uma chance! Um salto de fé. É Nova York, Cyra!

– O que você vai fazer em Nova York, Mira? – Cyra perguntou à irmã. – Você acabou de começar a SUNY. Precisa ficar na escola.

– Não – argumentou Mira. – Odeio a escola, é idiotice. Quero ser fotógrafa, eu te disse. Nada acontece aqui, nunca. Nada que eu queira fotografar. Você disse que apoiava minha arte. Pra que me daria a câmera se não me apoiasse?

Cyra suspirou. Errada Mira não estava. O preço da câmera era astronômico, mas a expressão da irmã na manhã de Natal, quando ela abriu o presente, fez tudo valer a pena.

– Por favor, Cyra! Mude-se para a cidade comigo. É difícil demais ficar aqui depois do que aconteceu com PJ. Sei que faz anos, mas ainda o vejo em todos os lugares. Preciso recomeçar do zero. Você vem comigo? Não quero ir sozinha.

Cyra sucumbiu diante do que Mira dizia. Era culpa sua PJ ter morrido. Ele era má pessoa e um namorado de merda e perigoso, mas Cyra não podia ignorar o fato de que Mira tinha ficado devastada com a morte dele. As ações de Cyra naquela noite tinham causado, sem querer, o sofrimento de sua irmã, e ela queria compensar isso de algum jeito. Concordou em se mudar para a cidade com Mira, em ajudar a apoiar seu sonho de ser fotógrafa.

Elas se mudaram para um apartamento apertado de dois quartos em Gowanus, e foi ali que Mira tirou o retrato de Cyra em meio a um ataque de pânico. A foto mostrava Cyra atrás das lentes, estendendo a mão à irmã em busca de ajuda, percebendo que, com o clique no botão, Mira não a via como uma pessoa naquele momento, mas como um tema. Levou um tempo para ganhar força, mas a foto viralizou um ano e meio atrás, ganhando um prêmio e aparecendo em alguns blogues de arte. Isso rendeu a Mira um programa com o famoso crítico de arte Arthur McCowen.

Depois, Cyra se mudou para o Queens e Mira encontrou uma casa em Dumbo.

Cyra fechou a caixa do passado como se estivesse prendendo uma barata, empurrando-a para o fundo de sua mente, de onde tinha vindo.

Ela se sacudiu. Mira estava morta, e Cyra não conseguira salvá-la. Não fez o único trabalho que uma irmã mais velha deve fazer, e agora não havia mais nada a perder. Então, dar outro salto de fé talvez não fosse a pior coisa do mundo.

Cyra limpou a garganta e olhou Python nos olhos.

– Certo. Salto de fé. O que acontece depois?

XXX

As reuniões aconteciam no porão de um antigo centro recreativo detonado no Queens. Pelo menos por ora. Aparentemente, de acordo com as regras que Python enviara a Cyra depois do encontro, o local mudava sempre que um assassino saía ou era mandado embora do grupo, para manter o sigilo.

Fazer as reuniões no Queens funcionava bem para Cyra, porque ao menos ela não tinha de andar por uma hora até a cidade, mas também a preocupava, porque o lugar ficava a apenas alguns quilômetros do seu apartamento, e pensar que um dos maníacos podia segui-la até sua casa e acabar com sua raça antes que ela conseguisse justiça por Mira a deixava preocupada.

O centro recreativo ficava em uma quadra com uma mercearia, um conjunto de residências e um estúdio de caratê que tinha cara de ter sido usado rigorosamente durante um mês vinte anos antes e depois nunca mais. De acordo com as instruções de Python, as reuniões atuais começavam pontualmente ao meio-dia, todas as terças-feiras.

Serial killers caminhando pelo Queens, passando por centenas de pessoas para conversar informalmente sobre seus crimes... Aquilo era inimaginável. Talvez fosse por isso que Cyra conseguia manter a calma em relação ao fato de que caminhava direto para a barriga da fera. Além de não mais se importar com o que acontecia a si mesma.

Ainda assim, ela planejou aparecer de propósito alguns minutos atrasada, sem querer se arriscar a ficar sozinha com qualquer um dos homens até que isso fosse absolutamente necessário. Na mochila havia uma muda de roupas e os óculos, a fim de que pudesse se enfiar numa cafeteria após a reunião para trocar de trajes. Seu plano era voltar pelo mesmo caminho no metrô, fazendo várias paradas erradas e trocando várias vezes de trens para garantir não estar sendo seguida.

Ela havia sido instruída a se esgueirar pelo portão de entrada do centro recreativo, abrir a porta do saguão sem travas e se dirigir à sala de reuniões, no porão.

Apesar de ser um prédio sem uso, o saguão ainda continha cartazes, e as escadas que davam para o andar inferior exibiam pôsteres de famílias praticando esportes. Apenas uma camada fina de poeira nas superfícies revelava a falta de uso do prédio. No andar de baixo, o corredor se estendia adiante e revelava várias salas de reunião, além de uma dupla de banheiros perto da escadaria. Seguindo as instruções, Cyra se aproximou de uma porta com uma plaquinha preta. A placa afirmava que aquela era a "Sala de Leitura do Andar Inferior".

Ela parou à porta. A pessoa que estava prestes a se tornar tinha de ser separada de si mesma. Uma assassina, um monstro. Ela já parecia diferente; agora, seu interior tinha de combinar com essa imagem.

Na noite anterior, Cyra tinha praticado expressões faciais em frente ao espelho de maquiagem, sentada no sofá. Colocara uma série de filmes de terror, cada um mais pavoroso e violento do que o anterior. Ela praticara manter a expressão impassível durante *jump scares*, deixando os olhos inexpressivos durante cenas de tortura e o semblante plácido e neutro quando o vilão matava personagens inocentes. Era bizarro ver o próprio rosto tão sem emoções. E a rapidez com que ela aprendia.

Cyra respirou fundo algumas vezes, como se estivesse tentando afastar um ataque de pânico. Imaginou uma rajada de ar frio do congelador de casa no seu rosto.

"Confiante, esta mulher é confiante", disse a si mesma, empurrando os ombros para trás e erguendo o queixo. Numa situação em que antes Cyra se curvaria, sua nova *persona* se endireitou. Em vez de examinar ansiosamente tudo à sua volta, o olhar de Cyra ficou parado, focado. "Confiante e fria."

Ela expirou e entrou na sala.

O espaço estava cheio; uma fileira de janelas finas e retangulares quase chegava ao teto, e havia um conjunto de carteiras escolares encostadas em uma das paredes. Três prateleiras vazias se postavam como sentinelas sob as janelas, e um tapete roxo e cinza, puído e feio, cobria o piso e fazia o cômodo inteiro cheirar a cola escolar e poeira. Uma mesa na frente continha uma garrafa térmica de café e, inexplicavelmente, um prato cheio de ovos recheados, que só faziam piorar o cheiro do lugar. O porão era ventilado, frio como uma caverna, com acústica similar.

Havia oito cadeiras em um amplo semicírculo no meio da sala, e sete delas estavam ocupadas. Sete pares de olhos se arregalaram quando ela abriu a porta fazendo barulho, e sete cabeças se viraram para ela como cães-da-pradaria.

O ar viciado parecia parado – o momento de silêncio antes de um trovão.

Cyra entrou, e por um instante o medo se apossou de seu coração. Estava tão sobressaltada que quase recuou, recompondo-se no último segundo. Seu corpo tremia e vibrava como uma corda de violino retesada; a sensação não era diferente da que tinha antes dos ataques de pânico, mas ela ficou desnorteada por sua reaparição repentina. Cyra não sentia medo desde a noite em que recebeu a ligação sobre Mira, ouvindo no mesmo instante o "sinto muito" na voz do policial e sabendo o que significava, apesar da esperança de que não fosse verdade.

As batidas rítmicas do coração, o bater insistente, fizeram o medo recuar até não mais existir. O que sobrou foi o zunir de um arrepio circulando no fundo de seus ossos.

Ela andou em direção aos homens sentados na sala.

Foi fácil reconhecer Python no meio do semicírculo; sua cadeira estava bem em frente à porta, e ele se levantou quando ela entrou, com um sorriso abatido no rosto.

– Bem-vinda.

Os outros seis homens olhavam sem pudor para ela, e a expressão de seus rostos variava; Cyra teve a nítida sensação de que alguns a imaginavam nua, e outros, aos pedaços.

– Oi – disse Cyra, com o corpo vibrando de adrenalina. Aquilo era real. Ela estava ali. Era hora de atuar. Hora de tornar aquilo real. – Vim para a reunião.

CAPÍTULO 5

O que mais dava nos nervos era como a maioria deles parecia normal.

Python era imenso, é claro, mas tecnicamente não contava como parte do grupo; também havia um homem muito agitado, de olhos esbugalhados, que parecia incapaz de ficar parado na cadeira, levantando-se por meio segundo e voltando a sentar-se. Mas o restante do grupo se parecia com pessoas para quem Cyra não olharia duas vezes.

Com exceção de um.

Ele tinha ombros largos e músculos de academia, cabelos castanho-claros e olhos azuis penetrantes. Um nariz reto e lábios definidos completavam a boa aparência tradicional – Cyra se lembrou dos jogadores de futebol no ensino médio que estavam sempre rodeando Mira. Estava bem-vestido, com uma calça de alfaiataria cor de areia, e olhou Cyra nos olhos com interesse, sorrindo com educação.

Cyra sentiu um baque no coração e tremeu.

O cara era absurdamente atraente, e na mesma hora Cyra não confiou nele. Ela havia namorado poucos homens na vida, o bastante para saber que, em geral, preferia mulheres, mas, mesmo quando chegara às vias de fato com homens, nenhum era ao menos parecido com aquele.

– Que merda! – Quem disse isso foi um cara alto e branco, com um rosto de ângulos rígidos e cujos membros afiados saíam da cadeira como os de um louva-a-deus dobrado em si mesmo. Ele tinha imensos olhos cor de caramelo que lhe conferiam uma sensação incrivelmente bizarra de confiabilidade. – Ela não deveria estar aqui.

– Ei, este é um grupo de oportunidades iguais – observou um homem esguio, de pele moreno-clara. Havia certo sotaque em sua voz. – Todos são bem-vindos aqui. – Ele se virou para Cyra e fez um gesto para a cadeira vazia ao seu lado. Seus olhos eram gentis, e isso a aterrorizou. – Por favor. Fique à vontade.

Cyra estava agradecida pelo fato de a cadeira ficar na ponta do semicírculo. Ela não ficaria cercada por todos os lados, mas ainda assim não queria se sentar, e, no entanto, *precisava* fazê-lo.

"Você não pode demonstrar medo a eles. Não agora. Nunca. Finja que é um grupo de apoio ao luto."

Bea sugeriu que Cyra tentasse um grupo desses depois que Mira havia morrido. Ela insistiu repetidas vezes, até que finalmente Cyra acabou indo a um, só para calar a boca dela. Tinha sido horrível, mas não intimidante. Apenas um monte de pessoas arrasadas falando vezes sem conta das próprias dores. Cyra odiou. Não entendia como aquilo podia ajudar ou curar. Recusou-se a falar e nunca mais voltou lá.

– Isso não conta como tentativa – disse Bea. – Você sequer aproveitou a chance. Por que não consegue ter a mente aberta?

– Chorar em um círculo não vai me ajudar a esquecer Mira – retrucou Cyra.

– Não se trata de "esquecer". Trata-se de passar pelo processo. Permitir-se sentir alguma coisa a fim de reconhecê-la e tentar curá-la.

– Não preciso disso – disse Cyra. – Preciso descobrir quem fez isso com ela.

E agora ela estava ali, naquela sala, com aqueles homens extremamente perigosos, um dos quais poderia ser o responsável pela morte de sua irmã. Afinal, quantos *serial killers* poderiam de fato existir na cidade de Nova York? Falando em termos estatísticos, fazia sentido que o assassino de Mira estivesse naquele grupo.

Quaisquer pontadas remanescentes de medo desapareceram, e Cyra endireitou os ombros e se curvou perto do homem de olhos gentis.

– Eu sou Whipworm[1] – disse ele em tom gentil e acolhedor. – Espero que você não se importe, mas escolhi um apelido para você. Estava pensando em chamá-la de Mistletoe, que significa "visgo", se você concordar.

Cyra hesitou, sem saber qual seria seu papel ali. Sentiu que o restante do grupo a encarava.

– Cuckoo[2] – disse de repente um jovem com olhar taciturno que estava sentado do outro lado de Whipworm, apontando para o próprio peito sem a olhar nos olhos.

Ele tinha cabelos loiros e parecia ser o mais jovem do grupo. Cyra achou que ele devia estar na casa dos vinte anos, e seu estômago se revirou enquanto ela pensava em quantas pessoas ele teria matado para já ser um *serial killer* naquela idade.

– Eu sou Lamprey[3] – disse o garoto Ken[4], e o nome combinava muito com ele.

---

[1] Em português, "tricorídeo": uma espécie de verme parasita que ataca cães. (N.T.)

[2] Em português, "cuco": pássaro conhecido pelo comportamento parasitário, pois, em vez de chocar os próprios ovos, ele os deposita nos ninhos de outras aves, que acabam alimentando e criando os filhotes dele. (N.T.)

[3] Em português, "lampreia": peixe de corpo alongado, sem mandíbula, que se alimenta de forma parasitária ao se fixar em outros peixes com sua boca em forma de ventosa, sugando-lhes o sangue e os fluidos corporais. (N.T.)

[4] Referência irônica ao boneco Ken, da linha *Barbie*, como símbolo de um ideal masculino de aparência perfeita, bem arrumado e muitas vezes visto como superficial ou artificial. (N.E.)

– Parasitas – disse Cyra, lembrando-se da senha da conta do grupo na *darknet*. – Isso não passou um pouco da conta?

O homem chamado de Lamprey riu com satisfação. Era um som frio, amargo, como blocos de gelo batendo uns nos outros. Ele parecia menos atraente quanto mais ela o olhava.

– A sociedade quer chamar a gente disso. Só estamos nos reapropriando. É nossa piadinha interna.

– Mas eu não sabia que visgo era um parasita – disse Cyra, incomodada pela voz estável sem esforço. Sua respiração estava linear, quase meditativa. Com uma expiração longa e suave, ela percebeu que, de maneira inconsciente, estava usando as técnicas respiratórias que aprendera alguns anos atrás para ajudá-la nos ataques de pânico. – Visgo. Que natalino...

– Eles roubam água e nutrientes das árvores. Nunca viu isso na vida real? Eles sobem nos galhos e pegam o que precisam – disse Lamprey. – É bonitinho.

Whipworm parecia meio irritado, como se o outro homem tivesse se sobressaído. Ele se inclinou um pouco mais para baixo na cadeira.

Visgo. Cyra sabia o que significava aquilo. Os outros tinham apelidos que faziam lembrar imagens de agressão ou escuridão. Mas para ela eles tinham escolhido algo associado com mais frequência a férias. A beijos. Uma planta pitoresca e bonitinha. Estavam tentando infantilizá-la, desarmá-la, minimizar seu *status*. Era o jeito de eles a colocarem no lugar dela – uma mulher diante de um matador.

Bem, tudo certo. Por acaso, Cyra sabia que a planta era venenosa. Quando estava no ensino médio, o cachorro do vizinho tinha comido um bocado de visgo e vomitara no quintal inteiro. Se alguém consumisse muito dessa planta, poderia morrer.

Se eles a queriam como Mistletoe, ela aceitaria. Ela traria o veneno que eles queriam banalizar.

– Claro. Mistletoe. Acho que não é diferente dos apelidos que minhas colegas receberam – replicou Cyra.

Whipworm voltou a se endireitar.

– Ahn?

– Você sabe – explicou Cyra. – A mídia adora dar às mulheres apelidinhos batidos que nos fazem parecer uma piada ou *femmes fatales* loucas por sexo.

"Eu não devia ter mencionado sexo", pensou Cyra com pesar, notando que o grupo se contraía diante da menção à palavra.

Whipworm deu um sorriso indulgente.

– Ah, qual é? A mídia também dá apelidos aos homens. Não é preciso transformar isso em uma questão feminista.

– "BTK" e "Son of Sam" têm uma *vibe* bem diferente de "Grannyball Lecter"[5] – Cyra não conseguiu deixar de apontar.

Lamprey voltou a rir. Não havia nada de engraçado naquilo.

– Não é lá muito fã de Tamara Samsônova, é?

– Acho ela ok. Tenho problema é com o apelido dela.

Aquilo era de verdade? Ela estava mesmo discutindo em uma sala cheia de assassinos como se aquilo fosse normal?

– Quem é Tamara... Sampson? – perguntou Cuckoo, o rapaz.

– Samsônova. Era a russa de sessenta e oito anos que foi presa alguns anos atrás – respondeu Cyra, sentindo que Lamprey a observava. – Ela era uma assassina em série acusada de canibalismo. Mas, por ser mais velha e mulher, seus crimes viraram piada. Eles a chamavam de Grannyball Lecter.

– Errada você não está – disse Lamprey, insinuante, encarando Cyra. – Humor para diminuir e rebaixar.

---

[5] Trocadilho formado pela junção do nome Hannibal (do famoso personagem Hannibal Lecter) com a palavra *granny*, "vovó", em inglês. (N.T.)

– Por que está dando uma aula de história para nós? Corta essa. Quem é você de verdade? – Quem disse isso foi o homem anguloso e pálido que agora se inclinava para a frente com expressão hostil.

Whipworm se inclinou em direção a ela, e Cyra sentiu um leve aroma de colônia de carvalho.

– Esse é Sand Fly[6]. É um babaca, não ligue para ele.

– Não, estou falando sério – disparou Sand Fly, apontando para Cyra com seu queixo comprido. – Quem é você?

– Como é que é? – retrucou Cyra, endireitando-se, mas deixando as mãos soltas no colo. Ela inspirou, contando até quatro, parou, segurando a respiração, e então expirou. – Isto não é anônimo?

– Sand Fly apostou uma grana que você era repórter, mas acho que é uma agente disfarçada – disse o homem agitado que Cyra notara ao entrar. Agora ele estava coçando a parte interna do braço, e os cabelos pretos, colados na testa, eram tão oleosos que pareciam molhados.

– Esse é Pea Crab[7] – falou Whipworm no ouvido de Cyra, fazendo arrepiar os pelos da sua nuca. Sua vontade era afastar sua cadeira de perto dele, mas, é claro, ela não podia fazer isso.

– Eu te falei, eu a investiguei – interferiu Python. Ele olhou para Lamprey ao dizer isso, embora o outro homem na verdade não fizesse objeção à presença dela.

Sand Fly mostrou a Python os dentes ligeiramente tortos.

– Provavelmente você só queria molhar o biscoito.

– Olha a boca – disse Lamprey devagar, com uma expressão calma, mas olhos de aço. Ele fitou Cyra e então cravou os olhos em Sand Fly. – Tem uma mulher presente.

---

[6] Em português, literalmente, "mosca da areia": pequeno inseto parasita que se alimenta de sangue e transmite doenças como a leishmaniose. (N.T.)

[7] Em português, literalmente, "caranguejo-ervilha": pequeno crustáceo parasita que vive dentro de moluscos como ostras e mariscos, alimentando-se dos nutrientes que eles filtram, em prejuízo do hospedeiro. (N.T.)

Os lábios de Sand Fly se curvaram, mas Cyra notou que ele recuava. Ela tensionou e soltou as panturrilhas. Lamprey era alguém que os outros respeitavam. Ou seja, era perigoso.

– Não sou repórter nem tira – anunciou Cyra, atraindo a atenção da sala para si. – Pensei que vocês fariam essa suposição, presumindo que tenham passado pelo mesmo processo de iniciação que eu.

– Não foi iniciação – Sand Fly sibilou, e suas palavras pareciam estar envoltas em uma ameaça tácita.

– Mas foi essa a sensação. Já provei meu valor várias vezes. Será que eu vou ter de matar alguém na frente de vocês para conseguir sua aprovação? – disparou Cyra. – Querem que eu traga algum de meus pacientes aqui e mostre o que faço com eles? Gosto de trabalhar reservadamente, e tenho certeza de que muitos de vocês se identificam com isso, mas se meu *gênero* está impedindo que acreditem em mim, posso fazer isso.

A sala caiu em silêncio. Cyra esperou que algum deles a desafiasse, tentasse forçá-la a matar alguém de verdade na frente deles. Mas ninguém se mexeu, nem mesmo Python, que estava em silêncio, observando a sala.

Por fim, o último homem, um cinquentão silencioso, a pessoa mais velha dali, cujos olhos estavam escondidos por trás de um chapéu com abas, descruzou os braços e resmungou suas primeiras palavras na reunião:

– Deixem que ela fique. Todos confiamos no Python para tomar essas decisões. E se de algum jeito ela não for quem diz ser... – Ele deu de ombros e puxou a cabeça para trás, para olhar Cyra nos olhos. De maneira espontânea, um arrepio tomou conta de seu interior enquanto ela analisava sua pele envelhecida, a pequena cicatriz acima da sobrancelha esquerda, o vazio absoluto escancarado em seus olhos. – Bem, se for para sabermos, vamos saber.

Foi preciso apenas aquele vislumbre nos olhos dele para perceber que havia algo muito errado com aquele homem.

– Será que vamos começar esta reunião ou você ainda não confia em mim, Sand Fly? – trovejou Python.

Ficou claro que Sand Fly ainda tinha um problema, mas, sendo minoria, balançou a cabeça e colocou as mãos no fundo dos bolsos da calça jeans.

Entretanto, Python pareceu satisfeito e limpou a garganta.

– Obviamente, temos um novo membro, portanto, para beneficiá-la, quando entrarmos, digam seu nome de grupo e qualquer coisa que ela deva saber. Lembrem-se das regras: nada de nomes verdadeiros, nada de identificar informações para si mesmos ou as vítimas, e falem durante no máximo cinco minutos. – Ele olhou para Cyra como se para ter certeza de que ela também o ouvia. Não precisava se preocupar; não havia como Cyra entregar qualquer informação que pudesse levar os *serial killers* a escarafunchar a vida dela.

– Sand Fly, já que você está falando bastante hoje à noite, pode começar.

O louva-a-deus girou os ombros para trás e deu um sorriso odioso para Cyra.

– Sou Sand Fly.

– Oi, Sand Fly – disse o restante do grupo, fazendo Cyra estremecer ao som de suas vozes unidas em um único cântico distorcido. Seria divertido, uma imitação bizarra de uma reunião dos AA, se não fosse tão perturbador. Ela voltou a atenção à respiração, relaxando os ombros e abrindo o peito em uma demonstração de confiança.

– Mistletoe deve saber que gosto de mulheres como ela – continuou Sand Fly, olhando Cyra de soslaio do outro lado do círculo, analisando suas roupas imaculadas e o disfarce loiro. – Mas só quando estou enfiando uma faca nelas.

– *Sand Fly!* – o tom de Python era de alerta.

Lamprey fez um estalo com a língua e se inclinou à frente, de modo que os braços curvilíneos descansassem sobre os joelhos.

– Tenha modos – sussurrou ele, um som distante que de alguma forma perpassou a sala toda, suave como pele de cobra.

Alguma coisa reluziu no rosto de Sand Fly enquanto ele tentava ignorar Lamprey, encarando Cyra em vez disso.

Todos a estavam testando, e ela sabia disso. Os comentários, os olhares, até as tentativas enervantes de Whipworm e Lamprey de recebê-la eram feitas para desconcertá-la, para ver do que ela era feita. Descobrir se ela era quem dizia ser.

Mas Cyra estava preparada para isso. Havia uma parte sua que ela sempre omitia. A parte fria e insensível que ela tinha de refrear diante do mundo. Ela já surgira antes – quando desassociara o que tinha acontecido com PJ, escondendo a verdade de todo mundo; quando vira a mãe deixando a si e à irmã para trás; quando soubera do relacionamento sexual de Mira com Arthur, o "benfeitor" que dera a Mira seu primeiro programa sobre arte.

Cyra sempre enterrava essa parte sua, com vergonha. Mas agora precisava dela, porque Mira era mais importante que a humanidade de Cyra. Não valia mais a pena suprimir o torpor que a assolava. Ela tinha de deixá-lo visível para ajudar Mira. Tinha de abraçar por inteiro a personagem que estava representando. A fria e sombria Mistletoe, uma mulher intrépida e poderosa.

– Fico me perguntando qual é o som de seus gritos – disse Sand Fly em voz tesa e dura.

Sem avisar, ele se levantou.

– Ei! – alertou Python, ao mesmo tempo que Lamprey se recostava na cadeira, de olhos cerrados, analisando a situação.

A garganta de Cyra travou, e o instinto de fuga quase a sobrepujou. Manchas escuras flutuaram em frente à sua vista, enquanto seu pulso disparava. Uma coceira começou a se insinuar no seu peito, apertando--o, fazendo os ombros se curvarem. Ela estava perdendo, perdendo a *persona* de que precisava para sobreviver ali.

"Inspire. Expire. Inspire. Expire."

Cyra cravou as unhas na palma da mão, usando a dor para se centrar. Forçou os ombros para trás, cerrando a mandíbula, usando a expressão impassível que praticara no espelho na noite anterior. Naquela sala, ela não era Cyra. Era Mistletoe. E Mistletoe não tinha medo.

Cyra expirou o medo, contraindo bem a barriga, deixando uma lufada de torpor substituí-lo. Seu corpo se retesou e então ficou imóvel. Suas emoções desapareceram.

"Sou Mistletoe. Não tenho medo desse homem."

A máscara caiu de seu rosto, e Cyra liberou a escuridão que se mantinha à espera lá dentro.

– É curioso – disse Cyra como quem não quer nada, contendo um pequeno bocejo, como se ouvisse os homens falarem assim o tempo todo. – São sempre os homens menos dotados que contam vantagem sobre as próprias conquistas. Ou os menos talentosos. Isso é verdade, Sand Fly?

O pescoço branco de Sand Fly ficou todo vermelho, e o canto do seu olho direito se torceu.

"Na mosca."

Lamprey voltou a rir, fitando Cyra com olhar de aprovação. Ela o ignorou.

– Não para mim – grunhiu Sand Fly, mas não pôde disfarçar a vermelhidão do pescoço ou a sobrancelha erguida, que revelavam a verdade. Mais baixo, ele murmurou: "Sua vadia estúpida".

– Sente-se! – bramiu Python.

– Não me diga o que fazer. – Mas Sand Fly cedeu, piscando com fúria e encarando Cyra.

– Vamos continuar – disse Python, fazendo contato visual com Sand Fly e estendendo à frente os braços grossos como troncos, alongando-se de leve ao entrelaçar os dedos e estralando o pescoço. Sand Fly, pelo jeito, captou a mensagem e foi fechando a boca, desviando o olhar de Cyra, com sangue nos olhos.

– Pea Crab?

O restante do grupo em semicírculo foi-se apresentando devagar, embora nenhum de forma tão agressiva quanto Sand Fly. Eles falaram muito pouco sobre si mesmos ou sua vida, como Python pedira. Alguns dos homens, como Pea Crab e Cuckoo, pareceram contentes em ignorar Cyra por completo, evitando o olhar dela, fingindo que ela não estava ali. Em contrapartida, Sand Fly e Lamprey não conseguiam parar de olhá-la, como se esperassem que surgissem falhas no seu semblante, revelando suas verdades. Whipworm parecia cem por cento à vontade perto dela, como se ela sempre tivesse estado lá, mas havia um tom paternalista em sua voz, ao se dirigir a ela, que revelava ausência de respeito.

O único que ela não conseguiu decifrar foi o homem mais velho de barba e chapéu de beisebol. Ele nem a evitava nem a encarava, e, quando chegou sua vez, limitou-se a dizer seu apelido.

– Mockingbird[8] – grunhiu ele. – Sou caminhoneiro aposentado. Nada importante para dizer.

– Que interessante... Da última vez, eu me lembro claramente de pedir conselhos para lidar com ferimentos feitos pelas presas, e você mencionou que tinha certa experiência com isso – disse Cuckoo cruzando os braços, em um tom que beirava a petulância.

– Não vou falar hoje – repetiu Mockingbird.

[8] Em português, "tordo": pássaro conhecido por sua habilidade em imitar sons de outras aves e ruídos do ambiente, "parasitando" o canto alheio para atrair parceiros e defender seu território. (N.T.)

– Mas…

– Não aja feito idiota e você vai ficar bem – desembuchou Sand Fly, olhando para Cuckoo com desinteresse. – Nunca fui ferido por essas garotas. Fique preparado, e isso não será um problema.

Mockingbird cerrou os olhos.

– Para certas coisas não é possível se preparar.

– Prepare-se para qualquer eventualidade, esse é meu lema – acrescentou Whipworm.

– Você não foi pego porque zoou a tentativa, Whip? – interrompeu Lamprey em tom preguiçoso e divertido.

– Vá se foder, Lamprey.

Os olhos de Cyra pulavam de um falante para outro, tentando fazer anotações mentais, guardando na memória tudo que ouvia. Ao mesmo tempo, certificava-se de fazer os membros parecerem relaxados, curvando os lábios em um sorrisinho semi-interessado.

– Quero saber do Mockingbird – reclamou Cuckoo. – Ele disse que…

– Parei de falar por hoje, está entendendo? – Agora Mockingbird se inclinava na cadeira, fixando em Cuckoo um olhar mortal que calou o mais jovem na mesma hora.

– Beleza, vamos continuar – disse Python. – Este é seu espaço seguro para falar o que estiver pensando, o que você pode precisar da comunidade. Mais alguém?

Sand Fly abriu a boca, mas foi interrompido por Pea Crab, o agitado que não conseguia ficar parado. Era difícil adivinhar sua idade, porque ele tinha a aparência de alguém que havia sido colocado várias vezes na máquina de lavar, no ciclo pesado.

– Oi, sou Pea Crab.

– Oi, Pea Crab – disse o grupo, como uma única criatura.

Pea Crab meneou a cabeça como se fosse um boneco, antecipando-se antes que o som de seu nome desaparecesse.

– Eu preciso saber, cara, como vocês estão se livrando dos corpos sem que eles sejam encontrados o tempo todo. Eu... eu não consigo achar um bom lugar. Eles continuam... continuam encontrando meu pessoal. Tipo... tudo bem que eles estão cagando pra isso, mas preciso encontrar uma solução melhor.

– Estão cagando por quê? – perguntou Cyra. Era disso que ela precisava, de mais informações sobre como esses homens matavam.

Whipworm virou-se de novo para ela, explicando, como se Cyra fosse uma criança:

– Os tiras não ligam para traficantes e prostitutas mortos. – Em seguida, com uma voz mais baixa, que não alcançava todo o círculo, disse: – Pea, na verdade, não faz distinção. Ele mata para conseguir droga ou para ter um lugar para ocupar por algumas semanas.

"É claro", pensou Cyra, olhando para Pea Crab com uma nova visão. "Ele está usando."

Isso explicava seu comportamento estranho e sua aparência maltrapilha. Também significava que talvez ele não se encaixasse na definição de *serial killer*. Ela imaginou o que ele estaria fazendo ali.

– Você está em tudo quanto é lugar – disse Sand Fly. – Já te falamos isso antes; vai acabar sendo capturado, se não parar de ser tão impulsivo. Se você apenas jogar um corpo num beco, ele vai ser encontrado. E duvido que você limpe o local.

– Não tenho tempo para deixar tudo bonitinho como vocês fazem, seus babacas – debochou Pea Crab, afundando as unhas na pele do punho.

– Você vai chamar uma atenção desnecessária – disse Cuckoo, tirando os cabelos loiros dos olhos e franzindo a testa.

– Tenho coisas a fazer – retrucou Pea Crab, mas Cyra notou como seus olhos viravam para o lado e o lábio superior se retorcia. Ele estava escondendo alguma coisa.

– Mais pedra pra fumar – disse Lamprey, revirando os olhos. – Cuckoo tem razão. Você tá zoado.

– E ficando cada vez mais zoado – apontou Cuckoo. – Anda tendo recaídas nos últimos meses.

Um rompante de energia percorria a espinha de Cyra de cima a baixo. Agora que liberara o medo e a ansiedade, restava a empolgação, como se ela estivesse constantemente despencando do ponto mais alto de uma montanha-russa.

Cyra notou que Lamprey olhava para Cuckoo estreitando os olhos. Teve a sensação de que Lamprey gostava de bancar o bonzinho no grupo, mas que, na verdade, ele se considerava o alfa. Perguntou-se se ele estaria lá para conexões ou algo mais – alguma forma de dominância.

– Água, Pea – interferiu Sand Fly. – É meu conselho. Embrulha eles, coloca peso e descarta. Mas lembre que os corpos incham dentro da água, então você vai precisar de mais peso do que tinha imaginado para mantê-los lá embaixo.

Cyra pensou na sacola em que colocara pedras e que afundara nas águas de Breezy Point. Ela esperava arrependimento, vergonha, mas, como Mistletoe, a memória lhe devolveu apenas a sensação de orgulho. Ela os enganara; usava a tática deles mesmos para se infiltrar no grupo.

– É difícil fazer isso em uma cidade sem ninguém ver você – murmurou Pea Crab. – Principalmente hoje em dia, com tudo quanto é celular, câmeras de segurança e merdas do tipo.

– É por isso que vale a pena mudar para fora da cidade – disse Sand Fly, com um sorrisinho. – Ninguém espia nos píeres em…

– Ei! – Python o interrompeu. – Nada de citar lugares. Quantas vezes eu tenho que te dizer isso?

Sand Fly fez um gesto com a mão.

– É, tá, que seja. – Então, voltou a atenção para Cyra. – E você? O que nosso membro mais novo acha?

Cyra fez uma pausa, esperando para ver se mais alguém interromperia, mas houve silêncio. Ao que parecia, todos estavam interessados em ouvi-la. O que confirmou suas suspeitas: aquilo não era uma festa de boas-vindas; era outro teste.

CAPÍTULO 6

Cyra se encostou na cadeira desconfortável, com os pensamentos em turbilhão.

Como aproveitar aquilo para saber algo que a ajudaria a encontrar o homem por quem ela estava procurando?

– Se a pergunta é sobre esconder corpos, depende da maneira como você os matou – ela finalmente respondeu, lançando um olhar para Python, a fim de verificar se seria repreendida por quebrar uma regra. Mas Python não disse nada; ficou olhando para o vazio enquanto eles conversavam, como se mal estivesse lá.

– D-depende – Pea Crab gaguejou, quase confuso, como se não conseguisse lembrar. Sua voz baixou para um decibel acima de um sussurro.

Cyra tentou não parecer tão ansiosa ao se sentar à frente para ouvi-lo melhor.

Não era provável que os caminhos de Mira e daquele homem tivessem se cruzado; ela nunca tinha usado drogas pesadas, portanto não achou que Pea Crab fosse um candidato provável a assassino de Mira. Contudo, quanto mais ela pudesse saber, melhor.

– Com um martelo – Cuckoo acrescentou. – Sem refinamento. Ele só os golpeia na cabeça com o martelo de garra.

– É – respondeu Pea Crab, com cara de aliviado e desviando o olhar. – É, em geral é com o martelo.

Cyra estava começando a entender como decifrar Pea Crab. Sempre que mentia ou contava uma meia-verdade, ele se contorcia e evitava o contato visual.

"E ele está tão zoado que mal se lembra dos próprios assassinatos, mas ficou claro que já conversou a respeito com o grupo."

Ela tentou não pensar em quantas pessoas Pea Crab tinha matado – pessoas que poderiam ter ficado limpas ou ter saído das ruas. Mistletoe não teria se importado com isso, portanto Cyra também não ligaria.

Outra coisa lhe ocorreu:

"Mira foi morta por trauma contundente".

O ataque, de acordo com a polícia, fora rápido e brutal. Mira tinha levado um golpe na cabeça, tinha caído, e dali em diante tudo não passava de um exagero frenético. Não obstante, os jornais relataram que Mira fora encontrada no parque de costas, sem sangue no rosto. Ou seja, seu assassino a tinha virado depois, algo que Cyra não sabia ao certo se Pea Crab teria a presença de espírito de fazer.

Além disso, os policiais, ao que parece, pensavam que Mira tinha sido atacada com algo como uma pedra, não um martelo.

Ela afastou os pensamentos sobre o cadáver da irmã.

– E então? – Sand Fly perguntou, trazendo-a de volta à sala. – Alguma sugestão quanto aos cadáveres de Pea, Mistletoe?

Ela se ajeitou discretamente na cadeira, endireitando a coluna e jogando uma mecha da peruca loira sobre um ombro, como se não se importasse com nada no mundo.

– Sempre faço isso às claras – disse Cyra, baixando a voz de propósito, como se compartilhasse algo pessoal e íntimo com um *crush* num bar lotado. – Meus pacientes ficam direto na cama. Todo mundo acha que é velhice ou derrame. Por causa de onde eles estão, de como procedo. *Eu* não faço bagunça.

– Não estou ouvindo uma sugestão – disse Sand Fly, puxando os lábios em direção ao teto.

Cyra lhe disparou um olhar irritado antes de se virar para Pea Crab.

– Ele não precisa de sugestão alguma. Whipworm está certo. Os tiras não ligam para viciados mortos. E, pelo que você está dizendo, parece que até agora ele teve sorte. Talvez essa sorte se mantenha.

Não era isso que eles estavam procurando – queriam que ela se expusesse, desse uma ideia burra ou um conselho gentil, mas ela não lhes daria esse prazer.

– Isso não é produtivo – interferiu Whipworm. – Não se trata de sorte. Pea tem feito merdas como essa por muito tempo, e não o pegaram. O fato de ele ser branco ajuda, é claro.

– Desculpe – disse Cuckoo, com a voz tensa como uma corda de violão. – Você está tentando transformar isso em uma questão de raça?

Whipworm franziu a testa.

– Claro que é uma questão de raça. Não acha interessante que, do grupo inteiro, os únicos dois que cumpriram pena são os pretos? Python e eu também escapamos com facilidade. Na verdade, fomos libertados. – Ele fez um aceno de cabeça à esquerda, para Cyra. – A Miss Estados Unidos aqui injeta nas pessoas na cara dura, e ninguém nem pisca. Cuckoo anda por aí com o bilau pra fora. Pea deixa os cadáveres ao ar livre como se fossem gavetas sujas. E todos vocês estão aí, impunes, embora sejam responsáveis por mais corpos que eu e o Python juntos.

Cyra estava parada, quieta. Parecia extremamente estranho concordar com alguém que basicamente era uma pessoa má, mas errado Whipworm não estava. Ela não tinha a menor dúvida de que os membros brancos do grupo provavelmente estavam cometendo atos de que Whipworm e Python nunca dariam conta.

– Whipworm... – murmurou Python. – Fica frio...

– Talvez a gente não tenha sido preso porque agimos com mais esperteza, não? Já pensou nisso? – perguntou Lamprey, encostando-se na cadeira e fitando Cyra.

Whipworm zombou e lançou um olhar afiado para Pea Crab, que coçava freneticamente a parte interna do braço feito um cachorro, confuso com a direção que a conversa tomara.

– É, cara, ele é um gênio completo. – Virou-se para Pea Crab. – Você sabe que nem deveria estar aqui, né? Você não chega perto de nenhum de nós. Você só foi aceito no início. Python nunca teria deixado você entrar se tivesse se candidatado hoje.

Cyra tentou não parecer interessada demais, mas a conversa estava fornecendo informações úteis – os métodos de descarte de Pea Crab não se encaixavam com o que tinha acontecido com Mira, e, ao que parecia, as mortes provocadas por Cuckoo tinham um componente sexual. Era uma das únicas coisas sobre a morte da irmã pela qual Cyra era grata – havia sido uma morte rápida e não havia evidências de agressão sexual. O detetive Bellows, enfim, conseguiu contar isso a ela depois que finalmente tinham liberado o corpo de Mira.

"O primeiro golpe provavelmente a apagou. O segundo foi fatal. Não achamos que ela tenha sofrido", Bellows contou a ela.

Disso ela não tinha tanta certeza. Ter a cabeça esmagada por uma pedra não podia ser bom, mesmo que você imediatamente caísse sem consciência e não sentisse a morte depois.

Ainda era cedo demais para rotular alguém, mas, por ora, Pea Crab e Cuckoo estavam longe da lista de suspeitos. E, embora Sand Fly mencionasse esfaquear, e não bater, ele estava no topo. Seu ódio por mulheres era óbvio, e ele sempre poderia mentir sobre seus métodos de assassinato.

– Vamos encerrar a sessão por hoje – disse Python, depois que a sala ficou em silêncio por um minuto. – Fiquem à vontade para socializar um pouco e comer alguma coisa; depois, vão embora separados. Dez minutos de diferença entre a saída de cada um. Vou ficar de vigia – acrescentou ele, concentrando-se principalmente em Sand Fly. – Mesmo horário, mesmo lugar, semana que vem. Lembrem-se de se registrar na noite anterior.

Python voltou-se para Cyra.

– Os únicos momentos em que conversamos uns com os outros são nessas reuniões. Você precisa checar a caixa de mensagens do fórum antes de cada reunião, para confirmar horário e local. Às vezes as pessoas saem entre as sessões, e precisamos trocar de lugar.

– Onde mais nos encontramos? – perguntou ela.

– Isso depende da necessidade – disse Python, firme. – Mas nunca vamos duas vezes ao mesmo lugar.

Agora os homens se moviam, levantando-se das cadeiras dobráveis que causavam dormência na bunda e caminhando até a mesa posta com café e ovos recheados. Eles estalavam as juntas enquanto murmuravam em voz baixa, vez ou outra olhando para Cyra por sobre os ombros.

Ela sabia que tinha de socializar com eles, mas primeiro abordou Python, que não saíra da cadeira em frente à porta e mantinha as mãos cruzadas no colo.

– Python...

– Sim?

– Não – disse Cyra. – Python[9]. A cobra. As cobras não são parasitas.

O grandalhão deu uma risadinha.

---

[9] Em português, "píton": serpente constritora de grande porte, que mata suas presas por asfixia, enrolando-se ao redor delas até sufocá-las. (N.T.)

– Não sou um de vocês, lembra? Nem ferrando que eu vou aceitar um desses apelidinhos de doido. Sem ofensa. Não, na prisão me chamavam de Python por causa dos meus braços. – Ele olhou para ela e piscou. – Eles podem esmagar um homem como uma cobra.

Ela não necessariamente confiava em Python, mas já estivera a sós com ele antes, e o homem não a machucara. Cyra tomou uma decisão de último instante.

– Posso sair por último?

Ela queria dar aos outros uma chance de ir embora antes dela, para que pudesse detectar qualquer um que tentasse segui-la. E queria estabelecer um precedente: se ela permitisse que os homens saíssem primeiro naquele momento, poderia seguir um deles no futuro.

Python deslizou os olhos para a mesa onde o restante do grupo estava reunido e limpou a garganta.

– Sim, claro. Ouça, enviei a você a lista de regras. Você sabe que não somos autorizados a ferir outra pessoa do grupo nem a bisbilhotar sua vida. Devemos cuidar uns dos outros. Mas você é… diferente das pessoas do grupo com quem eles estão habituados. Acho que é melhor tomar cuidado.

Ela o olhou com calma.

– Por que não sinto repulsa por você? Por que não sentimos repulsa por você, sendo que não é um de nós?

Python pareceu surpreso.

– Quem foi que disse que vocês não sentem repulsa por mim?

– Por que você está aqui, então?

Sua boca se contorceu entre um meio-sorriso e uma meia-careta.

– Por meus próprios motivos egoístas. – Mas Cyra notou que os olhos dele se voltavam para Whipworm por um breve instante antes de se virarem para ela. – Este grupo poderia me fornecer um álibi à prova de balas. Não que voltar a machucar alguém esteja nos meus planos, mas sou um homem negro com passagem pela prisão. Se alguma coisa dá ruim no meu bairro, é a mim que eles vão acusar. Eu me entendo com alguns dos cidadãos mais... honrados do grupo. Se eu for pego por alguma bobagem, eles me darão um álibi.

– Achei que dar álibi não era permitido, nem comunicação externa entre os membros do grupo – falou ela, lembrando-se das regras de Python.

– Comigo é diferente. Concordei em fazer isso, em agir como moderador entre vocês, especificamente porque posso precisar de ajuda no futuro. Você perguntou por que estou aqui. É por isso – disse Python. Sua voz soava como um bramido baixo, como trovões distantes.

Mas ela não se esqueceu de como os olhos dele o haviam traído momentos antes, como eles tinham pousado novamente em Whipworm, como se ele sequer estivesse ciente disso. Python deveria saber, assim como ela, que, na hora da verdade, nenhum dos homens do grupo de fato arriscaria o pescoço para lhe dar um álibi. Aquilo era só uma desculpa.

Se *serial killers* podiam ter amigos de verdade ou pessoas que gostavam deles de fato, apesar de suas monstruosidades, parecia que Whipworm tinha Python como amigo.

– Obrigada, Python – disse Cyra, de repente –, por me dar uma chance.

O sorriso do grandalhão parecia pintado no rosto, como o de uma boneca de porcelana.

– Não me agradeça ainda.

Quando Cyra foi à mesa de comida diante da qual estavam os outros homens, seus membros pareciam estar pesados e grossos sob o fardo de desempenhar a personalidade de Mistletoe, portando-se da maneira esperada, pensando nas coisas certas a dizer. Ela estava perdendo ímpeto, como quando fazia ao estar com Izzie e Eli, fingindo ser a versão de si mesma afável e palatável aos amigos de sua irmã. Essa personagem que ela estava interpretando era cansativa, mas de um modo estranho. Quase parecia um papel... fácil demais. Como se fosse uma armadilha. Era natural demais desviar-se para esse espaço mental frio. Cyra tinha de tomar cuidado para não se perder na escuridão em que estava penetrando. Talvez fosse melhor limitar o tempo em que fingia ser Mistletoe. Logo ela daria um basta nisso.

– Como evitar chamar a atenção com essas reuniões? – perguntou Cyra ao chegar à mesa e se forçar a servir-se de uma xícara morna de café sob os olhares dos homens, prometendo a si mesma que apenas fingiria tomá-lo. – As pessoas não notam que vocês estão entrando em um centro recreativo inoperante?

– De jeito nenhum, aqui é o Queens, as pessoas não estão nem aí – retrucou Whipworm.

– O prédio é meu – Python explicou, aparecendo atrás dela e apanhando um saquinho de chá que desapareceu em sua mão enorme. – Mas, como eu disse, também alternamos os locais de reunião. Você pode imaginar que há pessoas que não voltam. Pessoas de passagem ou que percebem que isto não é para elas. Quando alguém vai embora, mudamos de lugar. Você é a primeira pessoa que recebemos desde Lamprey e Cuckoo. Nós mudamos de lugar uns seis meses atrás e não tivemos de trocar de novo desde então.

Cyra sentiu um baque no estômago. Se as pessoas iam e vinham, como ela faria para não perder de vista o assassino de Mira? E se o assassino de Mira não estivesse no grupo?

"Calma lá!", disse a si mesma. "Mira morreu quase dois meses atrás. Eles disseram que em seis meses ninguém saiu. Ainda há uma boa chance de ele estar aqui. E, se não estiver, talvez alguém do grupo se lembre de algo sobre ele."

– Tem muita gente que entra e sai? – perguntou ela, fingindo total indiferença.

Python deu de ombros.

– Só alguns forasteiros. Gente que não mora aqui, que tende a ficar só por um tempo.

– Mas pode haver mais de nós por aí, na cidade – apontou Cyra.

– Talvez. Ou talvez sejamos nós – Lamprey tomou a palavra, observando-a com interesse. – Somos uma raça em extinção, afinal. É mais difícil fazer o que fazemos hoje em dia, com todas as mídias sociais e tecnologia, e os avanços na coleta de DNA. É mais fácil pôr tudo a perder agora.

– Pea Crab dá credibilidade a isso – murmurou Sand Fly, alto o bastante para todo mundo ouvir.

– Talvez você deva ir a uma reunião dos NA, Pea – disse Whipworm, curvando os lábios enquanto olhava o homem trêmulo que cheirava os ovos e, inconscientemente, mexia a cabeça para cima e para baixo.

– Foda-se – grunhiu Pea Crab, afastando-se dos ovos e passando a beber café.

– A propósito, a porta dos fundos ao lado dos lixões está sempre destrancada, mesmo quando não estou aqui – disse Python a Cyra, fazendo um gesto para cima e em direção à parte de trás do prédio.

– Por quê? – perguntou Cyra.

– Quando está muito frio, digo aos sem-teto que vivem perto de mim que podem entrar no prédio por ali. Isso os afasta do tempo ruim por algum tempo. Mas eles sabem que só podem ficar até a manhã seguinte. – Ele devia ter visto a cara de surpresa dela. – Não sou insensível. E eles têm limites, aliás. Se eu descobrir que alguém daqui machucou um deles, essa pessoa terá de se ver comigo.

Ela não tinha certeza do que dizer diante disso – como equilibrar, em sua mente, o conhecimento de um matador de aluguel que também ajudava desabrigados. Cyra olhou para o triste prato de ovos recheados na mesa, erguendo as sobrancelhas.

– É, era a vez do Whipworm trazer o lanche hoje – disse Sand Fly, com a decepção estampada no rosto. – Como se alguém fosse comer a comida que ele fez.

– Ai, pelo amor de Deus, eu não coloquei droga neles! – protestou Whipworm, jogando as mãos para cima e depois cruzando-as no peito. Ele baixou a voz e murmurou, tão baixinho que Cyra não teve certeza se tinha ouvido direito: – De qualquer maneira, nenhum de vocês é meu tipo.

– Da próxima vez, traga algo comprado em loja e ainda na embalagem – Python lhe lembrou, mas sua voz era diferente quando conversava com aquele homem; mais silenciosa, quase... gentil. Cyra se lembrou de que Whipworm e Python tinham estado juntos na prisão. Isso provavelmente explicava o vínculo que havia entre eles. – Você conhece as regras.

– Beleza, Deus me proíbe de tentar nos proporcionar uma comida caseira boa para comer.

– Isto não é um chazinho da tarde – disparou Cuckoo.

– Não quer dizer que precisamos perder todo o senso de respeito e decoro – argumentou Whipworm.

– Cavalheiros, não assustem nosso novo membro com todo esse falatório – disse Lamprey, observando o semblante de Cyra enquanto ela se lembrava de não reagir, de manter a expressão impassível, como praticara diante do espelho na noite anterior.

– De qualquer modo, eu preciso ir – disse Sand Fly, ignorando os ovos, que estavam começando a ficar com um arco alaranjado sobre a gema em círculo que os cobria. – Vejo vocês na semana que vem.

Ele contornou a mesa, passando por Pea Crab e parando próximo ao ombro de Cyra. Ela tentou não olhar para ele, não o cumprimentar, mas ele era tão alto que ela sentiu que ele se inclinava sobre o seu corpo. O bafo dele atingiu de leve seu crânio, e por um segundo ele nada disse, só deixou a exalação cobrir a testa dela com uma camada de sujidade que nenhum banho poderia apagar. O homem cheirava a um desses aromatizadores de ar de ligar na tomada, cítrico e floral demais para ser natural.

Ainda recusando-se a olhá-lo, Cyra o sentiu baixar a cabeça em direção a ela e ouviu-o sussurrar: "Mal posso esperar para conhecê-la melhor".

De repente ela quis estar em casa, na cama, debaixo das cobertas.

Aquilo era um ninho de monstros no qual ela entrara.

"O que há de errado comigo?"

– Sand Fly... – A voz de Whipworm saiu mais afiada e dissimulada do que antes, ao notar o outro homem inclinado sobre o ombro de Cyra. – Tenho um compromisso. Você pode sair para eu poder ir na próxima vez, porra?

– Relaxe, Whip, estou indo.

Cyra tentou ignorar o lampejo de alívio que sentiu quando o ar se moveu atrás dela, e Sand Fly a contornou e se dirigiu à porta, dispensando um último olhar sobre o ombro na direção dela.

Whipworm olhou para a mesa, e sua voz voltou a ficar suave.

– Que desperdício de comida... Acho que vou levar para casa.

Cyra achou uma pena absurda aquela pilha de ovos em que ninguém tinha tocado, e em seguida deu uma piscadela, tentando se esquecer disso. Ela não conseguia demonstrar nenhuma pena pela irmã morta, pelo pai bêbado ou por si mesma, mas um prato de ovos recheados que um *serial killer* tinha trazido havia despertado nela, de alguma forma, uma emoção.

Ela precisava sair dali.

Um a um, os outros homens saíram, até Mockingbird, olhando mais uma vez para Cyra com um interesse silencioso, enquanto ia embora. Finalmente, Cyra ficou a sós com Python, que dobrava as cadeiras e as empilhava de lado no canto da sala, além de limpar as marcas de café na mesa que eles tinham usado. Cyra achou aquilo de uma consideração e tanto.

– O Sand Fly quer me matar – disse ela sem rodeios, observando-o.

Python não olhou para cima, mas meneou a cabeça.

– Provavelmente. Ele quer matar toda mulher. Ele tem um tipo, é claro, mas sua presença aqui o ameaça. Acho que o latido dele é muito pior que a mordida. Mas fique alerta.

– Qual é o tipo dele? – perguntou ela.

Mas Python balançou a cabeça.

– Não sei especificamente, e, se soubesse, não diria a você. – Então ele olhou para ela, pensativo. – Ouça, dizem que ele gosta de meninas ricas. Fique longe dele. Não fique sozinha com ele, e você ficará bem. Tenho certeza de que você sabe se cuidar.

Cyra sabia que ele estava pensando no sangue que ela lhe mostrara. Mas ele não sabia a verdade, não sabia a história toda, o modo como ela o tinha enganado a fim de participar do grupo, como os parasitas que todos eles imitavam.

Não importava. Cyra seria a realidade – ela se infiltraria neles, extrairia seus recursos e lhes deixaria uma casca vazia.

CAPÍTULO 7

Cyra ficou em alerta máximo a caminho de casa.

Ela entrou em uma cafeteria para tirar o disfarce, saltou na parada errada do metrô, voltou e trocou de linha. Levou uma hora para percorrer trinta quadras, e durante todo o caminho de volta não conseguiu parar de pensar no que deveria fazer.

"Será que devo matar todos eles?"

Era um pensamento angustiante, e ela não tinha certeza se tinha habilidade para isso. Nenhum dos homens do grupo de apoio era inocente, é óbvio, mas ela estava começando a se perguntar sobre as ramificações morais de frequentar essas reuniões enquanto aqueles homens perseguiam e, potencialmente, matavam mais gente. Se ela pudesse impedi-los, não deveria fazê-lo?

Mas não havia como Python não estar portando algo – um ex-matador cercado por *serial killers*? Definitivamente, ele tinha uma arma, com a qual devia ser muito mais habilidoso do que Cyra poderia ter esperanças de ser. As sólidas habilidades de defesa pessoal de Cyra a faziam se sentir mais confiante ao frequentar as reuniões, mas nem todo o treinamento de luta livre do mundo faria parar uma bala.

Enquanto subia os degraus da última parada do trem F, ganhando o ar frio de outono, com as folhas batendo ao redor dos seus pés enquanto ela passava pela lavanderia e pelo restaurante de comida indiana a que certa vez tinha levado Mira, Cyra se deu conta de que aquilo não importava.

A verdade era que ela não podia – não iria – matar ninguém até saber a verdade. Talvez isso fosse doentio ou egoísta, mas ela precisava, antes de fazer qualquer outro movimento, saber quem lhe tirara a irmã. Ela devia isso a Mira.

Enquanto percorria as últimas quadras em direção ao apartamento, Cyra analisou seus suspeitos.

Ela não sabia como cada membro do grupo trabalhava, e Python a tinha alertado de que alguns deles confundiriam os outros para proteger o próprio anonimato. Além de Sand Fly, sua intuição dizia que Lamprey e Mockingbird eram os dois com quem ela menos gostaria de se encontrar cara a cara em um beco escuro, mas isso não significava necessariamente que fossem eles que Cyra estava procurando.

Ela tinha quase certeza de que poderia excluir Pea Crab – o corpo de Mira havia sido intencionalmente posicionado; ela não era seu tipo de alvo habitual; e ele parecia desorganizado demais para ser responsável por sua morte.

Cyra ruminou a respeito disso ao se aproximar do prédio, parando de repente ao reconhecer a silhueta ao lado da coluna.

Bea estava do lado de fora do prédio, com expressão irrequieta e dedilhando o chaveiro com *spray* de pimenta que ela sempre carregava.

– Oi, Bea.

– Desculpe por não mandar mensagem – disse a ex-namorada, olhando para o chão. – Tive medo de você me mandar me foder, e realmente preciso pegar minha última caixa. Meu suéter favorito está lá.

– Eu não teria feito isso. Mandar você se foder, quero dizer – falou Cyra, soprando os dedos para aquecê-los, já que o ar ficava mais gelado à medida que o céu escurecia ligeiramente. Nuvens flutuavam acima, e o céu pesava, como se de repente estivesse considerando vomitar nas pessoas. – Como sabia que eu estaria por aqui, e não no trabalho?

– Qual é, Cyra? Sei que você mal tem comparecido ultimamente. Imaginei que havia cinquenta por cento de chance de você ter tirado um dia de folga. Você precisa tomar cuidado; eles vão te despedir.

– Não, não vão. Eles não estão nem aí para o que eu faço. – Cyra sentiu a sobrancelha se curvar involuntariamente. Bea sempre fazia isso. Ela tinha o hábito de zelar por Cyra como se ela fosse sua filha.

– Bem, precisei arriscar. Vi que você deletou todas as suas redes sociais.

– É. Hora de mudar.

– É isso que você está fazendo? Mudando?

– O que mais seria?

Bea balançou a cabeça, olhando para baixo.

– Nada.

– Certo, *er*... Suba, a caixa está no armário do *hall*. – A respiração de Cyra se desacelerou enquanto ela tentava não olhar para o rosto familiar de Bea, as linhas do seu nariz, o formato em meia-lua das sobrancelhas. Ela se lembrou de traçar essas sobrancelhas com as pontas dos dedos, colocando as mãos em concha sobre as bochechas de Bea enquanto beijava seus lábios macios.

Cyra esperou sentir pontadas de arrependimento e saudade, mas nada aconteceu. Em vez disso, o peito ficou apertado e a mandíbula se tensionou. Por que ela não podia ser normal? Por que afastava Bea, em vez de se abrir com ela? Cyra ficou irritada – consigo mesma, com a situação, até com Bea. Para se distrair, tirou os óculos, fingindo limpar uma sujeira da superfície. O mundo ficava ligeiramente borrado sem as lentes, e Cyra se lembrou das lentes de contato de Mistletoe, enfiadas no fundo da bolsa, ao lado do restante do disfarce.

Pensar em sua *persona serial killer* enregelou sua espinha, fazendo-a recolocar os óculos no rosto, tentando sufocar a irritação.

Cyra disse:

– Desculpe fazer você esperar. Você ficou muito tempo aqui?

Bea balançou a cabeça, com os belos cabelos pretos flutuando ao redor do queixo enquanto falava.

– Não muito. Mas não sinto falta do bairro. É difícil o acesso, e ele precisa de um pouco de... atualização.

– Não, obrigada, não posso bancar a gentrificação. Como está sua casa nova? – perguntou Cyra, destrancando a porta do prédio e levando a ex para dentro.

– Bem – respondeu Bea, claramente fingindo indiferença. – Não fica longe daquele armazém.

– Aquele da festa?

– Isso. No meio do Brooklyn, e ainda assim caro demais.

Cyra só havia estado naquela festa do armazém, onde conhecera Bea, por causa de Mira.

– Vamos, vai ser divertido – disse Mira oito meses atrás, com a voz abafada enquanto segurava o telefone na bochecha com o ombro, como muitas vezes fazia enquanto se ocupava com várias tarefas em casa. – Nunca mais te vi desde que você se mudou para o Queens.

– É, pois é, é um trajeto longo.

Cyra não comentou que se mudara para o Queens porque sua irmã mais nova lhe pedira que tirasse as coisas do apartamento que compartilhavam, para conseguir um de um quarto só em Dumbo. Mira afirmara que precisava de mais "espaço criativo" após ser descoberta e exibida pelo proeminente crítico de arte Arthur McCowen. Ela tinha jurado que não era nada pessoal, que Arthur insistia que ela deixasse seu "olhar interno trabalhar mais duro" a fim de que ele tivesse uma arte nova interessante para promover em seu programa seguinte.

– Qual é, Cyra? – questionou Mira. – Você não está fazendo nada, mesmo... E sinto sua falta.

Cyra assentiu.

– A que horas?

Naquela noite, Cyra conheceu Bea nos arredores da roda de dança, na festa de luz negra a que Mira a arrastara a fim de tirar fotos de longa exposição das pessoas de vinte e poucos anos consumindo *ecstasy*.

– Está se divertindo? – Bea gritou no ouvido de Cyra, por cima do bate-estaca. Ela parecia mais velha, mais próxima da idade de Cyra, não uma menina de faculdade, como o restante dos frequentadores da festa.

Cyra tinha bebido três vodcas e perdera Mira um tempo antes.

– Nem um pouco.

Bea riu, e elas acabaram indo para a rua a fim de fumar um cigarro juntas. A sensação de conversar com Bea era fácil e natural, apesar de sua beleza estonteante; ela tinha traços marcantes, pele morena-clara e um halo de cabelos pretos sedosos. Cyra ficou surpresa com o calor que sentia emanar das palavras daquela mulher, na forma como ela parecia demonstrar interesse.

Elas trocaram telefones no fim da noite e começaram a namorar duas semanas depois.

Depois disso, Mira a provocou, dizendo que ela era o motivo de as duas estarem juntas, levando, feliz, o crédito pelo relacionamento delas, mesmo que estivesse num canto transando com Arthur McCowen, com a câmera esquecida pendurada no pescoço.

Bea e Cyra não tinham completado um ano, mas ainda era o relacionamento mais longo que Cyra já teve. Ela sabia que devia estar se sentindo mais triste com o fim, mas não tinha energia para se importar com isso.

Ela levou Bea para o apartamento que elas costumavam dividir e lhe indicou a caixa de papelão com suas coisas, que estava enfiada embaixo da prateleira de casacos havia mais de um mês.

– Ouça, queria pedir desculpas mais uma vez – disse Bea com a voz um pouco trêmula enquanto pegava a caixa e a levantava, acomodando-a no quadril como se fosse um bebê. – Sei que meu *timing* foi uma merda. E desculpe por deixá-la lidar sozinha com as consequências do que... aconteceu. Isso não foi legal.

– Não, eu entendo – disse Cyra, puxando uma cutícula. – A morte da Mira foi demais. Eu não culpo você por tirar o time de campo.

– Jesus, Cy, é isso que você pensa? – perguntou Bea. – Eu não fui embora porque sua irmã morreu. Fui porque não conseguia mais ver você se castrando emocionalmente.

– Castrando?

Bea franziu a testa.

– Você sabe o que quero dizer. Você se separou de tudo, especialmente de sentimentos. Especialmente de mim.

– Perdi minha irmã.

– E isso foi terrível, mas, vamos encarar a real, Cy, você tinha problemas com isso antes da morte da Mira.

– Como assim?

Bea suspirou e ergueu um pouco mais a caixa para acomodá-la com segurança no quadril.

– Desculpe, Cy, mas eu ia terminar com você antes do que aconteceu com Mira. Foi um *timing* horrível. Você... você é mesmo desassociada. De você, de mim. É séria demais o tempo todo. Mesmo... sabe... na cama. Eu queria mais diversão na vida, e você é quieta e impassível demais. – Ela notou a expressão de Cyra e redirecionou a fala. – O que é ótimo! É por isso que você é tão boa no trabalho, que o proprietário recuou quando tentou inflacionar o aluguel e que Mira sabia que sempre podia contar com você para resolver os problemas dela. Um dia você vai fazer alguém muito feliz, porque é tão pé no chão e... estável.

"Chata; ela está te chamando de chata", pensou Cyra. "Chata até o último fio de cabelo."

Se Bea soubesse a verdade...

Cyra sentiu um aperto no coração. Não havia pensado que se casaria com Bea, mas ela a amava, à sua maneira, e ouvir que Bea a teria chutado independentemente de qualquer coisa era horrível.

– Bem, então, também peço desculpas. Eu não sabia que não era... suficiente para você.

Bea balançou a cabeça, como se tentasse se livrar de uma vespa.

– Não faça isso. Não faça parecer que me cansei de você. Não foi isso. Só me cansei de ser a única pessoa da relação que estava se esforçando.

O silêncio imperou entre elas, e os resquícios do elo se romperam. Cyra expirou, incapaz de olhar Bea nos olhos. Sua ex estava certa. Cyra andara tentando forçar um momento, forçar uma emoção, mas era inútil. Não havia mais nada para resgatar, e era um desserviço para Bea fingir que estava sentindo algo que não sentia.

– Desculpe – sussurrou Cyra. – Não estou tentando culpar você. Eu... não sei mais o que dizer.

– Cuide-se, tá bom? – disse Bea, virando-se de repente e saindo do apartamento, escondendo o rosto. Mas não importava; Cyra viu o brilho úmido em seus olhos antes que ela saísse.

× × ×

Ela tinha de tirar os olhos insinuantes de Sand Fly do seu corpo; tinha de pulverizar as palavras de Bea de sua mente.

Os punhos cerrados de Cyra acertaram várias vezes o saco de pancadas no canto do apartamento; foi uma saraivada de socos de baixo para cima, cruzados e *jabs*, enquanto suas pernas grossas se erguiam em chutes laterais e giratórios até ela pingar de suor e ofegar.

Embora tivesse começado com o *kickboxing*, depois que se mudara para a cidade Cyra tinha entrado em uma academia de artes marciais, aprendendo judô para segurança e jiu-jítsu para lutar no chão. Lutar era o que trazia Cyra de volta a si, de volta ao seu corpo. Era como ela apagava a mente, como se aquietava. Também não era ruim que isso a fizesse sentir-se marginalmente mais segura ao redor dos assassinos a quem fazia companhia. Seus ataques de pânico melhoravam quando ela estava treinando, e a raiva, também. Era mais fácil lidar com a intensidade do mundo quando ela sabia que podia ir para o saco ou o *mat* e malhar até se fartar.

Ela acertou o saco com o punho, recuando rapidamente, com o queixo erguido e o outro punho protegendo o rosto. Atacar era a especialidade de Cyra, embora nos últimos tempos andasse trabalhando em aprimorar o agarramento, sua área mais fraca. Isso e suas habilidades com a faca.

Ela pegou a navalha automática da ponta da mesa e ficou de olho no saco, deslizando o pé direito para a frente. Eles não ensinavam luta com faca na academia; ela tinha aprendido isso na internet. Atacou o saco com a mão direita, segurando a faca na horizontal em frente, cortando nas laterais. Cyra imaginou a lâmina cortando os tríceps de Sand Fly como se fossem manteiga fresca. Depressa ela deu um passo à frente com o outro pé, puxando a faca de volta, baixando-a e esfaqueando a metade de baixo do saco. Imaginou o sangue jorrando da coxa de Sand Fly enquanto ela eliminava sua mobilidade. Por precaução, arrancou a lâmina e a afundou no centro do saco, como se pudesse enfiá-la dentro do coração de Sand Fly.

Depois ela tomou banho duas vezes, tentando tirar a reunião do grupo de apoio – e o bafo de Sand Fly – de sua pele. Passou o resto da tarde encorujada no apartamento, deixando a luz do sol se esvair, assistindo a filmes de terror.

A noite caiu, e Cyra tirou uma das tristes refeições para uma pessoa que ela comprava por fardos a cada poucas semanas, para que não tivesse de pensar em se alimentar. Puxou o plástico filme e parou, sentindo uma coisa estagnada e opressora ao redor. Ela não havia notado antes a presença pesada da ausência. Nada de Bea, nada de Mira. Nenhum amigo a quem mandar mensagem – Cyra era dessas que pegavam amizades emprestadas, entabulando relações tênues com os amigos de Bea e de Mira em vez dos próprios. Sem nenhuma das duas, ela estava à deriva. Cyra poderia mandar mensagem para Eli ou Izzie, mas não queria fazer isso. Não queria mentir sobre o que estava fazendo.

E talvez não merecesse companhia. Talvez essa solidão fosse o que ela merecia. Afinal, fizera coisas terríveis, algumas na semana anterior: tinha destruído evidências de um assassinato, explorado uma mulher morta de quem gostava de verdade, tinha se juntado a um grupo de assassinos... Talvez Cyra tivesse feito essas coisas porque estava contra a parede, mas, mesmo assim... Ela estava melhor sozinha.

Cyra colocou a comida para micro-ondas de volta no congelador e, em vez disso, pegou uma cartela de ovos. Faria para si uma refeição de verdade. Mesmo se fosse café da manhã. Passou manteiga na frigideira e a esperou aquecer, observando as pequenas bolhas amarelas chiarem e estourarem.

Pensou em Mistletoe, uma mulher que era uma imagem espelhada num parque de diversões de si mesma em um mundo diferente. Uma assassina em série que escolhia mulheres mais velhas como presas porque tinha traumas não resolvidos com a própria mãe.

Cyra bateu um ovo contra a lateral da frigideira e o sentiu quebrar entre seus dedos, enquanto a gema gosmenta escorregava da fenda que ela havia criado e ia cair na panela. A clara ficou sólida em segundos. A gema se balançava com delicadeza, como um olho amarelo a encará-la.

Mistletoe seria astuta e segura. Seria intrépida; seria egoísta. Coisas que Cyra nunca se permitira ser. Caminharia pelo mundo coberta por uma armadura – não mataria por dinheiro ou luxúria, mas por senso de controle.

O outro ovo quebrou e deslizou para a frigideira próximo ao seu gêmeo. As beiradas formavam bolhas e douravam, enquanto a gema endurecia. Pitadas de sal e pimenta. Um corte separando os dois ovos no meio das claras onde eles haviam se juntado.

Cyra desligou o fogo e tirou a frigideira do fogão; os dois ovos pareciam entreolhá-la.

Mistletoe seria uma necessidade dali em diante. Ela era o oposto de Cyra em vários aspectos. E muito semelhante em outros.

Cyra fitou os ovos por alguns instantes. Então, abriu a tampa da lata de lixo com o pé e virou a frigideira, de modo que os ovos deslizaram sobre a borda e foram para o lixo.

Jogou a frigideira dentro da pia, produzindo um ruído, ignorando o sibilo de protesto da água batendo no fundo, e vestiu o casaco. Precisava sair um pouco do apartamento, precisava respirar.

Ela queria uma cerveja.

Havia uma mercearia na esquina de sua quadra, e ela deslizou noite adentro e avançou até lá, enquanto o frio lambia seu rosto.

A porta tilintou quando Cyra entrou, e ela se lembrou de ouvir um som parecido quando se espremera com Python no cômodo do armazém, no outro dia, mostrando a ele sua "evidência", tentando provar que era uma *serial killer*.

A seção de cervejas estava ainda mais fria do que lá fora, e Cyra ficou em frente à prateleira de 5°C por vários e longos minutos, imaginando as bolhas dançando na sua língua, o calor esquentando as entranhas conforme o álcool aquecia seu sangue. Pegou duas. Poderia bebê-las em uma hora e sossegar o resto da noite. Tudo aquilo iria embora.

Seus dedos roçaram o metal liso da porta do congelador, deslizando para o vidro e traçando os formatos das garrafas pela porta. Fazia meses que não sentia uma vontade tão forte.

Com um movimento brusco, ela se virou e foi até a prateleira de doces, passando a mão pela seção de chocolates, enchendo os braços de guloseimas. Apanhou uma garrafa imensa de chá gelado a caminho do caixa e jogou o banquete açucarado no balcão.

O dono da mercearia e Cyra se conheciam da maneira como os proprietários de mercearias sempre conhecem seus clientes – por hábitos e pelos rostos, não pelos nomes e pela vida.

– É uma noite daquelas? – perguntou ele com secura, ao começar a passar os itens. Sua pele morena tinha uma aparência desbotada sob as luzes fluorescentes.

– Preciso alimentar a fera – respondeu Cyra.

O homem lhe deu um meio-sorriso. Ela sabia que ele a teria observado pela câmera perto da caixa registradora, que devia tê-la visto se insinuar perto das cervejas, olhando-as com vontade. Ele já a tinha visto bêbada na loja antes, vacilante, e ainda assim lhe vendera um fardo com seis itens. Ele estava lá quando ela tinha comprado várias cervejas e depois voltara três horas mais tarde para pegar outra. Devia ter notado quando ela de repente havia parado de comprar suas bebidas seis meses atrás. Mas nunca disse nada.

Ela lhe agradecia por isso.

– Uma boa noite – disse ele, e havia certa inflexão em sua voz, como se falasse a sério.

Um calor se acendeu dentro de Cyra. Ali estava alguém que não sabia de Mira, não sabia nada sobre Cyra além do fato de que ela trocava cerveja por porcarias, e que no entanto parecia importar-se com ela.

Ela carregou esse calor dentro de si até sair e deparar com um homem conhecido e atraente.

Lamprey.

CAPÍTULO 8

Ela estava preparada para encontrar os *serial killers* mais cedo.

Mas agora, com as roupas de ficar em casa, o estado mental vacilante e sobrepujado pela ida à mercearia, Cyra se atrapalhou. Os pelos da nuca se arrepiaram, de repente tudo ficou mais claro, apesar de ser noite, e sua pele despertou com calafrios.

Lamprey a olhava com surpresa, mas Cyra percebeu a máscara – como ela era perfeita, como um professor de teatro bateria palmas e diria: "É uma excelente imitação de um homem surpreso!".

Ele a seguira. De alguma forma. Apesar de sair da reunião uns bons vinte minutos antes dela, apesar das tentativas dela de apagar seus rastros.

Sentiu uma rajada de calor no peito. Ela não estava usando seu disfarce; a peruca loira estava enfiada embaixo da pia do banheiro; os sapatos de salto estavam jogados perto do armário do *hall*. Será que ele a reconheceria de cabelos pretos e óculos? Mas isso era burrice; ela viu a verdade no rosto dele – ele havia procurado por ela. E agora estava à sua frente, a quinze metros de seu apartamento.

Ela estava ferrada.

– Mistletoe! – exclamou Lamprey, movendo-se de leve para o lado, levando as mãos em direção aos ombros dela e puxando-a para si de modo que eles ficaram perto da janela frontal da mercearia, paralelos à porta aberta do depósito que se projetava para o espaço da calçada como uma asa de pássaro prateada.

"Será que dá para jogar Lamprey no depósito?", pensou Cyra, notando que o local estava aberto para uma entrega. "Não é uma queda grande, mas talvez ele quebre o pescoço."

– O que está fazendo aqui? – Cyra conseguiu dizer. – Por que me seguiu?

– Como você sabe que também não moro na região?

"'Também...' Jesus, ele sabe que moro aqui!"

A sensação de perigo era como a de um cobertor pesado que vai oprimindo cada vez mais com o passar dos minutos.

– Corta essa – disse Cyra, pensando que sua salvação era o fato de eles estarem em público na esquina da rua, sob as luzes claras da mercearia. Carros passavam, um pequeno grupo de homens fumava cigarro e maconha do outro lado da rua, e ainda havia muita gente caminhando, já que eram apenas oito e meia da noite. Ele não podia matá-la bem ali, podia? – Você está quebrando as regras. Está me stalkeando. Por quê?

Lamprey deu uma risadinha, parando de fingir surpresa. O sorriso assustador fez Cyra dar um passo inconsciente para trás, libertando-se das mãos dele.

– Me pegou. Queria garantir que você chegasse bem em casa. O Sand Fly não gosta de você.

– Mentiroso.

Ele deu um sorriso mais largo.

– Foi muita burrice sair da reunião por último. Facilitou demais me esconder em uma lavanderia e seguir você a distância.

O suor escorria pela testa de Cyra, enquanto seu coração baqueava. "Ah, diabos! Como pude ser tão burra?"

Ela tinha presumido que sair por último a protegeria, sabendo que os assassinos já tinham ido embora, dando-lhe tempo para cuidar de si e olhar as sombras, mas ela sequer avistara Lamprey. Ela escapulira, e ele tinha tirado vantagem disso.

– Você me seguiu até em casa – afirmou Cyra.

– Talvez eu estivesse um pouco desconfiado. Achei que talvez você fosse da polícia.

– Eu pareço ser da polícia? – A mente de Cyra girava. Ela não tinha a menor ideia do jogo de Lamprey, mas tinha de se controlar. Por que não havia trazido a navalha? Visualizou a faca passando pelo antebraço dele, terminando no punho, observando o sangue jorrar. As mãos dela estavam quentes e suadas, e era quase possível sentir na palma o peso reconfortante da lâmina esquecida.

– Talvez uma dessas da TV, *sexy* e mais velhas, sabe? As que estão sempre cansadas e nunca transam. – Lamprey chegou mais perto, com os olhos azuis arregalados e adotando um tom de voz adulador.

Uma mulher de coque preto bem-arrumado no topo da cabeça passou por eles, lançando um olhar de apreciação a Lamprey e percorrendo com os olhos seu rosto simétrico e o peito trabalhado, visível até mesmo sob o casaco de lã.

Cyra quis gritar para ela, dizer que nunca confiasse em homens iguais a ele, que corresse na direção oposta se o conhecesse ou a alguém como ele em um bar.

Ele era atraente demais. Confiante demais. Um pedaço reluzente de fruta podre por dentro.

– Que fofo... – retrucou Cyra, dando a volta em torno dele. – Preciso ir agora. Até a próxima, acho.

– Até, Cyra Griffin.

O coração de Cyra quase parou, e ela se virou devagar, com dificuldade para respirar normalmente.

– Como é que é?

– *Cyra* – disse Lamprey, pronunciando seu nome como se uma cobra lhe saísse pela boca.

– Você está enganado – Cyra tentou dizer com firmeza, mas o fim da frase vacilou, como alguém que anda na corda bamba. De novo aquela emoção esquecida, o medo. Ela lutou contra ele, tentando afastá-lo. O medo a confundia. Por que voltaria a se assustar, se a única coisa da qual mais tinha medo já havia acontecido?

– Acredito que não. Sou engenheiro de *softwares*, mas, nas horas vagas, *hacker* – disse Lamprey em um tom de voz informal, calmo, sem esforço. – Fiz um *upgrade* dos nossos... métodos de recrutamento quando entrei no grupo. Deixei-os mais seguros, acrescentei defesas para afastar a polícia federal. Python era bem bom em sacar tentativas óbvias de infiltrados antes de mim, então os tiras nunca chegaram muito longe. Ele usa um *software* que analisa as fotos que fazemos os candidatos enviarem. Sempre dá pra dizer quando uma é falsa, mas aprimorei o programa de modo que também seja possível afirmar se uma foto é tirada de evidências de tribunais. Se um tira tenta usar imagens alteradas para tentar entrar, eu percebo na mesma hora. Python me avisa quando alguém entra em contato com a gente, e, se for um novato como você, posso acessar o *back-end* e rastrear o endereço de IP. – Ele deu um sorrisinho. – A *dark web* não é cem por cento irrastreável.

– Então você sabe que não sou da polícia.

– É – admitiu ele, voltando a sorrir. – Vi a foto que você mandou. Era de verdade. Além disso, bloqueamos qualquer endereço associado com o governo ou *sites* específicos relacionados ao governo.

– Você hackeou meu computador? – perguntou Cyra, sentindo a boca seca.

Lamprey ignorou a pergunta.

– Achei que você parecia familiar. Levei um tempinho para descobrir, mas enfim consegui.

Cyra estava ficando enjoada.

– Não sei do que você está falando.

– Veja, eu frequento alguns círculos, ahn, de elite. Adoro arte.

Cyra sentiu um baque no estômago.

– Eu me lembro de um retrato grande de, ahn, algum tempo atrás. De uma garota tendo um ataque de pânico. A expressão dela era muito marcante. – Lamprey sorriu. – Sem o cabelo diferente e sem os óculos, levei um minuto, mas finalmente reconheci você.

Mira tinha um gato quando elas eram crianças. Bernard.

Certa vez Cyra acordou com um barulho de arranhão. Ela percebeu que vinha do banheiro do outro lado do corredor do quarto que dividia com a irmã, que conseguia dormir mesmo com uma guerra nuclear. Cyra andou na ponta dos pés pelo piso acarpetado e nos azulejos frios do banheiro, com o coração na garganta. Puxou a cortina do chuveiro, que revelou um Bernard extremamente satisfeito, enrolado feito uma gárgula, olhando sua presa: um ratinho correndo pela banheira, aterrorizado, deixando pequenas pegadas sangrentas, incapaz de escalar as paredes escorregadias e escapar. Cyra gritou e acordou o pai; depois, correu de volta para a cama e escondeu o rosto no travesseiro, sem querer ver o que o pai faria com o rato machucado.

Presa pelos olhos avaliadores de Lamprey, Cyra finalmente entendeu o que o rato havia sentido.

– Quando me lembrei de onde tinha visto você, foi fácil descobrir seu nome verdadeiro – Lamprey continuou, enquanto Cyra se esforçava para manter a expressão sob controle. – Aquela foto foi uma verdadeira mina de ouro. Não se preocupe, não contei nada ao Python. Só disse que estaríamos seguros com você.

Ela estava fodida. Aquilo significava que ele sabia tudo sobre a morte de Mira e a investigação pendente. Ele também teria acesso aos seus *e-mails*? Era assim que o *hacking* funcionava? Ele conseguia entrar no computador dela usando o endereço de IP?

– Ótimo, então você sabe que não estou tentando entregá-los à polícia – disse Cyra, tentando manter a voz o mais natural possível.

– Ah, sim, mas você está procurando algo, não está? Ou melhor, *alguém*. – Lamprey se inclinou, e Cyra sentiu seu cheiro de menta e colônia, com alguma coisa almiscarada por baixo, como o aroma de um cavalo. – Em qual de nós você está apostando? Pessoalmente, acho que é o Mockingbird, mas nunca se sabe. Sua irmã teria atraído várias pessoas do nosso grupinho.

A parte que Cyra achava mais difícil era que o mundo se apaixonaria por Lamprey se ele fosse pego. Bonito, educado, encantador. Ela estava ciente da fetichização de *serial killers*, da obsessão virtual por eles (mas só pelos brancos), dos estúdios que insistiriam para fazer um filme sobre a vida deles. Mas eles não entenderiam. Não perceberiam que, de perto e pessoalmente, não havia nada atraente naquele homem.

A mão de Cyra saltou e agarrou o braço de Lamprey. Seus dedos encontraram um metal frio; o relógio fino dele começou a esquentar na mesma hora sob o calor de sua palma. Lamprey se sobressaltou, chocado, antes de mascarar o espanto com outro sorriso lento enquanto ela começava a apertar os dedos, afundando-os na pele fria dele.

– Você me pouparia um monte de encrenca se confessasse agora ser o assassino da minha irmã.

Lamprey riu.

– Eu gosto de você, Mistletoe. E, se fosse eu, acho que te contaria. Quero ver do que você é capaz.

– Cala a boca.

– Não seja tão má, Cyra.

– Parabéns, você descobriu meu nome verdadeiro, mas entrei nesse grupo por um motivo – sibilou Cyra. Ela tinha de convencê-lo de que era perigosa. – Eu não entraria sem evidências, não é? Ainda sou uma assassina.

As sobrancelhas de Lamprey se enrugaram e sua mandíbula se retesou, mas o sorriso permanecia fixo.

– Sei como funciona o processo de inscrição. Sei que você deve ter mostrado uma coisa convincente. Mas não acredito que você tenha machucado alguém, *Cyra*. Você não é como nós. – De repente ele se aproximou mais até os dois ficarem a apenas alguns centímetros de distância. – Ou melhor, não ainda.

– Nada de nomes verdadeiros – exigiu ela, esforçando-se para manter um resquício de poder. Tudo estava girando, movendo-se rápido demais. – Você não tem ideia do que eu fiz. – Ela pensou na história que contara a Python sobre PJ. Será que também funcionaria com Lamprey? Ou seria tarde demais?

Ela cerrou os dentes. Deveria tentar eliminá-lo imediatamente? Quais eram as chances de ele ser o assassino de Mira?

– Uuuhh – estremeceu Lamprey, observando a expressão dela. Sua outra mão saiu do nada e foi parar por cima da dela, que ainda o segurava pelo braço do relógio. Era como se estivessem jogando o jogo de Mira e Cyra quando crianças, em que uma colocava uma das mãos sobre a da outra, alternando-as, puxando a mão da base da pilha e batendo-a no topo, de modo que o ciclo continuava. – Você está pensando em me matar, não está? Ah, eu gosto de você, Mistletoe, de verdade. Ouça, seu segredo está seguro comigo.

Era provável que qualquer pessoa que passasse na rua achasse tratar-se de dois namorados brincando de flertar, torcendo os braços um do outro.

Os músculos de Cyra estavam tensionados, e as coxas doíam; ela queria dar o bote nele e deitá-lo no chão com um movimento duplo de pernas. Seu coração batia tão forte que ela estava preocupada em ter um ataque de pânico. Lutou contra a urgência de puxar sua mão de baixo da dele, de fazer voltar o corpo a si. Demonstrar fraqueza naquele instante não era opção, não com esse homem.

– Por que diabos eu acreditaria em você?

– Porque eu quero uma coisa de você – disse Lamprey. Notando a expressão dela, ele acrescentou: – Sei que você não é da polícia. Mas acho que alguém no grupo é ratazana. Talvez um infiltrado, talvez só um caguete. Ainda não sei. Mas não confio em mais ninguém para me ajudar a desmascará-lo. Apenas em você. Sei quem você é, então é você que vai me ajudar.

– Como assim? Como você não conhece mais ninguém do grupo? Achei que você havia dito que tinha ajudado no processo de inscrição.

Lamprey fez uma careta.

– Acredite se quiser, fui a última pessoa a entrar antes de você. Acabei de começar a oferecer meus serviços de análise a Python. Todos os outros já eram membros fixos do grupo, e não consigo trabalhar a partir do nada. Obviamente, não sei os nomes verdadeiros deles e não tenho acesso às mensagens originais ou fotos deles. E até parece que algum deles vai me emprestar os aparelhos. Isso sem falar que tenho certeza de que a maioria foi esperta o bastante para usar um computador de biblioteca longe de sua casa verdadeira. E para não ser fotografada por uma estrela revelação do mundo da arte. Ao contrário de você.

Cyra sabia que ele estava tentando extrair alguma reação dela, portanto, guardou o grunhido bem fundo na garganta.

– Então, o que faz você pensar que alguém do grupo é um espião?

Ele balançou a cabeça.

– É só uma sensação.

Ela o encarou.

Ele uniu as sobrancelhas e acrescentou:

– E às vezes eu vejo coisas na internet, nos fóruns tontos de crimes reais, alertando contra pessoas que se parecem demais com os homens do nosso grupo. Com descrições físicas e tudo. Ainda não tenho provas. Mas você vai me ajudar a conseguir algumas.

Cyra sacudiu com força a cabeça.

– Não vou ajudar você com isso. Tenho minha prioridade.

Lamprey se inclinou, aproximando-se, até os cílios compridos ficarem a centímetros do rosto dela.

– Você vai ajudar. Se não, vou expor você para o restante do grupo.

Cyra sentiu como se uma pedra tivesse caído em seu estômago. Ainda não sabia se Lamprey tinha matado Mira ou não, mas, a julgar por seu comportamento, ele poderia muito bem ser a pessoa por quem ela estava procurando. Entretanto, se ele revelasse ao grupo quem ela realmente era antes que ela confirmasse qualquer coisa, teria sido tudo em vão.

Como se lesse seus pensamentos, Lamprey sorriu de novo e disse:

– Eu não matei sua irmã. Mas, se você precisar de mais incentivo, vou ajudá-la a descobrir isso também. Porque, se alguém do grupo a matou, preciso saber quem foi.

Ela engoliu em seco.

– Por quê?

Ele parou, e o sorriso desapareceu de seu rosto por uma fração de segundo.

– Li no jornal sobre o assassino. E foi um descuido. Temos um acordo aqui: fique esperto com os corpos. É por isso que Pea Crab está em uma situação arriscada, deixando pessoas em bocas de fumo e vielas. Na verdade, ele não é um de nós, sabe? O restante de nós tem competência. Sand Fly afunda os dele no rio, Mockingbird é caminhoneiro, ele os deixa no bosque estrada afora...

– E você? – perguntou Cyra, sentindo o suor da mão grudar no relógio de ouro sob a palma.

Lamprey voltou a sorrir.

– Isso seria uma revelação. A questão é que não deixamos nossos queridinhos a céu aberto e pronto, e não saímos à caça exclusivamente na cidade.

Isso era novidade para Cyra, e ela finalmente se desvencilhou do aperto de Lamprey, sentindo calafrios por ele ter usado a palavra "queridinhos", sacudindo o braço e inclinando-se para a frente.

– Como assim?

– Acho que Python abriu uma exceção para sua... história – Lamprey parou e curvou uma sobrancelha. – Porque você é mulher, sabe? Interessante e nova. Uma regra não oficial do grupo era limitarmos nossas mortes aos cinco bairros.

– Mas por quê? Há milhões de pessoas aqui. Não é mais fácil sumir com alguém numa cidade deste tamanho?

– Claro. E fazemos isso, mas só às vezes. Aliás, é por isso que sei que você não é uma de nós de verdade – acrescentou Lamprey, olhando as marcas vermelhas no braço onde Cyra o agarrara. Ajustou o relógio de pulso, de modo a virá-lo novamente para cima, e voltou a olhar para ela, sem sorrir, com uma expressão fria. – A gente não caga onde come. É mais difícil ser pego se você espalha os êxitos, sem deixar sinais evidentes de volta à sua porta. Atacar uma loira bonitinha com violência em um parque público popular é um atitude muito burra. Tenho certeza de que os tiras estão todos interessados, mesmo se não te contam tudo o que sabem.

"Você poderia ter esperado a polícia fazer o trabalho dela", sugeriu a pequena voz da cabeça de Cyra. "Você não tinha de estar nessa situação, sendo ameaçada por um *serial killer*, se tivesse mais paciência."

A questão era que Cyra não queria a mesma coisa que os policiais. Ela queria vingança, não uma cela confortável de cadeia para a pessoa que tinha ceifado a vida de Mira.

– Certo, então você acha que o assassino da minha irmã está no grupo? – perguntou Cyra, abandonando todo o fingimento, já que, pelo visto, Lamprey não estava interessado em matá-la de imediato.

– Existe uma chance – admitiu Lamprey. Seu rosto ficou um pouco mais sombrio. – Pea Crab é uma zona. Ele usa drogas, e está piorando. Ele comentou que pegava os trens fora da cidade e encontrava um sem-teto todos os anos, mas acho que é mentira. Ele só mata quem se mete no caminho de sua próxima dose, e deixa a pessoa ali, para ser encontrada mais tarde. Ele não é um... parasita de verdade. – Lamprey olhou para trás ao dizer "parasita", como se checasse bisbilhoteiros.

– Você está dizendo que ele pode estar regredindo... – disse Cyra, usando uma palavra encontrada durante suas pesquisas. – Perdendo controle de suas vontades numa espiral.

– Olhe só quem pesquisou na internet sobre *serial killers*... – disparou Lamprey. Em seguida, pareceu ficar pensativo. – Você não é a primeira a apontar isso. – Antes de Cyra perguntar o que ele queria dizer com isso, Lamprey continuou: – Sim, ele está regredindo.

– Mas minha irmã não usava drogas nem nada parecido.

O sorriso de Lamprey voltou.

– Tem certeza?

Cyra torceu os dedos e teve de se controlar para não cravar as unhas no rosto de Lamprey.

– Eu conheço minha irmã.

– Você *conhecia* sua irmã – corrigiu Lamprey, debochado.

Ele estava jogando com ela, Cyra percebeu, soltando os punhos que tinha cerrado e respirando fundo. Lamprey estava tentando irritá-la. Para fazê-la revelar algo? Para desequilibrá-la? Ou simplesmente porque estava se divertindo com isso? Cyra não tinha certeza, mas o que de fato sabia era que não podia deixá-lo se infiltrar em sua mente.

– Se eu ajudar você a descobrir quem é a ratazana do grupo, você me ajuda a descobrir quem matou minha irmã? – perguntou Cyra.

– Juro.

– Isso não me consola muito – disse Cyra acidamente. – Você também vai concordar em não me matar? Tenho coisas a fazer. Pessoas para vingar. Isso só vai funcionar se for um tipo de relação *à la Silêncio dos inocentes*, em que você ache rude me assassinar depois de termos trabalhado juntos.

– Mas é claro – replicou Lamprey, aprofundando o sorriso até chegar a parecer um desequilibrado. Então, de repente, o sorriso sumiu de seu rosto. – Você tem minha palavra. Eu não vou te machucar. Vou ajudar você a descobrir quem matou sua irmã. Contanto que você me ajude também.

– Sabe, você está deixando bem óbvio que foi você quem a matou – disse Cyra, tentando manter a voz estável e desapegada, enfim, calma o bastante para infundir mais da *persona* de Mistletoe de volta em seu corpo.

Lamprey balançou a cabeça.

– No fim você vai ver. Eu não conhecia sua irmã, só a arte dela. E só isso. Ela não era tão boa. – Ele voltou a se inclinar, com o sorriso de volta. – Mas agora eu conheço você, e ficaria honrado em ajudá-la.

Cyra não tinha escolha. Ele a estava chantageando. Se ela recusasse, ele a exporia ao grupo ou a mataria, ou as duas coisas. De qualquer modo ela acabaria sendo morta, e o assassino de Mira seguiria impune.

Ela não podia confiar nele a ponto de mandá-lo para o diabo, mas tinha de bancar a boazinha. Ao menos por ora.

– Legal – falou ela. – Agora, vá embora. Quero ver você se afastar.

– Você sabe que já sei onde você mora – disse Lamprey, meneando a cabeça sobre o ombro dela. – Eu te segui, lembra?

– Mesmo assim.

– Uau, nem vai me convidar para entrar e tomar um chá?

– Me diga seu nome verdadeiro.

Lamprey deu um passo para trás, com uma expressão de surpresa.

– O quê?

– Você sabe o meu. É justo que eu também saiba o seu – exigiu Cyra. Sentindo a mão de cima ao alcance, ela deu um passo à frente, empurrando o homem um pouco mais para perto da porta aberta do depósito. – De que outra maneira devo confiar em você? E não minta. Você não é o único que sabe usar um computador. Vou checar na internet para garantir que você está sendo honesto.

– O que faz você pensar que eu existo *online*? – perguntou Lamprey, sem notar como chegara perto do buraco negro no chão em frente à mercearia.

– Com essa aparência? Você não resistiria. Especialmente se você atrai as pessoas sendo "normal" e "simpático".

– Acho que você me pegou, hein? – Lamprey fechou a cara e parou de sorrir; sua expressão ficou impassível, enquanto a feiúra se insinuava em seu rosto. – Tá bom. Jason Weston.

Cyra pediu que ele o soletrasse corretamente para ela, colocando o nome no app Notes de seu celular, e então encarou o *serial killer*.

– Só deveríamos nos chamar pelos nomes do grupo quando interagimos. Por questão de segurança. Os nomes verdadeiros são inseguros. Exemplos de confiança. – A última palavra escapuliu de sua boca como se tivesse um gosto ruim. Como se ela fosse capaz de confiar nele. Ou ele nela.

Lamprey a olhou por um momento.

– Você não é uma de nós. Mas acho que poderia ser.

Os pelos dos braços de Cyra se arrepiaram por dentro da jaqueta, e as solas dos pés ficaram quentes. Ela não pensou: ergueu as duas mãos e empurrou Lamprey, jogando-o oscilante no depósito aberto. O homem deu um grito de surpresa ao cair para trás.

Cyra ficou na abertura do depósito por algum tempo, sem ousar olhar, com o coração saltando pela boca.

"Por que fiz isso? Agora ele vai mesmo me matar. Se ele não estiver..."

– Vadia!

Ele ainda não estava morto.

Cyra se inclinou sobre as portas abertas e viu Lamprey estatelado no chão sujo, com a parte superior do corpo ainda nos degraus, o torso e a cabeça sujos de poeira do porão da mercearia.

– Não sou uma de vocês – sibilou Cyra acima dele, olhando para baixo. – Mas vou fazer o que for preciso para encontrar o assassino da minha irmã. Entendeu?

Ela se esforçou ao máximo para provar que fazia parte do grupo de apoio, para fingir que era um deles, mas, agora que Lamprey conhecera seu verdadeiro eu, ela não suportava ser comparada com aqueles homens. Eles eram asquerosos, feriam as pessoas por prazer e por empolgação. Tudo o que Cyra fazia, cada erro ou atitude questionável que tivesse cometido, tinha sido por Mira. Para protegê-la.

Eles não eram parecidos.

Lamprey se levantou aos poucos, limpando com nojo o casaco de lã e dando tapas nas pernas para se certificar de que não havia quebrado nada. Ele só levara um tombo de um metro e meio, e Cyra ficou aliviada por não lhe ter causado nenhum ferimento grave. A última coisa de que precisava era de ser presa por agressão. Ou por assassinato.

Lamprey ficou alguns segundos parado nos degraus de baixo, olhando para Cyra. Ela imaginou como devia estar sua aparência naquele ângulo – à meia-luz dos postes, com os cabelos pretos finos soprando contra as bochechas, o corpo musculoso escondido por um suéter preto grosso e os olhos chispando.

A fúria de Lamprey parecia reluzir enquanto o homem cerrava os punhos e franzia o cenho, mas ele respirou fundo e espantou a ira. Olhou para ela, cerrando os olhos em aprovação. Ele não a estava mais tentando, não estava jogando com ela. Tivera um vislumbre dela que lhe despertara algo quase parecido com… respeito.

– Interessante… – disse ele baixinho, sem tirar os olhos de Cyra. – Muito interessante.

A vontade de Cyra era de bater a porta do depósito acima dele, deixando-o ali na sujeira e no escuro aos quais ele pertencia, mas, em vez disso, ela lhe lançou um último olhar frio e então se virou, indo para casa com o saco de doces.

× × ×

Cyra trabalhou na manhã seguinte, o que foi bom.

Era um sinal de que ela não tinha passado a madrugada acordada pesquisando Jason Weston no Google. Estava um pouco surpresa por ele ter-lhe dito seu nome verdadeiro, mas talvez ele estivesse confiante de que não havia nada substancial que ela pudesse encontrar *online*. E a verdade é que o nome dele era comum o bastante a ponto de desaparecer com facilidade num mar de outros nomes de homens. Ela passou duas horas olhando seu perfil no X, a única conta em rede social em que tinha conseguido encontrá-lo; sua pele se arrepiou ao ver como ele parecia *normal online*. Fazia meses que não estava ativo, mas, quando aparecia, era somente em republicações de atores, algumas postagens sobre novos *softwares* que estava usando e, aleatoriamente, uma história sobre "gostar" dos *posts* de John Deere.

Já que tinha sido tão fácil achar a conta dele, que usava na bio o primeiro nome completo e o sobrenome, Cyra não tinha a menor dúvida de que essa era a página de uma rede social que Lamprey usava para parecer ser uma pessoa normal e não um monstro, mas ainda assim era bizarro ver o que ele apresentava e o verdadeiro eu dele que ela conhecia. Eles discordavam um do outro. Se Cyra não tivesse conhecido Lamprey na reunião, será que também teria se enganado achando que ele era normal?

Cyra se sacudiu, tremendo. Iria se atrasar para o trabalho se não se apressasse. A casa de repouso ficava a apenas algumas paradas de metrô de distância, parte do motivo por que ela se mudara para o Queens, mas em geral ela chegava quinze, vinte minutos atrasada desde a morte de Mira.

A equipe da Cardinal Hill Nursing Home tinha sido mais que compreensiva quando ela reduzira suas horas após a morte de Mira, mas a verdade é que fazer *marketing* para uma casa de repouso não era um trampo que precisasse de quarenta horas por semana. Cyra sabia que tinha sorte, mesmo antes da morte de Mira, por trabalhar em um lugar que a deixava fazer quase tudo que queria.

Cyra oscilava entre as tarefas, agendando *posts* em mídias sociais, fotografando os residentes jogando *majong* na sala comum e atualizando orçamentos em anúncios digitais, desconfortavelmente ciente do fato de que Lamprey também devia saber onde ela trabalhava, até seu celular vibrar.

Como você está?

Era Eli, enviando uma mensagem ao grupo que ele tinha com Izzie, o que significava que Izzie lhe pedira para perguntar como ela estava – e essa era a maneira de provar que ele tinha perguntado.

"Queremos ver você no fim de semana", replicou Izzie, sem esperar que Cyra respondesse. "Venha aqui. Noite de queijo e vinho."

Cyra se encostou na parede do *hall* pelo qual descia a caminho de seu escritório bagunçado. Noites de queijo e vinho eram algo que os quatro fariam – na verdade, algo que Izzie, Eli e Mira faziam, e vez ou outra convidavam Cyra. Talvez ela aceitasse metade dos convites, mas andava evitando-os desde que ficara sóbria.

Ela tinha ido a uma bem antes da morte de Mira, mas não gostava de pensar a respeito.

Os dedos de Cyra pairaram sobre a tela do celular, tentando pensar em uma boa desculpa.

Uma terceira mensagem apareceu no *chat* do grupo, como se Izzie adivinhasse o que Cyra estava pensando:

"Ou isso ou apareceremos aí e ajudaremos você a limpar o apartamento! Sei que está uma zona".

Errada ela não estava, mas a suposição incomodou Cyra. Elas não eram amigas. Eli e Izzie eram amigos de *Mira*. E, sim, os dois estavam fazendo um esforço imenso desde a morte de sua irmã, mas Cyra estava preocupada com que o motivo não fosse por eles quererem saber como ela estava – suspeitava de que estavam tentando preencher o vazio que Mira havia deixado no grupo.

E, se achavam que Cyra era uma substituta para Mira, eles estavam redondamente enganados.

Mas, ainda assim, Cyra teria de ir à noite de queijo e vinho. Não queria de jeito nenhum recebê-los em casa, vendo as roupas sujas no chão, os livros sobre patologia e estudos criminais espalhados em cada superfície, as partes de seu disfarce de *serial killer* que ela era preguiçosa demais para esconder.

Ela ficaria uma hora lá, na esperança de que eles não fizessem perguntas demais.

Enquanto digitava uma resposta, com o peito apertado, Cyra imaginou como teria de se comportar nesse jantar. Teria de fingir sorrisos e simular interesse em conversas para as quais não tinha a menor energia. Teria de projetar emoções que não sentia. Já estava exausta.

Ela jogou os ombros para trás e ergueu o peito, imitando a linguagem corporal que tinha usado como Mistletoe na primeira reunião. Uma onda de calma fria percorreu sua pele.

"Vai ser legal", pensou ela, enviando uma série de emojis animados para o chat do grupo. "Você é boa em fingir."

SAND FLY

Edward não tinha aprendido a odiar garotas até conhecer Briana Bower.

Antes de Briana, ele gostava delas. Bem, talvez não "gostasse", mas ao menos não as desprezava. Garotas eram como os cabelos que entupiam o ralo do chuveiro da família: meio nojentas e inconvenientes, mas nada com que se preocupar se a água ainda fluía de maneira adequada.

Antes de Briana, Edward pensava que sua hesitação em relação a garotas se devia ao fato de elas não serem familiares para ele. Afinal, sua casa era cheia de meninos. Ele não tinha muita experiência com o sexo feminino. A mãe de Edward morrera quando Billy e Joseph tinham oito anos, e Edward, apenas quatro.

Todas as lembranças que Edward tinha de sua mãe eram desagradáveis. Lampejos da mulher chorando, desvencilhando-se do pai, olhando para Edward como se esperando ver algo nele que nunca aparecia.

Às vezes Edward pedia a Billy e Joseph que lhe contassem histórias sobre sua mãe, mas ambos o chamavam de bebê chorão e fingiam que não se importavam por ela ter partido. Eles eram mais velhos, gêmeos, mais ligados do que a qualquer outra pessoa, e não deixavam que Edward se esquecesse disso.

– Por que você se importa com ela? – provocava Joseph. – Ela não amava você. Ela não amava nenhum de nós!

– Foi por isso que ela fez o que fez – acrescentou Billy.

E perguntar ao pai era má ideia.

Edward evitava as meninas na escola, especialmente quando tinha começado o ensino médio e desatara a crescer desenfreadamente, com os braços e as pernas balançando pelos corredores como o Gumby[10].

Quando Briana Bower o abordou durante a aula de ginástica do segundo ano, três dias depois do aniversário dele de dezesseis anos, Edward sentiu a urgência repentina de espremer seu corpo alongado sob as arquibancadas de madeira para fugir dela.

Ela era muito bonita. Quase bonita demais. Cabelos brilhantes como nas revistas, lábios tão fartos quanto pêssegos maduros. Quando ela chegou perto dele, Edward viu que as sobrancelhas dela não eram simétricas – de alguma forma, isso a deixava ainda mais bonita. A garota mais popular de sua série estava se aproximando dele e sorrindo.

– Gosto dos seus sapatos – disse Briana, olhando para os tênis da Reebok que o pai de Edward dera a todos os garotos naquele ano. – São superlimpos.

– Ahn, obrigado. – Edward estava mais do que ciente das pequenas bolhas de acne que pulsavam em sua testa e do odor de suas axilas, ainda sem pelos o bastante, por bater a bola de basquete ao redor dos cones que o técnico Hatter tinha colocado no ginásio.

Edward congelou, sem saber o que dizer em seguida. Uma imagem brotou em sua mente, perversa e cheia de desejo – Briana de joelhos,

---

[10] Personagem humanoide de animação, de braços e pernas bem compridos e desajeitados. (N.T.)

olhando para ele com seus lábios cheirando a frutas, imitando as coisas que Edward vira na revista de sacanagem que afanara do quarto de Billy um ano atrás.

– Aí, a festa da Sadie Hawkins é na sexta – disse Briana, fazendo uma bola de chiclete e girando um de seus longos rabos de cavalo. Ela deu um sorrisinho para ele.

– Beleza.

Briana riu.

– Você quer vir comigo?

Quando Edward tinha dez anos, Billy o mandou passear com o cachorro da família, mistura de pastor que Joseph chamava de Demon. Naquela época, Edward tinha metade do tamanho do cachorro, era só pele e osso, e reclamou que o pai não ia gostar daquilo. Mas os outros irmãos Darby estavam ocupados demais jogando Street Fighter no Super NES. Então, Edward colocou a coleira em Demon e, assim que eles chegaram à calçada, sentindo a fraqueza de seu condutor, o cão disparou rua abaixo. Ele devia ter sentido o cheiro da liberdade. Talvez também o gosto, pois nunca voltou. Edward tinha se metido numa encrenca daquelas – seu pai amava o cão, e naquela noite deu uma surra de cinta em Edward, embora o garoto tentasse protestar que não era culpa dele.

As palavras de Briana tinham feito Edward sentir um pouco mais de empatia pela disparada louca de Demon. O cachorro tinha visto algo que queria e fora pegar.

– Seria legal – respondeu Edward, estremecendo quando sua voz falhou no fim da frase, o pior lugar para isso, porque, na mente, ela ainda permanecia.

– Maravilha! Até mais, então! – Briana se virou em direção ao grupo de amigas que os estavam observando, mas fingiam não estar.

Edward sonhou com Briana toda noite naquela semana, arruinando os lençóis e virando-os para dentro, muito envergonhado para deixar os irmãos o verem lavar várias vezes seguidas a mesma roupa de cama. Imaginou se deveria dar um corpete para ela. A menina gostava de rosa, disso ele sabia. Todos os seus fichários e cadernos da Lisa Frank eram em tons de rosa extavagantes. Talvez ele pudesse lhe comprar cravos.

Ele mencionou isso ao pai. Precisava de dinheiro para comprar um corpete para ela.

– Um encontro? Que bom. Ela é gostosa? – perguntou o pai, tirando os olhos do jogo e da cerveja e erguendo as sobrancelhas.

Edward fez que sim com a cabeça, enquanto seu tórax afundado e ossudo se estufava um pouco.

– E é a garota mais popular da turma dela.

– Esse é meu garoto... – O pai tirou uma nota de dez dólares da carteira e a entregou para ele.

Na noite de sexta-feira, Edward encontrou Briana na casa dela e a acompanhou por seis quadras até a escola, com vontade de ter alugado uma limusine ou algo do tipo. Ela estava um arraso de vestidinho branco. Edward imaginava se mais tarde lamberia o *gloss* labial gostoso de sua boca. O pênis dele inchou contra a cueca por baixo da calça preta que ele estava usando, igual à que tinha usado no funeral de sua mãe. Pensou no caixão fechado, na mãe deitada lá dentro com um furo na cabeça. Pensou no padre fazendo comentários a esmo sobre seu pecado imortal e como eles teriam de rezar com mais afinco por sua alma, uma vez que ela havia escolhido morrer de maneira tão desgraçada.

A ereção de Edward fazia mais força contra a cueca, e ele limpou a garganta na esperança de acalmá-la.

– Obrigada por me trazer – Briana disse, animada, enquanto eles entravam na escola, juntando-se ao bando de outros adolescentes cheios de hormônios, de olho uns nos outros.

– Eu te levaria pra qualquer lugar – replicou Edward.

"Legal", pensou ele. "Você está no ponto esta noite."

Só levou quarenta e cinco minutos para ele perder Briana de vista. Ele se ofereceu para pegar ponche na mesa de lanches e, quando voltou para o lugar onde a tinha deixado, no meio dos balões brancos e prateados perto da entrada do ginásio, ela tinha ido embora. Ele a procurou, mas era como se ela tivesse desaparecido nas reentrâncias do universo. Talvez tivesse voltado ao mundinho rosa e roxo de onde vinham os animais de Lisa Frank.

O estômago de Edward começou a apertar, como sempre acontecia quando ouvia o pai levantar a voz. As palmas das mãos ficaram escorregadias como ficavam quando ele sentia o estalar da fivela do cinto contra suas costas nuas. Passou o resto do baile procurando Briana e fingindo que não o fazia. Os monitores tiveram de colocá-lo para fora depois que todos já tinham ido embora, porque ele continuava dizendo a si mesmo que ela voltaria a qualquer segundo.

Edward voltou sozinho para casa; a noite o pressionava, roubando-lhe o fôlego e o calor do corpo. Pensou na última vez que tinha visto a mãe. Ele não se lembrava muito. Só que ela estava em frenesi e chorando. Edward segurava com força um caminhão de brinquedo no pequeno punho e se sentara no meio do piso, observando enquanto o pai corria atrás da mãe no quarto.

A próxima coisa de que Edward se lembrava era de um estalido agudo, como uma panela do forno jogada num piso de concreto.

Segundos depois, o pai saiu aos trambolhões do quarto, mal olhando o filho mais novo enquanto enfiava no cinto da calça uma coisa preta e com formato de L.

Edward soltou o caminhãozinho. De qualquer modo, estava cansado de brincar. As rodas do brinquedo estavam grudentas; ele não podia se mover para a frente.

CAPÍTULO 9

Cyra caminhou pelas poucas avenidas do metrô até o apartamento de Eli e Izzie, na Sixth com a Garfield, na noite de sábado.

Ela deixou a brisa excepcionalmente morna escovar seus cabelos soltos enquanto se aproximava do não-exatamente-um-sobrado-marrom-mas--com-esperança-de-ser-confundido-com-um, onde eles alugavam um apartamento no porão.

Folhas mortas se enrolavam e estalavam sob as grandes botas pretas de Cyra, enquanto ela espiava uma família um pouco à sua frente, na mesma quadra, que saía para um passeio, rindo de alguma coisa que a filha mais nova dissera – a garotinha parecia ter uns seis anos e usava uma jaqueta acolchoada rosa quente demais para o clima do dia. Cyra parou em frente à casa de Eli e Izzie, observando a família se distanciar cada vez mais pela quadra. A mãe dava o braço ao parceiro, os dois encostados um no outro, observando as duas filhas que iam à frente, cantando algum tipo de cantiga que Cyra não distinguiu. A família era unida, evidentemente completa e contente. A inveja explodiu em suas entranhas como um fruto intumescido e tenro, gotejando em seu interior. Estava contente porque as garotinhas não cresceriam da mesma maneira que ela e Mira, mas, ainda assim... desejou que aquela alegria ilimitada fosse mais discreta. Um pouco menos pública.

Cyra balançou a cabeça e se virou para o prédio de Izzie e Eli.

Um ano depois que Cyra e Mira tinham se mudado para a cidade de Nova York, Mira conheceu Izzie. Mira, que ainda não projetava se envolver profissionalmente com arte, mas trabalhava como garçonete nos fins de semana, fora ao Brooklyn Museum em uma manhã de quarta-feira para "se inspirar", enquanto Cyra trabalhava com *marketing* em uma casa de repouso. Lá Mira conheceu Izzie, que guiava uma excursão de crianças do jardim de infância, e acabara acompanhando a mostra com o grupo.

– Foi tão fácil conversar com ela... – disse Mira a Cyra naquela noite. – Ela é um pouco mais velha que eu, mas conseguiu esse trabalho maravilhoso de professora e se mudou do Meio-Oeste para cá. Então, ambas somos novatas. Amanhã vamos a uma *happy hour*. Venha também!

Mas Cyra recusou; ela sabia como a irmã se entusiasmava perto de novos conhecidos. Era melhor deixar Mira fazer suas coisas sem tentar incluir Cyra nas conversas, como se ela fosse um peixe fora da água.

Mira e Izzie logo ficaram amigas, e Cyra se esforçou em se alegrar por Mira, em vez de se sentir substituída. Izzie era da mesma *vibe* de Mira, ao contrário de Cyra, que gostava mais de fazer coisas em casa ou ir a cafeterias silenciosas.

Após meses de amizade, Mira e Izzie arrastaram Cyra a um barzinho fora de moda em Park Slope, chamado American Cheez, e lá elas conheceram Eli, da idade de Izzie, alguns anos mais jovem que Cyra.

No início Eli se apresentou com timidez para Mira e seu grupo. Com orgulho da irmã, Cyra observou que Mira havia percebido o interesse de Izzie – o modo como ela ria das piadas de Eli e se inclinava mais para ele quando o rapaz falava. Quando Eli perguntou se podia pagar uma bebida para Mira, ela o incentivou a comprar doses para a mesa inteira e sorrira quando Izzie e Eli começaram a conversar sobre terem vindo do Meio-Oeste.

E foi isso. Após aquela noite, os três viraram os melhores amigos, mesmo quando Eli e Izzie começaram a namorar e a coisa ficou séria.

Cyra sempre se sentia meio deslocada perto deles, e não por ser mais velha, muito mais próxima dos trinta anos do que eles. Os três tinham uma energia similar, pareciam fundir-se facilmente no próprio grupinho.

Agora, sem Mira, o grupo se rompeu, e Cyra não tinha certeza do que Izzie queria dela. Ela nunca conseguiria ser Mira.

– Cyra? – Eli estava à porta de ferro, sob os degraus de pedra que davam para a entrada do primeiro andar. Estava de meias, com a cabeça para a frente e o cenho franzido, usando uma blusa grossa de flanela e calça jeans escura. – Você está bem?

– Claro... – Cyra se apressou para a pequena entrada cercada que continha as caçambas de lixo do prédio e um pequeno terreno de solo compactado com alguns arbustos meio mortos.

– Entre – Eli a recebeu, dando um passo para trás, para que ela pudesse entrar pela porta cercada que ela sempre admirara, por causa dos padrões pretos rodopiantes, e passar pela segunda porta extra. – Que clima ótimo o de hoje, não é mesmo? Nada como um dia imprevisível de 22°C no início de novembro. Você saiu e fez alguma coisa boa? Fez alguma coisa no Halloween? Demos doces para as crianças do "gostosuras ou travessuras". Isto aqui vira uma loucura! – A voz de Eli parecia um pouco mais alta que o habitual enquanto ele a levava para dentro do minúsculo corredor onde eles guardavam casacos e sapatos. – Posso tirar seu casaco? – Ele estendeu a mão para pegar a jaqueta jeans de

Cyra, depois baixou muito a voz. – Não conte a Izzie sobre o grupo de apoio a *serial killers*.

Cyra ergueu uma sobrancelha.

– Tenho quase certeza de que ela já sabe, lembra?

Eli fez um gesto para o chão com a mão, indicando que ela falasse mais baixo.

– Não, não é isso. Não conte a ela que você entrou.

Cyra parou enquanto lhe entregava a jaqueta, e depois, devagar, deu um passo à frente para ficar mais perto dele.

– Do que você está falando?

– Cyra, eu te conheço – sussurrou Eli. Com uma voz muito mais alta que o habitual, ele disse: – Onde você comprou essa jaqueta? Preciso de uma dessa pra ontem. – Talvez percebendo como parecia tonto, Eli fez uma careta, e então se virou para Cyra. – Eu soube, quando te contei, que você nunca ia conseguir deixar isso pra lá. E pecebi… percebi que você deletou os seus perfis nas redes sociais. Contei à Izzie que provavelmente você estava fazendo um detox de mídias sociais, para não ter de ver Mira dando as caras nos *feeds* de todo mundo, mas percebi o que isso significava de fato.

– Não sei do que você está falando – disse Cyra com cuidado, enquanto Eli pendurava sua jaqueta e arregalava os olhos para ela.

– A gente não precisa falar disso agora; na verdade, prefiro não falar – disse Eli depressa. – Mas, por favor, tome cuidado. E não conte à Izzie. Ela não entenderia. Ficaria muito chateada. Ela já me torrou a paciência por eu colocar meu trabalho em risco contando uma coisa que poderia matar você.

– Não precisa se preocupar – Cyra respondeu, afastando-se dele e desviando os olhos de seu rosto. – Não há nada para contar, então não direi nada. Qual é, você realmente acha que eu conseguiria me infiltrar num grupo desses? Izzie estava certa o tempo todo.

– Você é boa, isso eu devo admitir – Eli murmurou. – É como conversar com um manequim de loja. Sem expressão. – Em voz mais baixa, ele continuou: – Venha, Izzie está aqui, ela comprou um *brie* excelente do Good Wife.

O apartamento era confortável e bem iluminado; a sala de estar ficava colada nas janelas frontais, que davam para a calçada, e Izzie estava na cozinha, que dava para a sala, com os cabelos presos para trás em um rabo de cavalo. Estava inclinada sobre uma bandeja grande, organizando queijos com uma concentração meticulosa. Várias garrafas de vinho tinto estavam dispostas na mesa de café, ao lado de uma tigela de milho doce, os únicos petiscos que tinham sobrado do feriado recente. Cyra cerrou os dentes, perguntando-se como esconderia o fato de não estar bebendo sem Mira ali para ser o centro das atenções.

Cyra sabia que não devia esconder que estava sóbria, mas não parecia ser o momento certo para contar às pessoas. Também não parecia ser o momento certo seis meses atrás, quando ela tomou a decisão e contou somente para Bea. Ficar sóbria era mais fácil e mais difícil do que Cyra esperava – ela não ia a reuniões; não fazia reabilitação. Não tinha certeza de como se rotular – ela não pensava ser alcoólatra, mas também sabia que seu consumo de bebidas não era normal. Tentou uma reunião do AA, e na mesma hora percebeu que aquilo não era para ela. Em vez disso, cerrava os punhos e dava socos no saco de pancadas no apartamento sempre que sentia vontade de beber.

Os primeiros meses tinham sido difíceis, mas seu corpo parecia aliviado ao se livrar do álcool. E, até o sufoco na mercearia na noite em que tinha trombado com Lamprey, Cyra não havia sentido vontade de beber desde o verão. Mesmo com a morte de Mira.

Cyra supôs que não contaria isso a Eli e Izzie, porque eles fariam perguntas. Iam querer defini-la, dissecar seus motivos para parar de beber, e esperariam um monte de emoções dramáticas. Iam querer que ela exagerasse, com as longas conversas sobre sentimentos, e, sinceramente, ela não tinha estômago para isso. Era mais fácil continuar escondendo a sobriedade. Por ora.

– Oi, Izzie, obrigada por me convidar...

– Ai, minha nossa, Cyra, é tão bom ver você! – disse Izzie, tirando os olhos do queijo e dando um sorriso largo demais.

– Digo o mesmo. – Por um instante ficaram em silêncio, e Cyra sabia que todos estavam se lembrando da última vez que se haviam reunido ali, quando Eli lhes contou sobre o grupo de apoio. – Comprei geleia artesanal – disse Cyra, quebrando o silêncio e entregando a eles uma pequena sacola de papelão. Izzie e Eli gostavam de porcarias do tipo; gostavam de tentar imitar o clima de "casal descolado" do bairro *hispster* Park Slope. Cyra parara na loja com mais cara de moderninha que conseguira encontrar no trajeto do trem e comprara vários potes de geleia de doze dólares, contente por não mais se preocupar com o que havia em sua conta bancária, que rapidamente se esgotava desde a morte de Mira.

– Aaahh, obrigada! – guinchou Izzie, movendo-se com fluidez ao redor da bancada e apanhando a sacola de Cyra. – Serão uma harmonização maravilhosa com o queijo manchego.

– Aham... Ótimo.

– Venha aqui, vou te servir uma taça. Sente-se, relaxe! – disse Eli, empurrando Cyra em direção ao sofá de veludo azul colocado contra as janelas com cortinas.

Cyra se sentou e passou o polegar no material macio do sofá de veludo. Forçou um sorriso quando Eli lhe deu uma taça reluzente de vinho e a colocou cuidadosamente na mesa de café, no instante em que ele se virou para ajudar com o restante do queijo, e Izzie abria a geleia de Cyra.

Era óbvio, pensou Cyra: a ausência de Mira pesava sobre eles como a fumaça espessa de uma fogueira que acabara de ser dosada com água. Quase podia sentir o perfume praiano da irmã perto dela no sofá e ver as mechas de cabelos dourados sob a lâmpada incandescente.

– Fico muito contente por estarmos juntos – disse Izzie da cozinha. – Acho bom manter essas tradições. E eu não queria que a noite anterior de queijo e vinho fosse a última. Aquela foi... complicada.

Cyra viu a careta de Izzie do seu assento no sofá. Eli deu uma piscadela visível e acariciou o cotovelo da namorada, lançando-lhe um olhar sério.

– Não vamos reviver o passado – disse Eli, tentando recalcular a rota.

– Ah, é claro – concordou Izzie, infundindo um ânimo falso em suas palavras. – Não se preocupe, Cyra. Mira teria perdoado você. Mais cedo ou mais tarde.

– Izzie! – sibilou Eli.

– Estou tentando ajudar – sussurrou ela com veemência.

Cyra pousou a cabeça nas mãos, afundando os dedos nas têmporas como se pudessem atingir o cérebro e afugentar os pensamentos que vinham à tona. Sentiu náuseas à lembrança da última vez que tinham estado juntos em uma noite de queijo e vinho como aquela. Ela passou os dois meses anteriores se esforçando para esquecer aquela noite, escondendo-a nos recônditos da mente, como se pudesse apagá-la na íntegra. Ela quase se esquecera daquilo; era tão fácil negar a verdade...

Era difícil demais admitir que Mira, a pessoa a quem ela mais amava, por quem ela fazia tudo, tinha odiado Cyra no fim da vida.

A última noite de queijo e vinho ocorrera um mês antes da morte de Mira. Cyra tinha chegado atrasada, como sempre, já que a baldeação do Queens era a mais longa. Sua irmã, Izzie e Eli já estavam bebendo, rindo de algum novo meme tonto que Mira havia mostrado, trocando os queijos esquecidos na mesa de café por lábios manchados de vinho.

Cyra se serviu de meia taça, fingindo bebericá-la vez ou outra e deixando os outros beberem muito enquanto ela petiscava os queijos. Tinha sido legal, normal, embora um pouco chato, por causa da sobriedade, até Mira receber uma notificação no celular e um sorriso despencar do seu rosto como uma pedra em um poço.

– Merda! – ela guinchou, ficando em pé, sem sequer notar que havia derramado meia taça de vinho na mesa de café.

– O quê? O quê? – gritou Izzie, também pulando, indo até o ombro de Mira e espiando a tela do celular. – Ah! Ah, não.

– O que está acontecendo? – perguntou Eli. Um olhar de medo tomou conta de seu rosto, fazendo Cyra imaginar o que é que ele sabia.

– Tem um artigo sobre a Mira no *Brush Culture* – disse Izzie, em voz baixa. Ela olhou para o namorado. – Sabe, aquele blog de arte e cultura que cresceu muito no ano passado depois de entrevistar o Wells Chandler. É administrado por aquele crítico de arte, o James *Oppenheimer*.

– E isso não é bom? – perguntou Eli.

Cyra sabia que não era. O queijo lhe caíra feito coisa estragada, e um gosto horrível lhe voltava pela garganta. Seus dedos formigavam.

– Não, não é bom! – Mira guinchou, rolando a tela do celular, com a visão quase borrada enquanto lia depressa o artigo. – Não é sobre a minha arte! É sobre o Arthur! – Ela irrompeu em lágrimas, jogando o celular para Izzie. – Faça isso. Eu não consigo!

Obedecendo, Izzie pegou o celular e o percorreu devagar, lendo o que Cyra já sabia que estava lá.

– Aqui diz que o "Arthur McCowen concedeu o primeiro programa de Mira porque ela estava..."

– Diga! – gritou Mira.

– "... dormindo com ele." – Izzie limpou a garganta, envergonhada.

Mira chorou e caiu no chão, pressionando os punhos contra os olhos. Cyra queria muito ir até ela e abraçá-la, mas não podia. Não depois do que tinha feito. Eli, por sua vez, levantou-se e contornou a namorada para poder ajoelhar-se perto de Mira, colocando uma mão reconfortante em suas costas e murmurando palavras de consolo discretas, que ela ignorava enquanto chorava.

Izzie lançou a Mira um olhar preocupado, mas continuou:

– Isso é jornalismo de quinta. É basicamente para fazer Mira se sentir mal, dizendo que há tantos artistas da área que trabalham duro, enquanto ela está conseguindo oportunidades que outros não estão por estar usando sua... sexualidade.

– Não! – foi a primeira coisa que Cyra disse desde que a notícia tinha estourado, mas a negativa saiu de sua boca em tom de raiva. Aquilo não estava certo. Não era sobre isso que elas tinham conversado.

– Eu sei – respondeu Izzie, compreendendo mal. – Ah, que merda! – Ela ficou pálida e olhou do celular para Cyra com um olhar investigativo.

Droga.

– O que foi agora? – gritou Mira. – O quê?

– Nada... – gaguejou Izzie, ainda sem conseguir tirar os olhos do rosto de Cyra, que estava ficando quente e vermelho.

– Me dá – disparou Mira, empurrando o braço de Eli e saltando sobre a amiga mais depressa do que qualquer um deles poderia ter previsto. Mira arrancou o celular da mão de Izzie e começou a ler em voz alta: "A própria irmã de Griffin, Cyra Griffin, tema da inovadora obra *Retrato de um ataque de pânico*, reconhece que a irmã mais nova teve vantagens no setor que outros não tiveram".

– Cyra... – disse Eli, baixinho.

– Ah, também tem uma fala da minha *irmã*! – disse Mira, com a voz três registros mais baixa, com um som gutural e inumano. – "Mira tem um talento incrível, mas não deveria ter de dormir com alguém para chegar aonde quer."

– Não! – berrou Cyra, ficando em pé. – Não, ele cortou o resto do que eu disse! Eu juro, não era para ser um artigo de difamação, Mira. Nunca. Eu nunca faria isso com você.

– Ah, é mesmo? Então o que é isto? – bradou Mira, sacudindo o telefone na cara da irmã com os olhos secos e vidrados.

– Está fora de contexto! Continuei dizendo que Arthur estava tirando vantagem de você! Ele estava usando você! Era para ser um negócio estilo *#MeToo*, não um *slut shaming* besta de um artigo de fofoca – protestou Cyra com as mãos transpirando. – Eu juro que estava tentando proteger você, Mira. Nunca pensei que ele ia escrever isso.

Já tinha sido assustador o bastante saber como Mira surtou ao ver o namorado na imprensa rotulado como um abusador de poder, mas ver o jogo virado e o dedo apontado para *ela* era pior. A pele de Cyra pipocava. Não acreditava que James havia deturpado sua entrevista daquele jeito. Ela lhe dera todas as informações que encontrara – como Arthur parecia ter uma nova "musa" a cada poucos anos, como era sempre alguma artista jovem e impressionável, nova na cidade, como ele daria um salto na carreira, e então ela sumiria depois que ele se entediasse e encontrasse uma garota nova. Cyra conseguira dizer logo de cara que ele estava usando sua irmã, mas Mira estava tão empolgada por ter seu primeiro programa, tão animada por ter um homem mais velho e reconhecido no mundo da arte interessado nela, que não lhe dera ouvidos.

Era exatamente como no caso de PJ – alguém tirando vantagem de Mira, abusando dela sem que ela conseguisse enxergar. Mas Cyra não podia lidar com Arthur do jeito como lidara com PJ. Portanto, ela tinha contatado o *Brush Culture* para tentar expô-lo. Mas, no processo, em vez disso acabara expondo a irmã.

– Ah, fantástico, agora o Arthur está me mandando mensagem! – Mira ficou impassível, com o rosto cada vez mais oprimido conforme lia as mensagens que reluziam na tela. Ela olhou para Cyra, com a palavra "traição" escrita em seu rosto. – Ele me chutou. Como namorada e como cliente. Disse que não pode mais confiar em mim. Então, parabéns, Cyra. Você conseguiu o que queria. Você fez isso de novo: afastou outro homem que me amava.

– Não, Mira! – gritou Cyra, tentando contornar a mesa de café para chegar até ela. – Não estou tentando te magoar! Estou tentando te proteger! Por que não enxerga isso?

– Porque sempre que você tenta eu acabo magoada! – berrou Mira.

– Você está escolhendo homens horríveis! Eles te usam! O Arthur já ia te deixar, e eu estava tentando derrubá-lo antes que ele te machucasse mais – gritou Cyra com a voz no mesmo tom que a irmã. Elas nunca haviam falado uma com a outra desse jeito. Mesmo após a morte de PJ, Mira desejou que a irmã se consolasse. Agora, a impressão era de que ela arrancaria os cabelos de Cyra, se pudesse.

"Agora nunca mais vou poder contar a ela a verdade sobre o PJ", Cyra pensou naquele instante, antes de afugentar esse pensamento.

– Você me magoou mais do que qualquer um jamais poderia fazer! – Mira gritou, enlouquecida. – Eu te odeio, Cyra. Queria que estivesse morta!

Então, ela se virou e fugiu noite adentro, deixando para trás um eco de soluços.

– Eu vou atrás dela – disse Eli, incapaz de olhar para Cyra. – Para garantir que ela fique bem.

Ele saiu, e Cyra ficou em choque, vendo Izzie enxugar, tremendo, o vinho derramado na mesa de café.

– Você deveria ir para casa – sussurrou Izzie.

– Izzie, eu não... eu juro... não era para ser assim.

– Eu acredito em você. Mas ela não vai acreditar. É preciso que ela fique aqui esta noite, para ficar de olho nela. Então, Cyra, vá embora, por favor.

Cyra saiu. Era a última vez que veria a irmã viva.

CAPÍTULO 10

Cyra olhou fixamente a mancha desbotada na mesa de café, resquício daquela noite, e teve de se conter para não tocar nela. A sensação era de que ela fazia parte de sua irmã. Seus lábios haviam tocado aquele vinho, e agora ele estava cravado para sempre na madeira daquele móvel. A mesa de café continha mais da irmã do que Cyra.

Depois do malfadado artigo no *Brush Culture*, Mira perdeu todos os programas que havia agendado; o burburinho ao redor de suas fotografias se esvaiu, e seu Instagram ficou cheio de mensagens maldosas. Cyra não aguentou – ela sabia que devia parar, não voltar a se envolver, mas não conseguia esperar sentada sem fazer nada enquanto Mira suportava todas as críticas.

Cyra criou algumas contas em redes sociais. Começou a postar em tudo quanto era canto, tentando redirecionar a culpa para Arthur. As pessoas começaram a notar, engajando-se com seus *posts*, que ela deixava anônimos ou como perfis falsos, e passaram a voltar a atenção para Arthur também.

Mas não era o bastante. Cyra usou uma de suas contas falsas para mandar um *direct* para Arthur. Ela ficou acordada às duas da manhã, com os olhos ardendo, enfiada no banheiro para evitar perguntas de Bea se ela acordasse e a pegasse chantageando diligentemente Arthur McCowen.

"Tenho evidências", escrevia ela. *"Vou contar para o mundo o que você fez."*

"Sua vida acabou."

"Está vendo este post no X? Tenho pessoas do meu lado agora. Elas estão prestando atenção. Estamos atrás de você."

Ele nunca respondia, mas Cyra continuava insistindo, à medida que a opinião pública lentamente se virava contra ele.

Duas semanas depois que o artigo saiu, Arthur pulou do andar de cima de um edifício-garagem.

Cyra teve um ataque de pânico no dia seguinte.

Tentou entrar em contato com Mira para ver como ela estava lidando com o suicídio de Arthur, mas a irmã a havia bloqueado em tudo.

A ironia foi que, após a morte de Arthur, várias mulheres começaram a vazar coisas nas redes sociais, compartilhando suas histórias sobre ele e sobre como as forçava a fazer sexo em troca de colocar seus programas no ar.

Por fim, a verdade que Cyra tentou esclarecer veio à tona, mas destruiu sua irmã no processo.

A esperança de Cyra era de que Mira a perdoasse, que ao menos ela lhe dirigisse a palavra. Mas isso não aconteceu.

– Ela precisa de tempo – Izzie disse a Cyra quando ela tentou falar com a irmã por meio da amiga. – Sei que ela não vai sentir isso para sempre; você só precisa lhe dar espaço. Acho que, no fundo, ela sabe que você estava tentando ajudá-la. Mas ainda não está pronta para conversar com você.

Então, Mira ficou com Izzie e Eli até a manhã em que acordou para correr ao amanhecer no Prospect Park e foi morta por alguém que a emboscou ao lado do ancoradouro.

E foi assim. Sem chances de reconciliação. Sem proteger a irmã novamente. Sem a recompensar pelos erros passados. Tudo o que Cyra podia fazer era encontrar a pessoa que matou Mira, que levou embora a chance de elas serem irmãs de novo.

Agora Cyra estava mais perto da verdade, agora ela tinha suspeitos. Enfim poderia fazer o que precisava ser feito para corrigir os erros que cometera contra a irmã.

– Você está bem? – perguntou Eli, puxando Cyra de volta para o momento presente. Ele estava acima dela, e ela tirou as mãos da cabeça a fim de olhar para ele. – Desculpe por isso. Não devíamos ter tocado no assunto.

– Tudo bem – replicou Cyra, soltando as mãos e recostando-se, imaginando sua expressão se suavizar e se acalmar como quando ela assistia a filmes de terror e praticava sua expressão de Mistletoe. – Deixa pra lá.

Cyra fingiu a noite toda com Eli e Izzie, agradecida porque ao menos eles não tinham falado de Mira nem mencionado nada sobre o último evento de queijo e vinho. Em dado momento, Izzie notou que Cyra não tinha bebido de sua taça, e ela alegou dor de cabeça, tendo a brilhante ideia de usá-la como desculpa para ir embora cedo, incapaz de parar de olhar a mancha pálida de sua irmã diante da mesa de café.

– Vou acompanhá-la até o trem – disse Eli, ajudando a namorada a tirar as taças.

– Não, Eli, fique tranquilo, não é uma caminhada longa.

Mas Eli balançou a cabeça.

– Todo o bairro está em alerta máximo. As pessoas, especialmente pessoas como Mira, não são mortas no Prospect Park. E, já que faz mais de um mês que não há prisões, o pessoal está ficando nervoso.

Cyra pensou na família que ela vira mais cedo na calçada, feliz e rindo. Eles não pareciam nervosos. Mas talvez fosse por estarem juntos, e quando se está cercado de amor é difícil imaginar um cenário em que não se possa estar.

– Deixe que ele a leve – insistiu Izzie. – Tenho certeza de que tudo está tranquilo, mas segurança nunca é demais.

Cyra não mencionou que todos os seus anos de treino de luta livre provavelmente eram suficientes para mantê-la em segurança durante uma caminhada de cinco minutos.

Então, para horror de Cyra, os olhos de Eli se encheram de lágrimas.

– Não pude fazer nada por Mira. Deixe-me fazer isso. Pelo menos posso mantê-la em segurança.

Cyra não achava que Eli, com seus braços de espaguete e corpo de passarinho, seria de muita ajuda contra qualquer um dos homens do grupo de apoio, mas pela primeira vez pensou em que tipo de culpa ele e Izzie poderiam estar ruminando, levando-se em conta que Mira estava com eles ao morrer. Ambos se agarraram a Cyra depois que a notícia foi divulgada, e ela presumiu que era porque eles sabiam que ficaria arrasada por causa do modo como as coisas tinham ficado entre elas. Mas talvez fosse porque eles se sentiam tão impotentes quanto ela – incapazes de fazer algo para salvar a garota a quem todos tanto amavam.

– Ela era minha melhor amiga – disse Izzie, também com os olhos úmidos.

Cyra deu uma olhada nas garrafas na mesa de café e percebeu que Eli e Izzie não se haviam incomodado por ela não ter bebido; eles deviam ter tomado uma garrafa e meia de vinho.

"Parece que a parte da noite em que não falamos de Mira acabou", pensou Cyra, contente porque pelo menos isso estava acontecendo enquanto ela se dirigia para a porta.

– Por que você não está mais triste? – irrompeu Izzie, observando a expressão de Cyra.

– Izzie! – repreendeu Eli. Ele se virou para Cyra: – Ela não quis dizer isso, está apenas emotiva. Bebeu vinho demais.

– Cale a boca – retrucou Izzie, e o asco em sua voz chocou Cyra. Nunca viu Izzie ser tão venenosa. – É claro que estou emotiva. A pergunta é: por que *ela* não está?

Cyra sentiu o corpo e o cérebro desacelerarem e pararem, como acontecera quando foi à reunião. Ela estava se recompondo, portanto, não diria ou faria nada de que se arrependesse.

– Acho que preciso ir. – Cyra não conseguiu fazer aqueles dois entenderem. Eles não conheciam aquela sensação, uma mistura complicada de raiva e torpor.

– Por favor, deixe-me levar você – disse Eli, cambaleando à frente, com um olhar que dizia algo.

Cyra suspirou. Provavelmente ele queria falar com ela sobre desistir do grupo de apoio. Bem, ela apenas negaria – de novo. Mas estava claro que ela não conseguiria sair de lá sem ele.

– Tá bom. Izzie, obrigada pelo convite. Espero que consiga descansar.

– Vá se foder, Cyra – disse Izzie, agora com os olhos cheios de lágrimas. – Vá se foder por traí-la. Por fazer esse artigo existir. Por abandonar sua irmã aqui. Isso é tudo culpa sua. Isso não teria acontecido se não fosse por você.

– Ei! – começou Eli, mas Cyra fez um aceno de mão.

– Eu sei – disse ela, olhando com firmeza para Izzie do outro lado da sala. – Desculpe.

Então, ela se virou, pegou a jaqueta no corredor e caminhou até a porta da frente sem esperar por Eli, cujos passos cambaleantes ouviu atrás de si.

– Beba um pouco de água – ela ouviu Eli dizer à namorada, enquanto ele disparava noite adentro atrás de Cyra.

– Você deveria ficar com ela – disse Cyra, quando ele a alcançou na calçada. – Ela precisa de você. Está chateada.

Eli estremeceu, e uma expressão conflituosa lhe passou pelo rosto.

– Ela precisa esfriar a cabeça. Quando está desse jeito... ela fica ainda mais magoada se você tenta dizer coisas sensatas. Vai estar mais calma quando eu voltar, e aí poderei conversar com ela. Lamento por ela ter dito aquelas coisas.

Cyra balançou a cabeça.

– Eu não a culpo por se sentir assim. Errada ela não está. Se eu não tivesse feito o que fiz, Mira provavelmente ainda estaria viva.

– É por isso que você está se metendo num perigo desses? – perguntou Eli quando eles chegaram ao fim da quadra e atravessaram a avenida rumo à parada de metrô Union Street. – Pode fingir quanto quiser, Cyra, mas sei que você está tentando se envolver com aquele grupo. Só não sei até que ponto você chegou. – Quando Cyra, com as mãos nos bolsos da jaqueta jeans, não respondeu, Eli continuou: – Não é sua culpa, Cyra. O que aconteceu com a Mira não foi por sua causa. E sei que você acha que ela te odiava, mas juro que não. É só que... às vezes, quando se ama tanto uma pessoa, também é fácil demais odiá-la. Mas esse tipo de ódio entre irmãs não tem poder de fato. Ela teria te perdoado. Juro.

Mas isso Eli não podia saber. Ele tinha amizade com Mira, é claro, mas não era como se Izzie estivesse dizendo isso a Cyra. Se ela dissesse, talvez Mira tivesse acreditado. Izzie e Mira eram grandes amigas. Eli era o namorado da melhor amiga. Não tinha a menor ideia do que se passava pela cabeça de Mira. E ele não sabia do PJ, do que Cyra fizera com Arthur após a publicação do artigo. Talvez Cyra não merecesse o perdão da irmã.

– É sério, não precisa me acompanhar até o fim.

– Olhe, Cyra, o desabafo de Izzie foi terrível, mas ela tem lá suas razões – disse Eli, quase correndo para acompanhar Cyra, apesar de sua baixa estatura. – Você parece muito fechada. Isto é, você nunca foi um livro aberto, mas estou preocupado por não estar se permitindo sentir mais nada.

Cyra parou de repente, e Eli quase trombou com ela. Ela se virou para encará-lo. Os sobrados marrons estavam iluminados pelos postes das ruas, e as famílias do Park Slope, enfurnadas nos seus lares confortáveis, deixando as calçadas vazias, exceto pelas folhas caídas espalhadas no chão e o lixo descartado que flutuava pelas ruas em meio à brisa.

– Não preciso que você me passe um sermão psicológico – disse Cyra, firme. – Estou lidando com a morte da minha irmã da maneira como preciso lidar. Ponto final.

Eli pareceu intimidado.

– Sim, mas...

– O que você achou que aconteceria – sibilou Cyra de repente, aproximando-se dele – quando me deu aquela informação que tirou do trabalho? Você esperava de verdade que eu não faria nada a respeito? Achou que eu diria: "Ah, beleza, tá bom, Mira foi a vítima de um *serial killer*", e vida que segue?

– Cyra, eu...

– O que era?

– ... o quê?

– O que fez os tiras pensarem que ela era parte de um padrão? – perguntou Cyra. – O Bellows não me disse.

– Não sei.

Mas o modo como Eli não a olhava nos olhos, a maneira como mexia os pés de forma a apontá-los para longe dela revelaram a Cyra que ele estava mentindo. Ele sabia – e por isso comentara com ela a respeito, para começo de conversa. Ele queria que ela se aprofundasse no assunto e descobrisse a verdade.

– Eli. Ela era minha irmã mais nova. Você queria ajudar... Foi por isso que me contou do grupo de apoio. Não me venha com meias-verdades.

– Eu poderia perder o emprego. – Sua voz estava baixa.

– Isso já era possível – Cyra apontou. – Você não está se ferrando mais do que já estava. É melhor fazer valer a pena.

Eli olhou pela rua como se esperasse um esquadrão da polícia aparecer a qualquer segundo e algemar seus punhos ossudos. Então, suspirou e inclinou-se à frente, sussurrando:

– Só liguei os pontos algumas semanas depois que ela morreu. Você lembra que eu disse, um ano atrás, que tinha levado para casa um arquivo sobre o grupo de apoio? Bem, há outros arquivos também. Com um pouco de informação sobre as assinaturas de pessoas que eles suspeitam que estejam operando na região mais ampla de Nova York. Uma delas era um homem que sempre cruzava os tornozelos de suas vítimas um sobre o outro. Quando sua irmã foi encontrada... – Eli engoliu em seco, como se todo o vinho que consumira estivesse ameaçando voltar – ... os tornozelos dela estavam cruzados. E, uma vez que a autópsia mostrou que ela foi atingida por trás e... morreu em decúbito dorsal, alguém intencionalmente a virou depois que ela morreu e cruzou seus tornozelos. Fazendo uma pose. Mas essa é toda a informação que eu tenho.

– E ninguém mais sabe desse detalhe, além dos policiais?

– Isso mesmo. Eles estão escondendo isso do público de propósito.

– Há outras semelhanças entre o caso da minha irmã e os dessas outras vítimas?

– Não – disse Eli com energia diante do tom desapegado de Cyra. – Elas foram mortas de formas diferentes. Os tornozelos cruzados eram a única coisa que as ligava.

– Preciso ver esses registros – disse Cyra. – Preciso ver se há alguma coisa sobre as outras vítimas que possa me ajudar a definir que *serial killer* pode ser responsável por isso. De quando datam as mortes, por exemplo? Ou que tipo de padrões de vitimologia elas seguem? – Ela pensou no que Lamprey tinha dito dias antes sobre nem sempre sair à caça nos arredores. – Todas elas foram mortas na cidade? Ou em outras regiões?

– Jesus, pare, pare! – exclamou Eli, afastando-se dela. – Não sei. Não lembro. Tentei apagar toda essa merda do meu cérebro assim que li. Eu não sabia, quando peguei o tal arquivo, que ele analisaria... alguma coisa do tipo. Só fiquei curioso com o aspecto da *dark web*... Eu não queria ficar lendo sobre mulheres assassinadas.

Não, ele não faria isso, faria? Era mais conveniente esquecer as vítimas para que elas não parecessem ser de verdade.

– Preciso saber – exigiu Cyra.

– Não, não precisa, você não precisa daquelas imagens na sua cabeça.

– Eli – disse Cyra em voz baixa –, sobre o que você acha que eles conversam nessas reuniões? Digamos que, hipoteticamente, eu tenha ido a uma delas e os tenha conhecido em pessoa... – O rosto de Eli passou de esverdeado a pálido, e seu queixo caiu um pouco. Ele havia suposto que ela tinha feito contato com eles. Provavelmente não pensara que ela tentara de fato *participar* de uma reunião. – Acha que eles falam sobre o brilho do sol e margaridas?

– Cyra, não...

– Preciso saber – repetiu ela.

Eli mordeu o lábio.

– Não posso mais acessar esses arquivos digitais. Eles rastreiam essas coisas, vendo quem verifica o quê. Só consegui fazer isso no ano passado porque nosso sistema ficou uma semana em manutenção e tive curiosidade... quis analisar alguns dos arquivos de liberação em alta. Mas eles também estão repassando alguns dos arquivos físicos mais antigos, por causa da ligação atual com o caso de Mira.

– Então, você pode verificar isso e me contar. – Eli tremeu visivelmente; Cyra estendeu a mão e segurou a dele. – Você disse que não fez nada por Mira. Essa é sua chance de fazer algo por ela. Me ajude a descobrir quem fez isso com ela. Por favor.

A expressão de Eli se agitou, mas por fim ele acenou com a cabeça.

– Tem razão. Certo. Posso arranjar o arquivo real, mas talvez eu meta o nariz e, no fim, aponte a você a direção certa.

– Obrigada. – Cyra falava a sério, e colocou tanto sentimento quanto possível na voz.

– Mas você tem certeza, Cyra? – Quando ela o olhou com ar de dúvida, Eli continuou: – Isto é, tem certeza de que é esse procedimento que você quer adotar? Em vez de, você sabe, deixar a polícia fazer isso? Mesmo que consiga algum resultado, é perigoso demais. Você também pode ser morta, ou... se meter em encrenca...

"Ah, ele sabe o que você está planejando", disse a voz na cabeça dela.

– Não vou tomar nenhuma atitude burra – Cyra garantiu a ele. A respiração dela se desacelerou, e ela curvou os dedos de modo que as unhas arranharam as palmas das mãos, assumindo um pouco da personalidade de Mistletoe, da mesma maneira como tinha feito na reunião. O calor abandonou seu corpo, substituído por uma camada de gelo. Ao falar, sua voz estava diferente, baixa, intimista. Mentindo, sem esforço. – Prometo. Primeiro quero descobrir quem fez isso, depois vou deixar com a polícia. De qualquer modo, não sei se teria estômago para fazer mais alguma coisa. Não sou como a pessoa que a matou.

Eli concordou com a cabeça, embora uma sombra tenha atravessado seu rosto, fazendo Cyra pensar que talvez ele estivesse optando por acreditar nela porque era mais fácil para si e para seu trabalho.

– Bom, só tome cuidado. E, quando achar que está chegando perto, vá falar com o Bellows e conte a ele o que você pensa. Ele vai verificar. Mas não... você sabe...

– Eu nunca te meteria em problemas, Eli – disse Cyra, sendo honesta dessa vez. – Você já ajudou muito, e não vou me esquecer disso.

Ele lhe deu um sorriso melancólico.

– Vamos, vou levá-la até o trem.

No entanto, enquanto andavam em silêncio pelo restante do caminho, Cyra não conseguiu deixar de pensar que Eli estava enterrando, de maneira intencional, a cabeça na areia – ele precisava saber quais eram as intenções de Cyra, e decidira não se importar, porque do contrário colocaria em risco sua carreira, para começo de conversa.

Talvez a morte de Mira atribuísse a cada pessoa que ela conhecia uma camada diferente de culpa que elas teriam de carregar. O pai de Mira bebia; seus amigos comprometiam seus valores; e sua irmã se desfazia da própria humanidade em nome de justiça.

CAPÍTULO 11

Cyra estava em frente ao espelho do banheiro domingo à noite, voltando a verificar seu disfarce de Mistletoe; com os membros musculosos – sua segunda arma secreta além da navalha – escondidos sob mangas compridas e calças sociais. Apesar da estatura mais baixa, Cyra sempre tinha sido forte. "Centro de gravidade baixo", dizia seu pai. "Não dá pra te nocautear. Ao contrário da tua irmã; com uma boa brisa, ela sai voando." Seus extensos treinos de luta haviam deixado seu corpo ainda mais compacto e atarracado.

Olhando seu reflexo, Cyra desejou poder usar os óculos – sempre que usava as lentes, via a mãe olhando de volta para ela. Mas, tirando a aparência, ela estava satisfeita com o progresso que fizera até então.

Lamprey jogara um balde de água fria em seus planos, mas talvez isso fosse uma coisa boa. Ela não podia confiar nele, é claro, mas, se o homem pudesse ajudá-la a descobrir quem tinha matado Mira, especialmente se tivesse sido *ele*, valeria a pena mantê-lo por perto.

Enquanto se olhava no espelho, Cyra notou um zumbido silencioso no peito que aumentava aos poucos, junto com uma sensação estranha no estômago, que parecia estar pulando. Ela levou algum tempo para assimilar aquela sensação – a empolgação.

O reflexo de Cyra encolheu, e seus olhos estremeceram.

"Você não consegue sentir uma tristeza adequada ou descobrir momentos de felicidade, mas fica empolgada com a perspectiva de conversar com psicopatas? Qual é o seu problema?"

"Respire. Controle-se", ordenou Cyra ao seu reflexo, e inspirou, prendendo a respiração no auge antes de expirar e embaçando o espelho com uma mancha circular. Observava seus traços paralisados e a expressão impassível. Inclinou-se à frente, impressionada com sua aparência controlada e sem emoção. "Interessante."

Imaginou se era assim que teria ficado ao praticar o ar confiante de Mistletoe com Eli no dia anterior.

"Não é empolgação", disse Cyra a si mesma. "Deve ser um pouco de nervosismo. Preciso voltar à toca do leão daqui a dois dias. É ansiedade de *performance*."

O zumbido continuou a noite toda e durou até o dia seguinte. Quando verificou a caixa de bate-papo com Python via *dark web* na segunda-feira à noite, ela havia recebido um mero: "Mesmo horário, mesmo lugar".

Quando a terça-feira finalmente chegou, Cyra estava pronta para voltar ao porão recreativo para a segunda reunião. Seria a primeira vez que veria Lamprey desde que o empurrara nos degraus do depósito, e ela não se esquecera do acordo que havia entre eles. Acreditava nele – haveria outra pessoa no grupo que não era quem dizia ser?

Ela não tinha certeza, e, para ser honesta, nem mesmo sabia se isso era importante.

Cyra se olhou em um espelho compacto antes de entrar no centro recreativo. A peruca loira assentava naturalmente. Era estranho sentir-se mais alta com os sapatos de salto. Era uma sensação a que não estava habituada; ela nunca usava salto. Contemplando seu reflexo, Cyra se espantou com a total ausência de semelhança com Mira, mesmo de cabelo loiro e sem os óculos. O tom de pele delas era muito diferente, o formato do rosto era totalmente oposto. Mesmo loira, ninguém adivinharia logo de cara que Cyra e Mira eram irmãs.

Cyra se esforçara muito para não ter ciúme da irmã mais nova. Mesmo na adolescência, quando percebeu que Mira era muito mais bonita do que ela. Mesmo quando ficou claro que o pai preferia Mira. Em vez disso, Cyra sentia orgulho de manter Mira em segurança, já que sua mãe inútil não estava por perto para fazer isso. Mas isso significava que não havia ninguém por perto para cuidar de Cyra quando ela tinha ataques de pânico.

Eles começaram depois do terrível incidente que aconteceu com PJ. Uma dor aguda no centro do peito e uma saliência do tamanho de uma manga presa em seus pulmões. A respiração roncava enquanto ela tentava tomar ar mas não conseguia, e a garganta se fechava. As alfinetadas subiam e desciam pelos braços, o suor lhe empapava o rosto, as ondas de náusea a deixavam tonta. E, o pior de tudo, o coração disparava no peito como se estivesse tentando sair do corpo.

Nas primeiras vezes que isso aconteceu, Cyra foi parar na emergência, convencida de que estava morrendo. Uma das enfermeiras acabou contando a Cyra que ela estava tendo ataques de pânico, e sugeriu terapia. Mas Holden Griffin, o único arrimo de família, não podia bancar isso com sua péssima apólice de seguro. Ao menos foi isso que ele disse a Cyra. É claro que, mais tarde, ele conseguiu arrumar dinheiro para a primeira aula de fotografia de Mira e para seu vestido de baile de formatura.

Cyra aprendeu a lidar com seu pânico por conta própria. Começou a sentir as diferenças físicas quando os ataques se aproximavam, como quando a atmosfera muda antes da tempestade. Quando a ansiedade a aniquilava com raios e trovões, ela ia a algum lugar silencioso, cerrava os dedos e repetia a si mesma várias vezes, às vezes por horas: "Vai ficar tudo bem, passe pelos próximos dez minutos e isso vai acabar". Era seu ritual particular, a única maneira que ela conhecia de combater a intensidade devastadora dos ataques.

Quando a foto de Cyra tendo um ataque de pânico tirada por Mira viralizou e colocou Mira na mostra de Arthur McCowen, o ritual particular de Cyra se tornou bastante público.

Cyra bateu a porta do espelho, fechando-a, encerrando a lembrança ao mesmo tempo.

Voltou a respirar normalmente, empurrando raiva, traição e descontentamento mais fundo a cada expiração. Tudo se esvaiu como xampu pelo ralo. Dessa vez foi muito mais fácil sentir o vazio que se escondia no seu corpo. Era como entrar numa caverna: tudo era frio, escuro e vazio. Ela flexionou os punhos, mas dessa vez sequer precisou cravar as unhas nas palmas das mãos. Seu corpo estava ávido para liberar dor, quaisquer memórias que a conectavam à versão de si mesma que ela tinha de ser para os outros. Os restos rotos de Cyra Griffin estavam cercados, e sua ausência foi preenchida pela *persona* de Mistletoe – a *persona* mais cruel, mais sagaz que ela precisava abraçar para combinar com aqueles homens.

Tateou em busca da faca no bolso da calça larga, sentindo o peso reconfortante da arma, e então se esgueirou porão adentro, desta vez dez minutos mais cedo, ávida para ver os outros entrarem.

Python já estava lá, e ela ficou surpresa ao achar a presença dele quase… reconfortante. Talvez porque ela soubesse que ele era um assassino, mas não em série, por saber que, de todos eles, aquele homem era o que menos provavelmente estaria envolvido na morte de Mira. O vago desprezo que ele parecia nutrir pelos homens do grupo também era mais aceitável.

Ao que parecia, Python não quis lidar com outro problema de ovos recheados, pois dessa vez, além do café, havia uma caixa fechada de rosquinhas de supermercado na mesa.

– Por que ninguém se preocupa se o café está envenenado? – perguntou Cyra, servindo-se da garrafa térmica e fazendo um aceno de cabeça para o moderador do grupo, que estava arrumando as cadeiras.

– Sempre trago o café. Acho que sou de confiança. Em geral, alternamos quem traz os lanches. Achei que poderia fazer isso hoje, para evitar mais problemas.

– Adoro rosquinhas.

– Não abra ainda – alertou Python, sem olhar para ela, enquanto continuava com a organização. – Os rapazes vão querer ver que estão fechadas antes de comê-las.

– Eles sempre têm essa paranoia?

Python finalmente olhou para ela, sacudindo uma das cadeiras dobráveis com uma das mãos e batendo-a no chão com um *paf* abafado.

– Você deve ser nova.

– *Dãhn...*

– Não, em matar, quero dizer. – Python colocou uma das cadeiras mais longe das outras, para que o espaço entre elas ficasse mais igual. – Um monte desses caras está nessa há muito tempo. Não se passa despercebido sem um pouco de paranoia.

"Eles não estão passando despercebidos." Cyra pensou no arquivo que Eli prometera para ajudá-la. "Apenas não foram descobertos. Ainda."

– Não sou nova – disse Cyra. – Achei que você tivesse sacado.

Python deu de ombros.

– Acho que cada um tem um estilo diferente. Mas, como mulher, você deveria ser ainda mais paranoica.

Ela o observou com cautela enquanto ele terminava de organizar as cadeiras; olhou para o relógio acima de sua cabeça e mirou a porta.

– Você acha que algum deles vai tentar me matar, não acha?

Python não respondeu, desviando o olhar dela. Cyra foi até a cadeira no fim do semicírculo que escolhera da última vez e fez menção de se sentar; depois, mudou de ideia.

– Por que me deixou participar, então? – perguntou ela, indo para uma cadeira no meio, a que ficava em frente à mesa e dava uma boa visão da porta. A que Sand Fly ocupara da última vez.

– Aí não é comigo – murmurou Python. Mais alto, ele disse: – Você queria participar, o grupo é para gente como você, que quer falar sobre as próprias... predileções; então, eu a deixei entrar.

– Se alguém me matar, estará quebrando as regras do grupo.

Python concordou com a cabeça.

– Eles terão de lidar com isso.

"Mas não serão impedidos de fazer isso."

Ela notou que Python não estava oferecendo nenhum tipo de proteção. Apenas retribuição.

Cyra voltou a encará-lo, observando os lampejos de emoção que lhe passavam pelo rosto. Python era bem mais fácil de decifrar do que Lamprey. Ela era boa em observar as expressões tácitas das pessoas. Foi assim que soube que a mãe delas as estava abandonando e que Mira estava sendo usada por Arthur. Ao analisar Python, um pensamento passou por sua cabeça:

– É por isso que você é o moderador... Você é o guarda-costas, não é? Se alguém no grupo ferir outra pessoa do grupo, você o mata.

Python resmungou.

– Isso está subentendido. Todo mundo sabe. Isso mantém a ordem aqui. Eles precisam disso, precisam saber que há consequências para suas ações se participam do nosso círculo. Whipworm me contratou como proteção no primeiro ano, mas agora eu faço isso principalmente para vantagem própria. Fico de olho em Whip, garantindo que ele não seja enviado de volta para a penitenciária.

– Vocês dois são íntimos.

– Salvei a vida dele na prisão. Cuidamos um do outro desde então. – A voz de Python mudava quando ele falava de Whipworm, ficava mais tranquila, mais melodiosa.

– Você disse que ele te contratou no primeiro ano – observou Cyra, botando as pernas para fora na parte da frente da cadeira e dobrando as mãos no colo, imitando a postura de Sand Fly na semana anterior. – Quanto tempo tem este grupo, então? Você disse dois anos, certo?

Os olhos de Python percorreram o corpo de Cyra, mas não parecia que ele a estava verificando. Ele examinava sua pose, com o cenho franzido ao perceber o que ela estava fazendo. – É, agora faz mais ou menos dois anos e meio.

– Começou só com vocês dois?

– É, e aí o Mockingbird entrou. Acho que o Whipworm se encontrou com ele antes de ir embora e procurou por ele depois. Mockingbird tem essa história maluca sobre quebrar a perna e precisar de um sistema de suporte. Os outros foram chegando depois, aos poucos.

– Espere, era disso que Cuckoo estava falando na semana passada quando provocou Mockingbird sobre um ferimento de uma vítima? – perguntou Cyra, endireitando-se um pouco.

– Ahã... Mas ele não gosta muito de falar sobre isso. Acho que fica com vergonha.

Mockingbird era a única pessoa do grupo que Cyra não conseguia decifrar, e ele era o mais provável lobo solitário. Ela estava honestamente em choque por ele participar do grupo. Ele mal falava... embora talvez isso pudesse se dever à presença dela. Talvez falasse mais sem ela por perto. Tinha demonstrado bastante reticência para conversar sobre o ferimento na semana anterior, encarando Cuckoo como se quisesse arrancar os lábios dele.

– Bizarro... Achei que a maioria de nós gostasse de ficar só. Descobrir que existe um grupo de pessoas como nós que querem se encontrar foi... interessante.

– E mesmo assim você entrou – apontou Python.

– É. Sei por que entrei. Só fico imaginando os outros.

– É a mesma coisa para muitos deles. Eles entraram porque estavam curiosos. Ou porque queriam dar uma olhada na concorrência. Ou porque estavam "por aqui" de sempre usar máscara e queriam alguém que visse seu verdadeiro eu. Ou... porque precisam de um público.

Ah. Lá estava a coisa que ela deixara passar. Com base em sua pesquisa, ela sabia que alguns *serial killers* gostavam de atenção. Eles precisavam sentir que havia gente olhando para eles. Eram os antagonistas da aplicação da lei ou os criadores dos próprios apelidos. O grupo de apoio era uma forma de conseguir público sem o risco de serem pegos.

– Tem certeza de que quer fazer isso? – perguntou Python, acenando incisivamente para o assento que Cyra roubara de Sand Fly e a postura que ela adotara para imitar a dele.

– Certeza – disse Cyra, esticando mais as pernas e curvando os lábios. – Alguns precisam parar de me ver como mulher e começar a me ver como um deles. – Ela olhou para Python. – Assim eles vão parar de pensar que sou incapaz de matar.

O som de uma porta se escancarando ecoou do lado de fora da sala – talvez do andar de cima. Havia alguém ali; os *serial killers* estavam começando a chegar.

Python resmungou de novo, e um minuto depois Sand Fly passou pela porta, pousando os olhos direto em Cyra.

Valia a pena ver a expressão dele.

Aquele lugar era *dele*, e ela o surrupiara.

Ele permaneceu imóvel por algum tempo, observando-a. Ela imaginou se ele diria algo ou se tentaria tirá-la dali.

Em vez disso, Sand Fly se serviu de uma xícara de café, olhou satisfeito para as rosquinhas, meneou a cabeça para Python e, em seguida, esgueirou-se para a cadeira mais próxima de Cyra, movendo ligeiramente a sua para ficar mais perto dela. Ela não moveu nem um músculo, apenas virou a cabeça para ele e perguntou:

– Que clima bom estamos tendo esta semana, hein?

Antes que ele pudesse responder, Lamprey entrou na sala; seus olhos se estreitaram por um segundo, como se focassem em Cyra e Sand Fly, depois ele deu um sorriso de aprovação. Mockingbird estava logo atrás dele, e poucos minutos depois Cuckoo deu as caras. Whipworm apareceu um minuto antes do horário de início, segurando outro prato coberto de plástico que colocou na mesa.

– Ah, de novo, não! – reclamou Sand Fly.

– Fiz taquitos – disse Whipworm, magoado. – Achei que seria melhor. Eles são fritos já cozidos, então são seguros.

– Acho que não é assim que funciona – disse Cuckoo, revirando os olhos.

– É receita da minha mãe.

– Desculpe, Whip – disse Python com voz grave. – Ninguém vai comê-los. Qual é, cara? Você precisa parar de tentar. Fique apenas com as comidas comuns.

– Deus, vocês são os piores babacas! – disse Whipworm, com expressão genuína de mágoa. Ele tentou jogar o prato de taquitos dentro da pequena lixeira perto da porta, mas o prato era grande demais e balançou na beirada da lixeira, indo parar no carpete. – Ótimo! – Whipworm se inclinou e começou a limpar a bagunça.

– Siga as regras, porra! – repreendeu Lamprey, parecendo entediado enquanto observava o outro homem tirar flocos de arroz do chão de um taquito que parecia ter explodido com o impacto.

– Cadê Pea Crab? – perguntou Cyra, silenciando a sala.

– É, cadê ele? – perguntou Cuckoo, girando o corpo para olhar a porta, como se Pea Crab fosse aparecer, agora que estavam pensando nele.

– Estamos surpresos por ele estar atrasado? – Quem disse isso foi Mockingbird, e Cyra se esforçou para não dar um pulo ao ouvir aquela voz estranha à sua direita. Era tão raro ele falar que ela se esquecera do som de sua voz: áspera, mas com um tom estranho, como se intencionalmente a estivesse forçando a parecer mais grave.

– Pea me mandou uma mensagem ontem – anunciou Python. – Ele não vai poder vir hoje.

– As regras não dizem que precisamos trocar de lugar, então? – perguntou Cyra. – E se ele estiver com um tira agora contando toda a verdade? – Ela não precisou fingir a preocupação; para Cyra, era preciso que as reuniões continuassem o maior tempo possível. Não daria certo se encerrassem o grupo ou os membros fossem presos antes que ela descobrisse a verdade.

Python balançou a cabeça, e Lamprey deu um sorrisinho. Da porta, Whipworm chamou a atenção de Cyra e murmurou:

– Precisava de uma solução.

– Está tudo bem, Pea Crab é... diferente – assentiu Python. – Ele vai voltar na próxima semana. Enquanto isso, deveríamos começar.

Um pequeno arrepio de medo percorreu as defesas Mistletoe de Cyra, mas o frio interior o afastou. Parecia que Pea Crab fazia esse tipo de coisa de vez em quando. Se os assassinos não estavam preocupados com a possibilidade de ele os trair, ela também não ficaria.

Whipworm empilhou seus taquitos rejeitados no topo da lixeira minúscula e foi pisando duro até o círculo, com os olhos cerrados e sombrios. Olhou mais uma vez para Cyra, sentada no lugar habitual de Sand Fly, e em seguida acomodou-se perto de Lamprey, que ocupava a cadeira anterior à dela.

Ela se sentia pronta. Sabia como as coisas se sairiam desta vez; daria conta disso.

A segunda reunião de Cyra começou.

PEA CRAB

A questão era que tudo e todos eram muito barulhentos o tempo todo, nada ficava em silêncio, e era por isso que ele precisava daquilo – precisava colocar tudo e todas em seu organismo, tinha de sair continuamente atrás da sua dose, porque ele precisava disso, e ninguém entendia, nem mesmo o grupo. E Ray amava o grupo, amava de paixão, porque não precisava se preocupar em fingir, como tinha feito durante a vida toda.

As vozes começaram quando ele era pequeno, não lembrava com exatidão quando, mas se recordava de que eram muito, muito altas, e ele só queria que elas silenciassem um pouquinho, sabe? Não teria sido tão ruim se fosse apenas uma voz, ainda que ela gritasse com ele, pois estava habituado a gritarias (Mamãe sempre gritava antes de tomar seus tragos), mas não era uma voz apenas, eram muitas, muitas, muitas vozes, e algumas delas gritavam, e outras sussurravam, o que era ainda pior. As vozes sussurradas entrecortavam os outros ruídos e lhe diziam para fazer coisas ruins com seu corpo, e, quando ele tentava impedir (Mamãe diria: "O que você fez com seu braço, moleque estúpido?"), as vozes pioravam.

Mas então, certo dia, no ensino médio, Ray estava com seu amigo Phillip, e Phillip era escorregadio como uma enguia, vivia num buraco escuro; ele levou Ray para seu buraco escuro e lhe mostrou as drogas que tinha roubado do irmão mais velho, lhe mostrou a seringa e a enfiou no próprio braço; então, seus olhos ficaram sonhadores e ele suspirou como se prendesse a respiração do mundo, e não a própria. E quando Ray pegou a agulha e imitou Philip, sentindo o fluxo quente pelas veias, ele gaguejou, pois elas tinham desaparecido! As vozes tinham sumido, finalmente estavam em silêncio, e Ray podia pensar, pensar, pensar pela primeira vez. Mas ele não queria pensar. Ray queria flutuar naquela sensação maravilhosa para sempre, e amava Phillip por ter dado isso a ele.

No dia seguinte, quando as drogas perderam o efeito e as vozes de Ray estavam de volta, insistindo com ele para que se ferisse, se ferisse, se ferisse, ele quis gritar, porque agora queria a vida sem elas, e queria que elas nunca mais voltassem.

"Calem a boca", gritava Ray, "calem a boca, calem a boca!" Mas elas não se calavam. Então, Ray voltou ao buraco escuro de Phillip e pediu novamente a agulha, mas dessa vez Phillip foi egoísta, dizendo que Ray usara bastante no dia anterior. "Ela é minha", disse Phillip, e Ray começou a entrar em pânico, porque Phillip não ia compartilhá-la, e, se ele não a compartilhasse, Ray morreria, e ele não queria morrer. Mesmo que as vozes quisessem que ele morresse. Não queria deixar Mamãe porque, mesmo que ela fosse uma beberrona, eles se amavam, porque as famílias são assim.

"Por favor... Me dê um pouco", suplicou Ray.

Phillip recusou mais uma vez, e Ray ficou irado, porque finalmente encontrara uma solução para seu problema, e enfim descobrira algo que o impediria de se ferir, mas ali estava Phillip sendo muquirana, e aquilo não estava certo. Portanto, Ray pegou um martelo laranja enferrujado da mesa (Mesa? Phillip não morava em um buraco? Por que agora aquilo se parecia com uma casa?) e esmigalhou a cabeça de Phillip com a ferramenta, e o rapaz caiu feito um tijolo num poço. *Plop*, *plop*, *plop*. Ray pôs a casa (buraco?) abaixo até encontrar a agulha e uma coleção de saquinhos cheios de uma substância pegajosa parecida com o açúcar mascavo que Mamãe às vezes punha na boca quando estava sem vontade de cozinhar.

Quando as vozes silenciaram de novo, Ray se sentiu muito mal pelo que tinha feito com Phillip. Mas era tarde demais. Phillip não tinha pais de verdade – ele era criado por pais adotivos, mas não eram pais lá muito bons, não como Mamãe, e eles não estavam em casa, portanto, Ray arrastou Phillip para fora até os bosques que ficavam atrás da casa, e então, pelo fato de as vozes estarem quietas e o dia estar bom, arrastou-o para bem mais longe.

Ele acabou colocando Phillip no chão quando percebeu que os braços doíam, e o deixou sob uma árvore grande no fundo do bosque, voltando com a agulha e os saquinhos no bolso e se sentindo tão, tão, tão incrível que sabia que Phillip o perdoaria. Porque Phillip o apresentara às drogas, e a verdade era que nunca haviam sido as vozes que o tinham feito ferir as pessoas. Eram as drogas. Eram as drogas que o faziam esmagar cabeças com martelos e fuçar bolsos à procura de dinheiro. Talvez mais cedo ou mais tarde ele pudesse ter-se dado conta das vozes e aprendido a viver com elas, mas as drogas eram mais importantes. Ele matava pelas drogas, drogas, drogas, e não por causa das vozes.

Agora Ray estava agachado no apartamento que ocupava ilegalmente, lembrando-se disso e lembrando-se de Phillip enquanto remexia o conteúdo de um novo saquinho (não o mesmo, que tinha ido embora fazia muito tempo, e agora Ray era muito mais velho e mais sábio). O apartamento era sujo e escuro, iluminado por umas cem velas achatadas que ele tinha encontrado jogadas no lixo atrás de uma igreja, e sua luz bruxuleante produzia sombras engraçadas nas paredes, mas Ray não se importava, pois logo estaria chapado de novo, e tudo seria perfeito. Ray estava quase sempre chapado: tinha uma linha de base que precisava manter, senão as vozes poderiam voltar, e isso não podia acontecer, porque ele pensava que, se as ouvisse dizendo para se matar, provavelmente acabaria fazendo isso, e ele não queria morrer; portanto, era melhor continuar chapado.

Ray tirou as meias, sentou-se no chão rachado de madeira e afastou os dedos dos pés para conseguir deslizar a agulha no espaço entre eles, pressionar o êmbolo e, ahhhhh, isso, ahhh, que maravilha... Ray se afundou no sofá carcomido pelas traças e por um segundo sentiu-se mal, pois viu a mancha de sangue na parte de trás do sofá – da cabeça de Scooter (de quando Ray a esmagara com o martelo). Mas onde estava Scooter? Ray não tinha certeza, porque sabia que o tirara de lá e o deixara em algum lugar depois que o grupo lhe dissera, na última semana, para ser mais cuidadoso com os corpos; mas não conseguia se lembrar de onde o deixara. Ray estava contente por ser parte do grupo, porque eles o sacavam (o entendiam) – ele não gostava de matar essas pessoas, mas tinha de fazê-lo, porque elas não compartilhavam e não lhe dariam o que ele precisava para se manter vivo. Ray pensava que, se as pessoas não fossem tão egoístas, o mundo seria um lugar melhor.

A porta rangeu e se abriu, e ele piscou porque, ah, conhecia essa pessoa, era um amigo seu (amigo?) do grupo de apoio. Ele deveria encontrá-los no dia seguinte. (Era amanhã, certo? Ou talvez fosse hoje. Ontem? Logo.) "Olá", disse Ray. "Olá, oi, o que você está fazendo aqui? Por que está aqui e como me achou? Isso não é contra as regras?"

O amigo se aproximou cada vez mais, e havia algo afiado e metálico na mão dele, piscando para Ray à luz das velas, sorrindo para Ray.

"Não grite", disse o amigo.

“Ah, ah, ah”, disse Ray, conforme as palavras lhe caíam da boca como lesmas e o mundo tombava de lado enquanto algo quente e úmido lhe corria pela garganta (ele não sentia, sentia?) e descia por seu pescoço.

É agora. Agora.

“Pense nisto desta forma”, disse o amigo, enquanto Ray tentava respirar. Por que ele não conseguia respirar? Por que tudo estava ficando vago? Onde estavam as drogas e por que ele sentia uma brisa no interior da garganta? “Você será mais feliz agora. Isso não é vida. Adeus.”

Ray não soltou a agulha, nem mesmo quando parou de respirar.

CAPÍTULO 12

– Já faz um tempo – admitiu Whipworm, passando a mão pelos cabelos. – Sei que vocês entendem. O período intermediário começa bem, normal. Mas quanto mais tempo fico sem, mais ansioso me torno.

– Parece que você precisa passar a noite fora – disse Sand Fly com um sorrisinho.

Eles tinham começado a reunião sobre o tópico do período de entressafra, o tempo de espera entre uma morte e outra. Cyra ainda não se havia manifestado – como Mockingbird, estava encostada na cadeira, ouvindo e prestando atenção. Certificava-se de manter a linguagem corporal relaxada e confiante, mas por dentro estava em alerta máximo, classificando mentalmente tudo o que os homens diziam, categorizando-os como mais ou menos provavelmente envolvidos na morte de Mira. Determinar se alguém havia matado dois meses atrás seria uma pista daquelas.

– Preciso fazer isso duas vezes por ano, ou então enlouqueço – falou Sand Fly, coçando a lateral do nariz anguloso. Suas unhas eram perturbadoramente compridas.

– Para mim é uma vez por ano – acrescentou Cuckoo. – Não sinto a urgência com tanta frequência, mas ela sempre vem na mesma época do ano e é sempre muito forte.

– E você, Mock? – perguntou Whipworm, tentando envolver o homem mais velho na conversa.

Parecia que Mockingbird não ia responder; tinha os lábios cerrados e o rosto abatido, mas enfim disse:

– A cada dois anos, mais ou menos. Depende. Agora menos, porque estou aposentado.

– Mesma coisa – acrescentou Lamprey, cravando os olhos em Cyra antes de pousá-los em Whipworm. – Bem, pelo menos era assim. Quando eu era mais jovem. Não tenho mais um cronograma de verdade. Faço isso quando a vontade ataca. Que pode ser a qualquer momento. Mas tem sido mais frequente nos últimos anos. E você, Mistletoe?

Lamprey a estava colocando sob os holofotes de propósito, e Cyra ficou hiperciente da mudança de humor ocorrida entre os homens enquanto fingiam interesse casual, virando os olhos em sua direção. Não era a hora certa de chamar atenção; ela precisava que eles continuassem falando. Precisava determinar qual deles poderia ter matado por último.

– Estava aqui pensando que vocês, rapazes, são bons demais, mas esses períodos de entressafra são muito longos – disse ela, cruzando as pernas e dando um sorriso suave para eles.

Sand Fly estreitou os olhos e Cuckoo semicerrou os seus, olhando na direção dela. Cyra percebeu de soslaio o sorriso felino de Lamprey e sentiu que ele percebia o que ela estava fazendo.

Cyra não podia perguntar à queima-roupa se alguém do grupo tinha matado uma garota dois meses antes. Mas notou que, se uma pessoa compartilhasse uma resposta ou uma experiência, as outras tendiam a ir no embalo, quase como se estivessem competindo umas com as outras.

Ela se virou para Whipworm e se dirigiu diretamente a ele:

– Quando foi a última vez que você matou?

– Bem, aí é que está – disse Whipworm, projetando o lábio inferior, sorrindo. – É um pouco estressante ser cem por cento honesto. Será a primeira vez desde que saí da prisão.

– Sério? – perguntou Lamprey, erguendo as sobrancelhas. – Você chegou a comentar sobre um cara que estava stalkeando.

– Stalkear não é o mesmo que matar – retrucou Whipworm. – Gosto de deixar minhas habilidades afiadas. Dar uma olhada no cenário e ver o que há. Desta vez quero ter certeza. Fui pego porque cometi um erro. Isso não pode acontecer de novo. Desta vez, quero me planejar de verdade.

– Ah, você está querendo descobrir alguém com antecedência, não está? – interrompeu Sand Fly intencionalmente, meneando a cabeça com aprovação.

– É – disse Whipworm, um pouco tímido. – Eu costumava escolher alguém aleatoriamente quando saía. Mas quero crescer. Melhorar. É por isso que ando praticando seguir alvos em potencial.

– Stalkear é uma forma de arte – disse Cuckoo com uma avidez que fez Cyra se lembrar de uma criança mais nova no parquinho tentando se enturmar com as mais velhas.

"Merda", Cyra percebeu. "Passamos para um assunto diferente."

A confissão de Whipworm tinha atrapalhado a conversa sobre a cronologia das mortes. Ela não podia retomá-la em seguida sem levantar suspeita. Mas aquilo não tinha sido de todo ruim. Se Whipworm estava dizendo a verdade, ele já estava há algum tempo sem matar, e talvez não fosse a pessoa por quem ela estava procurando. Aquilo era uma maratona, não uma corrida curta. Ela não ia conseguir coletar todas as informações necessárias em apenas duas sessões, e talvez aquela discussão sobre stalkear também pudesse ajudá-la. O ataque de Mira parecia aleatório, impulsivo. Quanto mais ela soubesse como esses homens operavam, mais se aproximaria do assassino de Mira.

– Seguir pessoas? Essa é a minha praia – disse Sand Fly, voltando a coçar o nariz. Cyra se animou, observando-o. Tocar o nariz podia ser uma dica, uma forma de mascarar uma mentira. – Nesse caso, posso dar conselhos a vocês. Aposto que Lamprey também tem dicas úteis. Sei que ele gosta de perseguir seus "queridinhos".

E agora Sand Fly estava fazendo um desvio. Interessante.

A bochecha de Lamprey se contorceu, e ele olhou para Cyra, dando uma piscadela antes de responder.

– Ah, sim. Seguir pessoas não é tão difícil. A maioria é burra.

"Babaca", pensou ela, mas a raiva foi diluída e derrubada pelo controle esmagador que a *persona* de Mistletoe exercia sobre sua expressão. Também estava ciente da implicação por demais real de que Lamprey a tinha escolhido como sua próxima "queridinha" desde que a seguira até em casa, mas ele havia garantido anteriormente que não era o caso. Ele insistira que queria que todos ajudassem uns aos outros. Estaria mentindo? Ele era mais difícil de decifrar do que Sand Fly.

Cyra se deu conta de como a situação era estranha – ela sentada ali, ouvindo aquelas conversas terríveis, perturbadoras, sem nenhuma conexão com o que aquilo realmente significava. Naquele momento, sentiu um rompante de gratidão por Mistletoe. Sua frieza, sua falta de empatia facilitava reunir a coragem para frequentar as reuniões e ouvir o que estava ouvindo sem sucumbir.

– Você está no caminho certo – disse Sand Fly a Whipworm. – O mais importante em relação a seguir alguém é aprender os padrões dessa pessoa. Seu alvo toma o mesmo caminho para casa do trabalho todos os dias? Vai à academia? Quando? As pessoas criam hábitos. Descubra seus hábitos, e segui-las e apanhá-las vai ser muito mais fácil.

– Mantenha distância – acrescentou Lamprey. – Use espelhos, observe de um carro, não seja óbvio. Mudar de aparência ajuda, sobretudo se a pessoa te conhece ou já te viu por aí. Lembre-se, se você consegue vê-la, ela consegue ver você. Então, se você não consegue arrumar bons equipamentos ou acessar um esconderijo de onde observar, descubra como ficar invisível à vista de todos.

– Hum... – disse Whipworm. – Valeu, cara. Isso ajuda muito. – Ele mordeu o lábio inferior, pensativo, e em seguida voltou-se de repente para Python: – Vamos mudar de assunto? Outra pessoa pode falar agora.

Python meneou a cabeça.

– Claro.

Whipworm se levantou e foi até a mesa de lanches, pegando uma rosquinha e enfiando-a na boca.

– Preciso de uma pausa para o lanche. Alguém mais quer uma? – perguntou ele, com a voz abafada pela massa acumulada entre os lábios.

Cyra não estava com fome, mas queria parecer despreocupada e calma. Que melhor maneira de provar que estava à vontade no grupo do que comer na frente deles?

– Aceito uma.

Whipworm, em um gesto de consideração, levou a caixa inteira até ela para que Cyra pudesse escolher uma rosquinha. Ele passou a caixa pela roda, mas ninguém mais demonstrou interesse, portanto levou de volta as rosquinhas para a mesa e voltou a se sentar, murmurando baixinho:

– Meus taquitos fariam melhor.

Todo mundo o ignorou.

Cyra deu uma mordida na rosquinha. Estava com gosto rançoso. Os flocos de glacê derreteram rapidamente em sua língua. A pasta tinha consistência de massa de modelar e um sabor vago de laranja estragada. Ela cravou os dentes na massa gosmenta, profundamente arrependida da decisão de comer, mas tinha ido longe demais para cuspi-la.

Python limpou a garganta.

– Sand Fly? Gostaria de ser o próximo?

Sand Fly deu de ombros, mas os olhos se iluminaram, e ele se moveu à frente na cadeira, passando a língua no lábio superior. Parecia um bicho-pau ampliado.

– Claro. Então...

– Apresente-se – lembrou Python. Seus bíceps, do tamanho dos de uma criança pequena, pareceram dobrar-se inconscientemente quando ele falou.

– É sério, Python? Toda vez?

– Seguimos as regras.

Sand Fly revirou os olhos, mas concordou.

– Beleza. Oi, gente, obviamente vocês me conhecem como Sand Fly.

– Oi, Sand Fly – entoou o grupo.

– Tenho novidades hoje – disse ele, passando os dedos brancos nos cabelos escuros, como vermes se contorcendo em terra recém-revirada. – Tinha uma garota nova em quem eu estava interessado. Acho que falei dela algumas semanas atrás, não? Um rosto que poderia iluminar um porão à meia-noite, um sorriso de megawatt. Bem, as coisas progrediram. Eu estava indo devagar, sabe, tentando estudá-la e ver qual era sua praia, esse tipo de coisa. Mas finalmente, ontem à noite, eu estava pronto. E foi... mágico. Muito, muito mágico. – O homem suspirou de contentamento, como se revivesse a experiência. Ele cruzou as pernas e riu. – Não consigo parar de pensar nela. Janice. Deus, que beleza...

– Ei – Python interrompeu –, você conhece as regras. Nada de nomes.

– Certo, Python, desculpe. – disse Sand Fly, mas seu sorriso ficou mais largo. Ele queria que os outros soubessem. Que a imaginassem. Que tivessem uma ideia de como ela era.

O estômago de Cyra começou a se revirar quando ela percebeu que não queria pensar na tal mulher chamada Janice. Janice não era real para

Cyra, não quando ela estava na pele de Mistletoe. Naquela sala, Janice não passava de uma história.

– Ela não pode ser tão doce quanto a garota de quem eu falei pra vocês – disse Cuckoo, desafiando Sand Fly. – A da primavera passada. Lembram-se dela? Vocês pareceram sentir inveja quando contei como ela implorava.

– Qual é? Todas fazem isso... – disparou Sand Fly. – Ela não era especial.

– Ela era *uma delícia*.

– Ah, sim, vocês são tão duros com suas frágeis garotinhas... – interferiu Whipworm, batendo as mãos no colo. – Querem um desafio? Querem uma excitação de verdade? Tentem dominar um atleta de cento e dez quilos só com as mãos.

Lamprey deu uma gargalhada.

– Dominar? Você os droga nos bares, Whipworm, e então os atrai até o seu carro. Esses caras mal estão conscientes quando você os mata. Não é a ostentação que você pensa que é.

– Ah, cala a boca, Lamprey!

Sand Fly deu uma risadinha aguda, empoleirado quase no meio do semicírculo. A mesa grudenta em que o café arenoso e as rosquinhas sem graça estavam era visível atrás dele, tornando todo o cenário, por assim dizer, normal. Uma paródia distorcida de uma reunião dos AA.

Python franziu as sobrancelhas.

– Acredito que já chega. Lembrem-se, todos vocês estão na mesma equipe. Vamos mantê-la funcionando. Quem é o próximo? – Ele girou a enorme cabeça, pousando os olhos em Cyra, que tentava deglutir o pedaço de rosquinha que ficara alojado em sua garganta durante o pequeno monólogo de Sand Fly. – E você, Mistletoe?

Na mesma hora, os outros homens da sala se endireitaram, como se tivessem sentido o cheiro de algo que dava água na boca.

Dessa vez ela não poderia distraí-los. Tinha que falar.

"Você se preparou para isto."

Cyra engoliu em seco, forçando o naco de rosquinha para o estômago, e limpou a garganta. Não sorriu. Não para isso. Teria parecido estranho, errado, uma mulher ter o mesmo tipo de alegria lúgubre que os homens sentiam ao descrever suas conquistas. Ela tinha um papel a desempenhar. Com as mãos escondidas no colo, lentamente cravou as unhas nas palmas e se concentrou.

– Está meio devagar para mim – disse ela, focando o chão, sentindo os olhos cravados nela, atendo-se a cada palavra sua como se ela lhes desse colheradas de boas rosquinhas em vez daquelas rançosas. Apenas Python a olhava com calma e sem voracidade. – Preciso tomar cuidado. Há poucas coisas que posso fazer sem meu patrão desconfiar. Mas já escolhi a próxima. Ela é das antigas. Parece um dedo enrugado, como quando você fica muito tempo no banho, sabe? Tipo isso, mas o corpo inteiro é assim. – Cuckoo se contorceu. O movimento causou uma onda de tiques por todo o grupo; os ombros se erguiam, a língua saía pelos lábios, as sobrancelhas se franziam, os dedos se dobravam. Cyra continuou como se não tivesse notado: – Ela me lembra minha mãe. Na próxima semana vou agir.

– Como? – perguntou Sand Fly, curvando os lábios.

– Cuidado – alertou Python. – Nada de especificidades. Nada que possa identificar você ou sua marca.

– Aposto qualquer coisa que é veneno – disse Whipworm. – As mulheres sempre usam veneno.

– Isso é covardia, se quer saber – disparou Sand Fly.

– Arma de mulher – concordou Whipworm.

– Você acha? – perguntou Cyra, inclinando-se à frente para que todos pudessem dar uma boa olhada em seu rosto, enquanto a rosquinha lhe caía no estômago como açúcar calcificado. – Para envenenar é preciso inteligência. É preciso ser íntimo e pessoal. É preciso observar a pessoa se contorcer na cama. Ver a vida se esvair de seus olhos. Ter estômago para ver um corpo fazer todas as pequenas coisas fascinantes que um corpo faz depois que deixa de ser útil. Veneno não é arma de mulher. É arma de quem não tem coração.

A sala ficou em silêncio. Estavam todos inclinados em direção a ela como árvores nos confins da floresta arqueando-se desesperadamente rumo ao sol, torcendo os troncos em um esforço para sentir a luz.

Ela esperou até poder praticamente ouvi-los espumar pela boca.

– Uma pequena injeção de ar. É menos evidente do que veneno.

A sala irrompeu num caloroso falatório.

– Ei, chega! Sosseguem. – Python não precisou gritar, embora pudesse fazê-lo. Sua voz firme e suave era inquietante o suficiente para a sala cair em silêncio.

Cyra olhou em volta sorrateiramente. Achou que a mão de Sand Fly estava deslizando rumo à virilha, mas não quis olhar com mais atenção para confirmar. Cuckoo fazia um barulho estranho de limpar a garganta, e ela podia sentir o olhar de Lamprey fazendo um buraco em seu peito. Whipworm sorria. Mockingbird a encarava com o cenho franzido. Somente Python parecia se controlar, mas isso era de se esperar.

– Quer compartilhar mais alguma coisa com o grupo? – perguntou Sand Fly, enquanto sua pele pálida ficava vermelha ao redor do pescoço.

Ela disparou o olhar em sua direção.

– Não.

Sand Fly parecia prestes a responder, com o rosto comprimido, mas Python interveio:

– Vamos agradecer a Mistletoe por compartilhar isso conosco.

– Obrigado, Mistletoe – disse o grupo em coro, mas as vozes agora soavam mais altas, ávidas, vívidas. Eles se pareciam menos com um grupo de alunos e mais com uma multidão em cântico que sentira cheiro de sangue. Ela era a isca fresca na água.

– Bem, hoje nosso tempo acabou – continuou Python, sentindo talvez a mudança de energia do grupo. – Obrigado a todos os que compartilharam. Pea Crab disse que estará com a gente na próxima vez. Se ele não estiver… bem, na próxima semana aviso vocês sobre o novo local. Não se esqueçam de fazer o *check-in* na noite anterior, como sempre. Fiquem espertos e escalonem seus horários de saída.

Houve um fluxo de movimento quando a reunião terminou, e o espaço seguro daquela pequena bolha se rompeu.

Cyra se moveu de maneira rápida e deliberada. Tinha certeza de que os olhos de Lamprey a seguiam enquanto ia ao cabideiro e tirava o casaco e o chapéu de lã.

– Espero poder ouvir os detalhes na semana que vem – uma voz chegou aos seus ouvidos.

Ela precisou de um controle extremo para não pular àquelas palavras úmidas. Cyra se virou com uma expressão tranquila e a voz fria.

– Veremos.

Sand Fly a encarou com um sorrisinho, até Lamprey aparecer, cutucando-o com o cotovelo.

– Não está incomodando nossa adorável Mistletoe, está?

Sand Fly estreitou os olhos e deu um passo para trás. Ele era fino e anguloso, mais alto que todos os outros do grupo, mas Lamprey tinha reputação. E músculos.

– Claro que não – disse Sand Fly, com os lábios secos e úmidos ao mesmo tempo. Ele passou a língua pelos dentes, que pareciam uma cerca quebrada, e voltou a olhá-la. – Até a semana que vem.

– Até – respondeu ela, fingindo despreocupação enquanto ia até o cabideiro.

Lamprey a olhou um pouco mais, sorriu e então virou-se.

Foi apenas depois de sair da sala, indo embora primeiro dessa vez e enfiando-se no banheiro feminino perto da escada, que Cyra finalmente perdeu o controle.

Verificando a trava da porta do banheiro, com o corpo tremendo incontrolavelmente, Cyra encarou o rosto sem expressão no espelho, esperando seu verdadeiro eu aparecer, esperando as lágrimas caírem e a compostura ceder.

Quando isso não aconteceu, apesar dos lábios trêmulos, o mal-estar que se manifestara durante o fim da reunião veio depressa, e ela se agachou ao redor da privada, vomitando a rosquinha rançosa.

"Que diabos há de errado comigo? Por que não estou tendo uma reação mais significativa? Por que não estou mais perturbada?"

Cyra queria estar enojada com os *serial killers*, mas era consigo mesma que estava mais revoltada. Às pressas, analisou como estava por dentro, escavando o coração como se pudesse arrancar à força uma emoção mais apropriada – medo, fúria, tristeza. Mas a máscara de Mistletoe era apertada e não deixava nada se insinuar para dentro.

"Volte a ser você mesma", pensou freneticamente, ciente de como aquela *persona* estava começando a parecer desconfortável. Ela não queria dispensar Mistletoe. Não queria sentir vergonha e horror por estar participando daquelas reuniões.

Mas ela precisava sentir vergonha. Tinha de voltar à vida real.

Cyra fechou os olhos e pensou no rosto de Mira, em seu sorriso, em sua energia contagiante. As fronteiras de Mistletoe vacilaram, a respiração de Cyra começou a se acelerar e se prender, e ela liberou a frieza de sua contraparte.

Sentia a dureza do piso do banheiro sob os joelhos. Ela se esqueceu dos germes e de como um banheiro de um centro recreativo abandonado pode ser nojento, e descansou a testa suada na tampa fria, sufocando as lágrimas. Se começasse a chorar, nunca pararia. Ela tinha de se recompor. Tinha de se concentrar.

Talvez Sand Fly estivesse se vangloriando. Tentando se firmar como um alfa. Ou tentando assustá-la, atemorizar a novata mulher. Mas talvez estivesse dizendo a verdade. Talvez realmente tivesse matado uma pobre mulher chamada Janice na noite anterior.

Ela poderia encontrar a mulher? Avisar as autoridades? Mas essa possibilidade se esvaía à sua frente. Ela sequer sabia o nome verdadeiro de Sand Fly, muito menos onde ele ia à caça. Será que Lamprey poderia ajudar? Mas ele dissera que também não sabia os nomes verdadeiros dos outros membros.

Depois de alguns meses de relacionamento, Bea e Cyra estavam enroladas no futon para assistir a um especial da Netflix, de filmagem decadente e narração sinistra, sobre *serial killers* do Meio-Oeste. Ambas tinham odiado, mas por motivos diferentes.

– Lembra daquele programa *Are You Afraid of the Dark?* Era tipo esse. Tipo, "uuuu, estamos tentando te assustar porque essa merda é assustadora!", disse Cyra depois que o programa acabou.

Mas Bea franziu a testa para a tela e pausou nos créditos, apertando os braços contra o peito.

– Ele ignorou totalmente as vítimas. Foi como se elas fossem as coadjuvantes, e esses doentes, os personagens principais. Deveria ser o contrário. Que obsessão é essa que todo mundo tem por homens de essência ruim? Por que precisamos de todos esses filmes lúgubres, documentários e livros sobre eles? E por que as pessoas que mais sofrem por causa deles são sempre esquecidas?

Cyra se sentiu culpada por não sacar os mesmos temas que Bea, mas nesse momento se sentiu pior porque fazia isso de novo, exceto que numa escala muito mais ampla e muito mais terrível.

Ela tinha esquecido ou, o mais provável, tinha posto de lado intencionalmente a existência das pessoas que esses homens matavam. Ou planejavam matar. Ela sabia, óbvio, que eles eram assassinos, ativos a esse ponto. Mas não se permitiu saber de fato o que eles podiam estar fazendo por aí. Todo o seu foco tinha sido nos assassinos em si – e em qual deles poderia ter ferido Mira. Ela estava focada em uma única vítima. A que realmente importava para ela. Ela não era melhor do que os detetives de sofá que enganavam pessoas inocentes ou do que as mulheres brancas sutilmente alegres que se agarravam horrorizadas a suas pérolas, mas, em segredo, se achavam espertas demais para cair nos truques de um *serial killer*.

Cyra era parte do problema. Até ajudara a esconder os pertences de uma vítima.

Mas ela não podia consertar isso. Não ainda, não agora. Talvez isso a tornasse uma pessoa ruim, mas sua prioridade não havia mudado.

Mira. Ela estava fazendo isso por Mira. Não por Janice. Não pelo homem cujas roupas ela tinha afundado.

Mas ela tomou uma decisão. Quer Sand Fly tivesse, quer não tivesse matado sua irmã, era preciso lidar com ele. Depois que ela encontrasse o assassino de Mira, faria algo com o restante do grupo.

Cyra se levantou, cambaleando, e enxugou a testa, pegando algumas folhas de papel higiênico e cuspindo nelas, dando descarga e lavando as mãos antes de sair do banheiro. Ela havia ficado lá por quase trinta minutos, portanto, tinha certeza de que era a última lá no andar de baixo, mas mesmo assim deu uma espiada na sala do porão, para se garantir.

Estava vazia – a mesa sem as rosquinhas e o café, e as cadeiras empilhadas no canto.

Cyra estava prestes a se virar e ir embora quando avistou uma coisa estranha no chão. Era um pedaço de papel branco de 15 x 10 cm sob a mesa, que ela tinha quase certeza de que não estava ali antes.

Voltou a olhar ao redor para garantir que estava só, e então se esgueirou para dentro e apanhou o pedaço de papel. Era pesado – um papel de fotografia –, mas as beiradas estavam meio rasgadas e havia uma marca no meio, onde ele fora dobrado. No início, Cyra pensou que era um papel em branco. Mas depois o virou, e sua respiração parou na garganta.

Era uma foto de Pea Crab.

Ou, mais especificamente, do corpo de Pea Crab.

Cyra aproximou a foto do rosto, com a boca seca.

O corpo era reconhecidamente de Pea Crab; estava deitado de costas, com um dos braços pendendo para a lateral, as pernas torcidas por baixo como se ele tivesse caído e tentado se recompor no último segundo. Seus olhos estavam abertos, e sua expressão era de perplexidade. Não seria inacreditável presumir que Pea Crab, claramente ávido por uma dose após a última reunião, tivesse sofrido uma overdose. Exceto que havia um amplo corte vermelho a lhe atravessar a garganta. Era uma linha limpa, reta e firme. Não havia sangue na foto além dos grumos congelados no pescoço, e parecia que o corpo jazia no piso de concreto de um armazém, ou talvez de um porão.

Ela baixou a mão que segurava a foto e respirou fundo. Aquilo era real. Ela tinha nas mãos a evidência de um assassinato. E, claramente, um dos *serial killers* tinha feito isso. Mas por quê? Porque Pea Crab era uma responsabilidade? E, o mais importante, como eles o tinham encontrado? Python e Lamprey haviam enfatizado como o anonimato era importante para o grupo e como os outros eram cuidadosos em se manter afastados fora da sala.

Não obstante, se Cyra fosse escolher algum dos homens como o alvo mais fácil e menos preparado, seria Pea Crab. Ela não acreditava que ele cobrisse bem seus rastros ao deixar o centro recreativo. Era possível que um dos outros o seguisse.

"O que estou fazendo aqui?", pensou Cyra. "Eu poderia colá-la numa caixa de correio; espero que alguém a entregue aos tiras."

Não parecia haver muito o que fazer com base na foto; além do mais, e se eles descobrissem impressões digitais nela? Tinham pegado suas impressões digitais quando ela começara a trabalhar na casa de repouso, e ela não podia arriscar que a polícia lhe perguntasse como as mãos dela tinham ido parar na foto de um homem morto. E ela não podia deixá-los interferir no grupo, não ainda, não antes de conseguir uma pista real para Mira.

Além disso, Pea Crab era um *serial killer*. Ele matava pessoas com a mesma informalidade com que ia comprar leite no mercado.

Ela não tinha a menor empatia por ele. Isso ela não podia lhe dar.

– O que você tem aí?

Com o coração quase saltando pela boca, Cyra se virou e viu Lamprey inclinado no corredor, observando-a. Ela não o ouviu chegar; ele era muito silencioso. Naquele dia ele estava usando uma camisa azul-clara por baixo da jaqueta bege de caça, e seus cabelos tinham uma aparência desgrenhada de estrela de cinema, que fez o estômago dela se revirar.

– O que você está fazendo aqui?

– Você saiu muito depressa – disse Lamprey, com o semblante impassível. – Eu te vi entrar de fininho no banheiro, então, saí e voltei – acrescentou ele, observando a expressão dela. – Pensei que a gente poderia acertar os ponteiros depois do último encontro.

Ele iria machucá-la por causa da manobra das escadas do porão?

Poderia ser ele o assassino de Pea Crab. Poderia ser ainda mais perigoso mostrar a ele que ela tinha encontrado a foto (largada ali por acidente ou de propósito?). Mas era um risco que ela deveria correr – ela tinha que distraí-lo. Acenou para ele com a foto, como se para que chegasse mais perto.

Ao mesmo tempo, Cyra deslizou a mão que não segurava a foto para o bolso da calça preta, puxando a navalha e escondendo-a dentro da manga do cardigã. Lamprey saiu do batente da porta e se aproximou. Quando ele ficou a poucos metros dela, Cyra estendeu o braço e balançou a foto em sua direção.

– Pea Crab morreu. E foi alguém do grupo que o matou.

A expressão de Lamprey ficou calma e vazia quando ele pegou a foto dela.

– Entendi.

Com a ponta do dedo, ele contornou a borda do corpo do morto e trouxe a imagem para mais perto do rosto, analisando-a. Cyra não tinha certeza se ele estava fazendo isso pelos mesmos motivos que ela.

– E então?

– E então o quê?

– Foi você?

Lamprey olhou para cima, afastando a foto do rosto.

– Pea Crab era uma responsabilidade. Ele poderia ter detonado o grupo inteiro. Entregado a gente. Era só questão de tempo até ele ser pego. Era necessário apenas deixá-lo numa delegacia sem drogas por dois dias e ele quebraria feito ovo podre e contaria tudo, na esperança de que o deixassem fazer negócio. Mas, veja só, talvez não tivessem acreditado nele, considerando o estado em que se encontrava.

Cyra cerrou a mandíbula e apertou com mais força a navalha, tateando a alavanca que poderia fazer a lâmina sair.

– Então, você o matou.

Lamprey a observou por um momento; seus olhos pareciam piscinas sem fundo.

– Não – ele disse por fim, e Cyra não percebeu se estava mentindo ou não. – Não matei. Mas entendo quem matou. E até concordo. Foi um movimento de defesa.

– Quem você acha que fez isso?

Lamprey franziu a testa de leve.

– Corte na garganta. Sand Fly e Cuckoo disseram que usam facas. – A isto Cyra se animou, fazendo uma anotação mental. – Mas ninguém do grupo corta gargantas especificamente. Contudo, se fosse esperto, não teria matado Pea com sua assinatura. Óbvio demais.

– Mockingbird? – arriscou Cyra. – Ele é quieto. Perigoso.

Lamprey meneou a cabeça, pensativo, voltando a olhar a foto.

– É possível. É sobre ele que menos sei. Muito cuidadoso, muito ponderado. Ele tem mais tempo nisso do que Cuckoo tem de vida.

– Mas ele se importa o suficiente com o grupo a ponto de tentar proteger a gente desse jeito? – perguntou Cyra.

Lamprey voltou a olhá-la, com as sobrancelhas erguidas.

– Tem razão, não sei se ele faria isso. Para se proteger? Com certeza. Mas, se acontecesse alguma coisa que comprometesse o grupo, não tenho a menor dúvida de que Mockingbird estaria longe antes que os tiras pudessem sequer descobrir seu sobrenome. Ele é caminhoneiro, você sabe. É a única coisa que ele diz com frequência. Um cara como ele? Aposto que tem esconderijos no país inteiro.

– Beleza, então o que faremos? – Cyra apontou para a foto. – Alguém apagou um dos membros. Temos de contar... para alguém. Pra todo mundo? – Ela vacilou, percebendo que estava contando com a ajuda de Lamprey e detestando isso. Quais seriam os diabos de regras ou obrigações quando um *serial killer* era assassinado? E por que ela estava procurando conselhos morais de um deles em relação a essa questão?

– Onde você achou isso?

Cyra contou a ele como a vira e suas suspeitas de que a foto fora jogada ou deixada para trás de propósito depois da reunião.

Lamprey ficou em silêncio enquanto ela falava, mais uma vez usando o dedo para traçar o corpo na foto.

– Por ora, não faremos nada.

– O quê?

– Vou ficar com isto, só por precaução – disse Lamprey, dobrando a foto bem no vinco e colocando-a no bolso. – Não devemos mostrar todas as cartas até conhecer contra quem estamos jogando.

– Então, a gente não faz… nada. Simples assim.

– Por ora – Lamprey sorriu.

– É contra as regras – Cyra apontou. – Quem fez isso vai ser morto pelo Python.

Lamprey debochou, com uma expressão de escárnio no rosto:

– Python. É. Tá bom, vamos ver.

– Ver o quê?

– O homem não é tão durão quanto finge ser – disse Lamprey. – Não sei o que ele te contou, mas sabe o verdadeiro motivo que o levou à prisão? Ele se declarou culpado. Se sentiu *mal*. Por mortes contratadas. Por assassinatos pelos quais ele teve a sorte de ser *pago*. Ele não tem sangue-frio instintivo. Ele ladra e não morde. Não é como você. – Lamprey deu um sorrisinho, acenando para Cyra com a cabeça. – Esconder uma faca na manga para me apunhalar se eu chegar perto demais.

Cyra suspirou e tirou a mão livre da manga do cardigã, revelando a lâmina cerrada no punho.

– Sei usá-la. E sempre a carrego. Então, quando você começar a pensar em me despedaçar ou qualquer merda doentia que faça, lembre-se de que estou preparada, ao contrário das suas outras vítimas.

Lamprey não mordeu a isca, e corrigiu-a em relação aos próprios métodos de matar ou descartar:

– Eu já te falei; não vou te matar. Somos amigos agora, gatinha. – Ele arrastou a palavra "amigos" para que ela soasse bem mais ameaçadora do que deveria.

– Não me chame assim – disparou Cyra antes que conseguisse se deter. Por dentro, estremeceu. Acabara de ter certeza de que ele a chamaria de "gatinha" sempre que tivesse a chance. Tentando distraí-lo, ela perguntou: – Python te contou isso? Sobre esse caso?

– É claro que não. Isso destruiria a *persona* de bandidão de corpo atlético que ele criou – respondeu Lamprey, ignorando o cenho franzido de Cyra a essa caracterização informalmente racista. – Encontrei seus registros de prisão quando entrei. Eu queria saber quem era o cara que administrava nosso grupo. Não consigo tirar nada de apelidos, mas de apelidos de cadeia e data genérica de soltura? Isso dá pra rastrear.

– Então... você sabe o nome verdadeiro dele.

– Correto.

– Qual é?

– O que eu ganho se te contar? – Lamprey sorria de novo.

– Você vai embora com todos os órgãos ainda dentro do corpo – disse Cyra, mantendo a voz o mais calma possível. Ela estava assimilando que Lamprey reagia a controle e dominância. Ele achava que estava no controle da relação, mas Cyra se fizera ver como uma ameaça na noite em que o empurrara escada abaixo, e precisava manter a mesma toada. Sua esperança era de que ele seria menos propenso a atacá-la se ela escondesse seus verdadeiros sentimentos. – Qual o nome dele?

– Ele não matou sua irmã, se é nisso que você está pensando – disse Lamprey, e seu sorriso desapareceu um pouco à medida que ficava claro que Cyra não estava brincando. – Ele não é como nós.

– Espere... isso quer dizer que você também deve saber o nome verdadeiro de Whipworm. Eles eram colegas de cela.

O sorriso voltou para o rosto de Lamprey no mesmo instante.

– Ah, sim, esqueci de mencionar isso outra noite.

Cyra se aproximou dele, com a faca ainda apertada na mão suada.

– Como vou confiar em você se continua mentindo?

– Relaxa, gatinha, não é Whipworm – disse Lamprey. – Ele não matou sua irmã e também não é o caguete.

– Que diabo, como você sabe?

– Você ainda não sacou? – perguntou Lamprey. – Achei que você era esperta. Whipworm só mata homens. Ele nunca foi direto, mas não acho que tenha lá muito interesse por mulheres, se é que me entende.

Agora ela se lembrava. Whipworm havia dito algo do tipo na reunião daquele dia, mas ela estava tão concentrada em não reagir que não assimilara a informação.

– A sua irmã não era o tipo dele em nenhum sentido da palavra. E, ao que parece, ele prefere estrangular suas opções.

A ficha dela caiu.

– Você o stalkeou também. Encontrou-o fora do grupo.

Lamprey meneou a cabeça uma vez e então se aproximou, diminuindo a distância entre eles de modo que ficaram a apenas alguns metros um do outro.

– Ele e Python. Não foi difícil. Dois coelhos com uma cajadada só. Eles não seguem a regra principal do grupo. – Ele se inclinou. – *Proibido contato externo*. A não ser a caça de Whipworm, é claro. Flanando pra lá e pra cá, procurando a próxima vítima. Ele gosta de fazer isso sozinho. – Ele ergueu uma sobrancelha para ela, com um sorrisinho.

Cyra balançou a cabeça.

– Estou cagando para o que Python e Whipworm fazem em paralelo, a menos que tenha a ver com a minha irmã.

Lamprey pareceu insatisfeito com o desinteresse dela, mas deu de ombros.

– Não posso dizer com cem por cento de certeza que eles não estavam envolvidos, mas é bem pouco provável, na verdade.

Nisso Cyra só acreditou em parte, porque vinha da boca dele. Não obstante, sua tendência era concordar com ele. Que motivo Python ou Whipworm teriam para ir ao Prospect Park e assassinar aleatoriamente uma garota que tinha saído para correr?

"Você está agindo como se esses caras pensassem com a razão", sussurrou a voz na cabeça dela. "Eles não pensam. São *serial killers*. Você não pode prever o que eles vão fazer."

– Como você sabe que nenhum deles é o caguete?

– Eles fundaram este grupo – disse Lamprey. – Por que tentariam acabar com ele? Não vejo os dois fazendo isso. Além do mais, tenho os registros de prisão. Os dois são reais; sei que eles mataram pessoas.

– Me diga o nome deles – exigiu Cyra.

– Vou dizer – prometeu Lamprey – quando você me ajudar a identificar quem é a ratazana.

– Não foi isso que combinamos. – As mãos de Cyra estavam ficando mais quentes, e de repente ela não quis mais estar envolvida no porão, no prédio, na cidade inteira.

– Você tem uma vantagem – disse Lamprey. – Eu já te disse que não é Python nem Whipworm. E Pea está morto. Não que eu achasse que poderia ser ele. O garoto mal conseguia manter a cabeça no lugar, e não acho que tivesse tempo para ficar rolando telas de *sites* de crimes reais para alertar as pessoas sobre nós. Isso deixa três opções.

– Estou cagando! – sibilou Cyra, perdendo a compostura. – Quero descobrir quem matou Mira.

– Então você vai me ajudar.

– Não.

Lamprey se moveu tão depressa que Cyra mal teve tempo de piscar antes que uma das mãos envolvesse o punho que segurava a navalha, enquanto a outra agarrava sua mão livre e a torcia às costas. Cyra engasgou quando Lamprey curvou o punho da mão que segurava a lâmina, e ela automaticamente soltou a faca, fazendo-a cair no carpete com um ruído.

Cyra estacou, avaliando a situação. O aperto de Lamprey era ligeiramente dolorido, mas fraco. Ele mal segurava sua mão esquerda, a que não estava mexendo na faca. Ela tinha quase certeza de que poderia se livrar da pegada dele e escapar, mas sabia, de maneira quase instintiva, que não era a atitude certa naquele momento. Lamprey podia ter feito uma pesquisa sobre ela, mas não havia como ele saber sobre seu treinamento de luta livre. Ela não ia à academia desde que entrara no grupo, praticando em casa em vez disso, e, mesmo quando suas contas em redes sociais eram ativas, ela raramente postava, e nunca sobre lutas. As lutas-livres eram sua arma secreta. Ela ainda não estava pronta para revelá-la.

Ela sentiu que Lamprey esperava, pronto para seguir a deixa de sua próxima atitude.

Cyra estava sufocada contra o peito de Lamprey; seu coração batia como o dele enquanto de repente foi atingida por um pico de agitação que ela não poderia, sob nenhuma circunstância, demonstrar àquele homem.

Um dos livros que ela tinha lido sobre *serial killers* dizia que, em geral, eles eram de quatro tipos diferentes: visionários; orientados por uma missão; hedonistas; e orientados por poder-controle. Se ela tinha decifrado Lamprey corretamente, ele era do tipo poder-controle. Ele gostava de exercer controle sobre pessoas impotentes. E, se Cyra não lhe desse nada para controlar – medo, preocupação, luta para se esquivar –, talvez conseguisse sair dessa.

Embora sentisse vontade de ativar suas habilidades de luta livre – quebrar a pegada dele, golpeá-lo rápido e com força, e então jogá-lo no chão –, ela se conteve. Cyra afrouxou à força a expressão, amoleceu os punhos nas mãos grandes de Lamprey e olhou para cima com olhar firme.

– Me solta, Jason. Não seja burro.

Diante do nome verdadeiro, Lamprey teve um sobressalto. Cyra sentia sua respiração contra as bochechas, o cheiro de café e chiclete de hortelã nos seus lábios. Os olhos dele analisaram sua expressão, procurando horror, procurando briga. Ele queria que ela desejasse viver.

Ao não ver nada do que esperava em sua expressão, Lamprey largou as mãos dela de forma tão repentina quanto as tinha segurado.

– Eu estava só brincando. Não se preocupe, gatinha. Eu nunca te machucaria. Somos uma equipe. Te vejo logo, beleza? Temos trabalho a fazer.

Lamprey piscou para ela, agora com o humor apaziguado, e se virou, saindo da sala.

Cyra esperou até ouvir o bater da porta no andar de cima, até depois de cinco minutos da partida dele, antes de finalmente se abaixar para pegar a navalha, com a mão tremendo tanto que foram necessárias três tentativas para apanhá-la. Sentia-se elétrica, como se acabasse de saltar de um avião. Foi só depois de voltar a segurar a faca que Cyra percebeu que sua reação nervosa e trêmula não era de medo. Franziu o cenho, incomodada com sua reação.

O encontro com Lamprey não a deixara assustada, e sim estimulada.

CAPÍTULO 13

De volta ao apartamento, Cyra fez uma lista com duas colunas.

"Caguete" estava no topo da coluna da esquerda; "Assassino", no topo da coluna da direita. Com cuidado, ela escreveu o apelido de cada homem em ambas as colunas, e então riscou os de Python e Whipworm da esquerda. Deixou Pea Crab de fora das duas listas. Agora ele estava morto e não era mais problema dela. Sand Fly era um candidato óbvio para a coluna do Assassino, embora ela estivesse com dificuldade para decidir se confiava ou não no que ele falava nas reuniões. Ele havia contado que matava só duas vezes por ano, e, se recentemente tivesse assassinado Janice, talvez o cronograma não batesse com a morte de Mira. Claro que ele podia estar mentindo.

Ela se deteve no nome de Lamprey, escrito em traçadas irregulares a lápis.

Era um jogo perigoso. Por mais que fosse durona, com todo o seu treinamento de luta, Cyra não tinha certeza se seria páreo para um assassino contumaz. Lamprey havia brincado com ela anteriormente, e ela estava certa de que ainda não tinha verificado por inteiro a verdadeira força daquele homem. Se o bicho pegasse, sua experiência com autodefesa seria o bastante para vencer alguém como ele?

Ela tinha de bancar a boazinha com Lamprey e tentar manter distância dele ao mesmo tempo – o que poderia ser difícil, considerando que ele sabia onde ela morava; mas a esperança de Cyra era que o fato de ela morar no terceiro andar de um prédio trancado pudesse detê-lo.

Cyra deu uma olhada na coluna "Caguete". Encontrar o espião no grupo seria um trunfo; isso poderia, provavelmente, ajudá-la a afunilar a lista das pessoas do outro lado.

O lápis se deteve sobre os nomes de Python e Whipworm, lembrando-lhe o que Lamprey dissera sobre a improbabilidade de eles terem matado Mira. Ela traçou uma linha sobre os nomes, mas decidiu ficar de olho neles.

Cyra se afastou da pequena mesa de cozinha e se virou, avaliando o apartamento. Estava um caos. Não conseguia lembrar-se da última vez que fizera uma limpeza, e imaginou se estava tão ruim assim quando Bea tinha passado por lá na semana anterior. Sua ex provavelmente devia ter pensado que ela havia perdido o controle por causa do luto, mas Cyra estava ocupada demais para pensar em lavar roupa ou tirar do balcão as embalagens antigas de comida. Mas então, abalada pelo encontro com Lamprey e precisando limpar a mente, Cyra vestiu uma regata esgarçada, prendeu os cabelos em um coque e atacou o apartamento sujo.

As roupas foram para o cesto, o lixo foi recolhido e jogado na rampa do corredor, o disfarce de Mistletoe, guardado no devido lugar, o banheiro, esfregado, a cozinha, limpa, e os lençóis sem uso da cama, substituídos e arrumados.

Quando Cyra despencou no futon, três horas depois, estava escuro, sua respiração estava pesada, e a regata, manchada de círculos de suor. Ela se sentia bem. Melhor do que há muito tempo. Olhou ao redor do apartamento, pousando os olhos no autorretrato emoldurado de Mira, ao lado da cama.

Voltando a ficar em pé, Cyra foi até o minúsculo armário do corredor e empurrou de lado o casaco grosso de inverno para poder tirar a foto emoldurada de 30 cm x 40 cm que Mira lhe dera pelo aniversário delas no ano anterior. Ao pegá-la, esbarrou a foto em uma caixa de sapatos. Cyra estremeceu e empurrou a caixa de volta; lá dentro estava o chapéu de PJ manchado de sangue, e ela não gostava de olhar para ele com muita frequência. Uma vez por ano, ela o tirava e pensava na coisa horrível que fizera, imaginando se aquele seria o ano em que contaria o fato a Mira. A cada ano ela se convencia do contrário, empurrando-o de volta para seu esconderijo, fingindo que ele não existia.

Cyra levou a moldura até a mesa e colocou-a voltada para cima, de modo que o próprio rosto ficasse de frente para ela.

Mira havia fotografado *Retrato de um ataque de pânico* no primeiro ano em que elas tinham ido morar na cidade de Nova York, mas a imagem não chamou a atenção de ninguém até pouco mais de um ano atrás, quando Mira a inscrevera em uma pequena publicação sobre fotografias. Ela viralizou por alguns dias, despertando o interesse de Arthur McCowen.

Cyra estendeu a mão e traçou as linhas do próprio rosto com a ponta do dedo, parando instantaneamente quando lhe passou pela cabeça a lembrança de Lamprey fazendo o mesmo com a foto de Pea Crab.

Os primeiros meses de vida na cidade haviam sido difíceis para Cyra. Mira floresceu; a alegria com a liberdade e a energia que sentia por estar longe de casa eram palpáveis à medida que ela explorava a nova cidade. Mas Cyra ficou paralisada com a mudança.

O ataque de pânico aconteceu no primeiro apartamento delas. Era sábado à noite; uma garrafa de vinho estava perto da cama de Cyra, e

Real Housewives of Potomac passava na tevê no quartinho minúsculo. Cyra achava que Mira tinha saído, e o ataque a tinha pegado tão de surpresa que ela só teve tempo de soltar a taça de vinho, desligar a tevê e se sentar na escuridão do quarto, envolvendo os joelhos com as mãos enquanto as ondas passavam. Ela repetiu vezes seguida o mantra: "Passe pelos próximos dez minutos e você ficará bem", enquanto a garganta travava, os olhos lacrimejavam e o estômago se revirava.

A porta do quarto se abriu com um barulho que quase a fez ter um ataque cardíaco de verdade. Mira entrou no quarto; a luz do corredor atrás dela sangrava na escuridão que mantinha Cyra aterrada.

As lembranças lhe ocorriam em imagens – fotos instantâneas como as fotografias de Mira –, como se toda a cena fosse algo que Cyra visse espalhado em um quarto escuro, em vez de alguma coisa pela qual, na verdade, ela estivesse passando.

Os olhos embaçados de Mira e os lábios manchados de vinho. O vestido preto colado que ela havia usado para conhecer seus novos amigos em Park Slope. A câmera pendurada no pescoço, que ela havia levado consigo naquela noite. Mira ergueu a câmera. Apontando-a para a irmã. A mão de Cyra subindo em sinal de defesa.

– Mira, não!

E, depois, o barulho do clique e o clarão ofuscante quando ela tirou a foto.

Cyra olhou sua fotografia em preto e branco na mesa. Essa era a foto que havia criado o estilo característico de Mira – retratos em preto e branco de alto contraste sob iluminação fraca. Na foto, Cyra estava ajoelhada bem no centro da cama, com os olhos histéricos e arregalados molhados de lágrimas. A boca estava entreaberta; o rímel, borrado e manchado. Uma das mãos mexia no joelho, a outra, no meio de um movimento, fazia um gesto em direção à câmera. O restante do quarto era um breu total; só se distinguiam as saliências e as partes planas do rosto, e também os braços nus. Ela parecia uma ilha em um mar de escuridão.

Mas foi a expressão de Cyra que de fato fez o retrato viralizar. Era a expressão de uma mulher que estava afundando e sabia disso.

"Super me identifico", dizia um comentário que Cyra encontrou quando viu a foto em uma *thread* de saúde mental no Reddit, com milhares de curtidas.

"A fotógrafa capturou com perfeição a desesperança que você sente quando tem um ataque de pânico", escreveu outra pessoa. "Todo mundo deveria ver isto, é muito importante!"

O comentário teve oito mil curtidas.

Poucas pessoas pareciam pensar que Cyra era mais que um tema.

"Não sei o que acho disso", respondeu uma pessoa. "Parece que a moça não queria que a foto fosse tirada. Dá uma sensação de abuso."

Mas Mira estava orgulhosa demais da foto.

– Desculpe, me desculpe mesmo. Eu estava bêbada quando a tirei. E ajudei você logo depois, lembra? Fiz você se acalmar um pouco. É que... acho que é a melhor coisa que já fiz.

Cyra concordou em deixá-la usar. Honestamente, ela não pensava que a imagem chegaria a algum lugar. E por algum tempo não chegou. Cyra quase havia se esquecido da foto quando Mira a enviou à revista de fotografias. Certamente ela não pensava que seria publicada, que viralizaria e deixaria Mira em uma situação complicada com um homem que estava tirando vantagem dela.

Cyra engoliu em seco, olhando para a foto que odiava. Quando Mira a dera de presente, Cyra fingira gostar, e então a enfiara no armário, tirando-a apenas quando Mira vinha visitá-la.

Parte dela agora queria pendurá-la no apartamento – uma forma de homenagear a irmã.

Cyra balançou a cabeça. Pegou a foto e levou-a de volta ao armário, encostando-a na parede de trás para que não mais tivesse de olhar para a própria expressão transtornada. Fechou a porta do armário com uma batida e encostou-se nela por um instante, respirando fundo.

"Preciso sair daqui", murmurou ela, pressionando as mãos no rosto, que estava quente e úmido, apesar de Cyra quase não manter o apartamento aquecido.

Após tomar um banho rápido e trocar de roupa, Cyra se viu na mercearia, a algumas quadras de distância. Fazia três semanas que ela vinha adiando a compra de papel-toalha, e também queria renovar o estoque de refeições congeladas, que estavam acabando.

Na seção de congelados, com uma cesta de plástico vermelha surrada pendurada no antebraço, ela abriu a porta, e o ar gelado embaçou seus óculos quando ela colocou a mão lá dentro e pegou um burrito para micro-ondas. Parando um instante, deixando o frio penetrar na pele, Cyra inspirou fundo e expirou. Suas extremidades coçaram levemente, e em seguida um torpor a deixou alerta e focada, em vez de sonolenta e pesada. A sensação era similar à de quando fingia ser Mistletoe. E similar à de quando tentava interromper um ataque de pânico.

Cyra jogou o burrito na cesta e deixou a porta do congelador se fechar.

Quando as lentes de seus óculos desembaçaram, Cyra notou um homem a poucos metros de distância, observando-a. Tinha lá seus quarenta e poucos anos, um rosto vincado e barba vermelho-aloirada. Havia entre eles um carrinho cheio de hambúrgueres, macarrão com queijo e nem um único vegetal. Ao ser pego olhando para ela, ele deu um sorrisinho.

– Bela bunda – disse ele, pegando o carrinho de compras e contornando-a com ele antes que ela pudesse responder.

Automaticamente, Cyra se virou de costas para a porta do congelador, com os músculos definidos nos braços tensos, quando o homem passou por ela sem a olhar pela segunda vez, aparentemente satisfeito com a interação.

A porta do congelador estava fechada, mas havia gelo no peito de Cyra. Seu coração palpitava, e ela fez várias respirações longas e profundas para se estabilizar antes de caminhar pelo corredor atrás do homem de barba.

Era fim de tarde, e a mercearia estava bem cheia, por isso havia várias pessoas entre Cyra e o homem, mas ainda assim ela o mantinha à vista. Ela o viu colocar um pacote com seis cervejas no carrinho e depois se dirigir ao caixa, olhando de soslaio a jovem que escaneava seus itens.

Em algum lugar do caminho, Cyra havia soltado a cesta. Ela foi até a fila do "Caixa Rápido – No máximo dez itens" e comprou chiclete, cronometrando a ação de modo a sair da loja logo depois do homem de barba, carregado com três grandes sacolas de supermercado. Ao se dirigir à saída, ela viu seu reflexo nos vidros escurecidos da loja e parou para olhar de novo. No início, não reconheceu seus trejeitos; os ombros estavam voltados para trás, o queixo, erguido, e ela parecia mais alta, mesmo sem os saltos. Levou um segundo para se situar, para se dar conta do que estava fazendo: tornando-se Mistletoe. Era quase inconsciente, e, embora pensasse que deveria se preocupar, tudo o que conseguiu sentir foi alívio ao se permitir entrar na pele de sua *persona* do grupo de apoio.

Enquanto seguia o homem de barba, ela se lembrou das dicas de Lamprey e Sand Fly. Não seguiu o homem perto demais; atravessou a rua para deixar certa distância entre eles, passando pelas pessoas e observando-o através dos espaços entre os carros que transitavam.

O homem de barba virou a esquina da avenida, e Cyra o seguiu até um prédio sombrio, sem elevador, fingindo mexer no celular enquanto, na verdade, usava o *zoom* da câmera, observando o homem apertar o código da porta e entrar no edifício, sumindo de vista.

"Agora eu sei onde você mora", pensou ela.

Ela imaginou o homem como o assassino de Mira. Imaginou-se vigiando o local, aprendendo seus hábitos, suas idas e vindas, descobrindo o número do apartamento e memorizando o código da porta. Quando estivesse pronta e soubesse que não seriam incomodados, entraria e bateria à sua porta. Cyra se imaginou esfaqueando o homem várias vezes – obtendo justiça para a irmã, deixando-o de joelhos em uma piscina do próprio sangue.

Seu pulso se acelerou diante desse pensamento e ela piscou, esperando sentir repulsa ou culpa mediante a espiral violenta em que sua mente havia entrado. Mas não sentiu nada.

Cyra se afastou do prédio, apertando o celular com mais força, soltando os ombros e envolvendo o torso com as mãos, enquanto se afastava correndo do edifício do homem. Pressionou o vazio para dentro de si, espantada com aquela sensação inabalável.

"Vá embora", pensou ela.

Cyra imaginou o riso travesso e a gargalhada espalhafatosa de Mira, forçando a personalidade de Mistletoe a finalmente se dissolver.

Cyra ansiava por abraçar aquele instinto calmo, calculista e sem emoções. Mas, é claro, não conseguiu. Era um absurdo; Mistletoe não era real, e, o mais importante, Mistletoe era uma assassina. Mas fingir ser ela era *tão natural*!

Com um solavanco nauseabundo, Cyra se deu conta de que não tinha ataques de pânico desde que criara Mistletoe.

Ela praticamente correu o restante do caminho para casa, na esperança de deixar, no pavimento atrás de si, a sensação que incomodava suas estranhas.

CAPÍTULO 14

Cyra trabalhou na quarta e na quinta-feira, e na noite de sexta, enquanto praticava *kickboxing* no apartamento, Eli ligou para ela.

– Consegui – disse ele, e a voz sussurrante a levou a pensar que ele estava espremido no banheiro, para que Izzie não pudesse espioná-lo.

– O arquivo? – Cyra tirou as luvas de boxe e as soltou perto do saco de pancadas, tentando enxugar o suor da testa com as costas do braço também suado.

– Não na íntegra – murmurou Eli. – Mas tirei fotos das páginas principais. Posso enviá-las por e-mail para você.

Cyra pensou em Lamprey, em suas habilidades de *hacker*. Ela não tinha a menor ideia de como funcionava o *hacking*, para saber se ele conseguia acessar os e-mails dela. Não podia se arriscar.

– Não – disse ela, depressa. – Vamos nos encontrar. Você consegue imprimir cópias para mim?

– Acho que sim, mas isso parece mais perigoso. Na verdade, não quero versões físicas rodando por aí.

– Confie em mim, Eli, é mais seguro. E não vou ficar com elas. Vou lê-las e destruí-las. Prometo.

Eli ainda não parecia à vontade, mas Cyra insistiu até ele concordar em encontrá-la no Brooklyn Bridge Park dali a algumas horas.

Era irritante como todo mundo que morava no Brooklyn parecia esquecer que havia outros bairros na cidade; Eli e Izzie nunca queriam sair. Até Mira, quando viva, ia se arrastando ao fazer o trajeto ao apartamento de Cyra no Queens. Mas agora Cyra não se importava de ter de ficar no trem por mais uma hora para se encontrar com Eli. Se pudesse acessar informações que Lamprey não tinha, teria uma vantagem por demais necessária.

Cyra encontrou Eli no fim do parque, depois das amplas faixas de arbustos amarelados; ele estava na ponta do píer, inclinado sobre a corrente de segurança e olhando para a água, que parecia tão dura e fria quanto granito.

– Está congelando aqui – reclamou Cyra ao se aproximar dele, incapaz de ignorar a vista espetacular, apesar do vento inclemente e da promessa de gelo no ar. A ponte do Brooklyn se espalhava à direita deles, acorrentando-se à costa e estendendo-se para o lado inferior de Manhattan. À frente estava o horizonte da cidade, conhecido no mundo inteiro, mas, ainda assim, não era algo com que Cyra tivesse se acostumado. Ele a fizera sentir-se muito pequena quando elas se mudaram para lá, muito impotente. – Podemos ir a um café?

Eli se virou para fitá-la, balançando a cabeça. Ele estava usando um chapéu de crochê combinando com o cachecol e uma jaqueta de veludo de pelo de camelo que não esquentava muito. Cyra supôs que, para os *hipsters*, a moda era mais importante do que o conforto.

– De jeito nenhum, é um conteúdo sensível demais. Não dá pra arriscar que alguém o veja ou escute.

– Então vamos acelerar o processo – disse Cyra, dando um passo à frente até ele e sentindo as mãos começar a se entorpecer. Na pressa de encontrá-lo, ela havia esquecido as luvas, e a sensação dos dedos congelando a lembrou do que acontecera no dia anterior na mercearia. Ela colocou a lembrança no fundo da mente, ignorando-a e às suas implicações.

Eli pôs a mão dentro da jaqueta e tirou uma pasta fina, estilo arquivo. Cyra não ousou abri-la ali; imaginou os dedos ávidos do vento agarrando todas as páginas e jogando-as na água cinzenta – ou, pior, no rosto de algum incauto, que poderia virá-las. Em vez disso, ela pôs a pasta em sua ecobag, onde se lia WNYC, e a apertou contra o corpo.

– Obrigada – disse ela, em meio ao vento. – Sério. Muito obrigada.

– Cyra?

– Sim?

– Isto está errado. – Os olhos de Eli pareciam esgazear-se ao vento. – Não é assim que deveríamos lidar com a situação.

– Sem essa – suspirou Cyra, imaginando se seria rude demais cair fora, agora que tinha a informação.

Eli olhou para ela; os dois estavam sozinhos no fim do parque, cercados por água e plantas morrendo.

– Sabe, minha avó dizia que, se você dançasse muito tempo com o diabo, ele acabaria pensando que poderia dançar mais. Ela sempre dizia que a única maneira de se salvar era dizer não à dança logo de cara.

Cyra debochou.

– Parece uma coisa meio reprovável.

– É... bem, era uma época diferente. Mas a mensagem continua valendo. Se continuar andando com esses caras, o que isso fará com você? Com sua alma?

Cyra não conseguiu responder. Não queria pensar a respeito, não queria reconhecer que ultimamente a mesma pergunta lhe passava pela cabeça. Em vez disso, ela olhou para o World Trade Center Um, cujo cume prata-azulado se erguia orgulhosamente contra o céu cinzento. O que Eli sabia sobre a alma dela? Como sabia que já não estava destruída? Talvez ela tivesse começado a se desintegrar no dia em que sua mãe as deixara, e então se desfazia mais um pouco sempre que Cyra não conseguia retomar o fôlego ou tinha de proteger Mira, ou então fazer vista grossa quando o pai dava à irmã menor alguma coisa que eles não podiam bancar. Talvez a última parte da alma de Cyra se tivesse desfeito e entrado pelo ralo quando ela recebera a ligação avisando que sua irmã fora encontrada morta sob circunstâncias suspeitas no Prospect Park.

– Ah, merda!

Cyra voltou a olhar para Eli. Ele estava observando alguma coisa sobre o ombro dela com os olhos esbugalhados, mordendo o lábio inferior. Ela se virou e viu Izzie andando acelerada sobre a grama morta, saltando para o pavimento no píer.

– Eu sabia – gritou ela quando se aproximou o bastante, enquanto o vento forte abafava suas palavras. – É sério, Eli?

– Você me seguiu? – perguntou Eli, passando por Cyra e indo ao encontro da namorada antes que ela chegasse às correntes de segurança. – Que porra é essa, Iz?

– É claro que segui! – exclamou Izzie. – Com todas essas suas "caminhadas" nesses últimos meses... Você andava muito secreto e alheio ultimamente. Então, o que é isso, hein?

Eli parecia dividido, fitando a sacola de Cyra e voltando a olhar a expressão tensa da namorada. De sua parte, Cyra estava um pouco surpresa. Parecia que todo mundo estava stalkeando de leve naquela semana.

Mas Cyra não podia deixar Eli admitir a verdade. Izzie enlouqueceria se soubesse que Eli havia afanado mais coisas do trabalho, e quanto menos gente soubesse o que Cyra estava fazendo com o grupo de apoio, melhor.

– Izzie, desculpe, é minha culpa – disse ela antes que Eli pudesse responder. – Eu precisava de conselhos. Sobre como consertar as coisas com você.

Eli e Izzie estacaram, voltando a atenção para Cyra. Eli parecia alarmado, e Izzie, intrigada o bastante para se esquecer de rosnar de raiva ao perguntar:

– O quê?

– Não nos falamos desde a noite de queijo e vinho – disse Cyra, uma verdade da qual só agora se dava conta. Raramente ela procurava Izzie primeiro; era sempre a garota mais jovem que iniciava as conversas. – Sei que você estava chateada. Sei que *eu* te deixei chateada. Queria perguntar a Eli como poderia acertar as coisas. Ele conhece melhor você, te ama mais, então achei que poderia ajudar.

A essas palavras, a expressão de Izzie se suavizou.

– Não, Cyra, eu é que não devia ter gritado com você naquela noite. Fiquei com vergonha, por isso não te procurei. – Ela se virou para Eli: – Ainda assim, você deveria ter me contado. Você mentiu. Disse que ia à biblioteca. Isso não é legal.

– Desculpe. Não foi assim – disse Eli, estendendo as mãos e segurando-a pelos ombros, tentando concordar. Ele era surpreendentemente bom em manter contato visual com Izzie ao mesmo tempo que mentia na cara dura. – Não queria te deixar ainda mais chateada. Sei que ultimamente você anda... emotiva.

– Minha melhor amiga morreu!

– Eu sei, mas tem dias em que você não consegue sair da cama, e outros em que só fica sentada no sofá me encarando. – Eli parecia constrangido. – Desculpe. Sei que é difícil para você. Mas eu não queria, hum... cutucar você nem nada parecido se você ainda estivesse chateada com a noite de queijo e vinho.

– Eu falei pra ele não te contar – disse Cyra. – A culpa é minha.

Izzie deu um suspiro pesado, tirando devagar as mãos de Eli de seus ombros.

– Não queria que a noite de queijo e vinho acabasse daquele jeito. É só que tem sido difícil pra caramba, sabe? Não é justo culpar você pela morte de Mira. Não sei por que fiz isso.

Cyra sabia. Ela já tinha visto isso antes. Depois que a mãe delas foi embora, depois que ficou claro que ela não ia voltar, Mira se apegou a Cyra por alguns meses. Ela tinha acessos de birra mais frequentes, incapaz de entender o que acontecera e por quê. As birras de Mira aconteciam com mais frequência quando o pai trabalhava até tarde, e Cyra, de apenas dez anos, ficava de babá da irmã menor – aprendendo a alimentá-la com macarrão com queijo de micro-ondas e pedaços de torrada no jantar.

– Você fez a mamãe ir embora! – Mira gritava, com os pequenos punhos cerrados e o rosto vermelho de chorar. – É tudo culpa sua!

Cyra não sabia o que dizer diante daquilo. Especialmente porque ela mesma andava se perguntando se isso era verdade. O que exatamente ela tinha feito (ou talvez não tivesse feito) que levara a mãe a ir embora? Mira era pequena demais, portanto a culpada devia ser Cyra. Do contrário, por que uma mãe deixaria sua família?

Quando ficou mais velha, Cyra percebeu que Mira, em sua tristeza, precisara de alguém a quem culpar. Isso não havia sido mais doloroso quando aconteceu, mas Cyra compreendeu. Talvez tivesse sido disso que Izzie precisou na outra noite – de alguém para botar sua dor para fora.

– Vai ficar tudo bem – Cyra disse a Izzie, usando a mesma voz tranquilizadora que costumava usar com Mira quando ela estava chateada com algum rapaz ou com o pagamento do aluguel. – Sei que você era uma boa amiga para minha irmã. Tenho certeza de que ela também sabe disso, onde quer que esteja.

Cyra não acreditava que Mira estivesse sentada em uma nuvem no céu olhando bondosamente para elas lá embaixo, mas ficou claro que era isso que Izzie precisava ouvir, pois ela deu a Cyra um sorriso conciliador.

Eli olhava de uma para a outra com ar de incerteza e perdido, mas, se continuasse de boca fechada em relação ao grupo de apoio, Cyra poderia fazer o que precisava ser feito. Pegar o assassino de Mira era a melhor forma de ela dar o assunto por encerrado com Izzie.

Izzie disse:

– Desculpe por ter dito que você era o motivo pelo qual Mira morreu. Não era necessário. Fico contente por você ainda estar na nossa vida.

Alguma coisa se revirou no peito de Cyra – um pequeno florescer de ternura.

– Eu também.

– Não acredito que isto seja verdade – murmurou Eli. – Não acredito que ela se foi pra valer.

Izzie olhou para ele, com a voz embargada de emoção.

– Por que tinha de ser assim? Ela ainda deveria estar aqui.

Os três ficaram ali, em pé, tremendo no píer vazio por um minuto. Cyra sentia a ausência de Mira como se lhe faltasse um dente.

Ao olhar para a água, perguntou a si mesma quantas vítimas de grupos de apoio de *serial killers* teriam sido jogadas com pedras em meio às ondas.

× × ×

Cyra precisou usar cada grama de força de vontade de seu corpo para conseguir esperar até chegar em casa e abrir a pasta que Eli lhe dera. Na viagem de volta de trem, ela pressionou a sacola contra o peito e olhou para a frente, mordendo a língua para se conter e não abrir o arquivo bem ali, no vagão do metrô.

De volta ao apartamento, Cyra jogou o casaco e os sapatos no chão limpo e arrancou o arquivo da sacola, jogou-se no futon e o abriu com fervor. Vasculhou a primeira página tão depressa que não reteve nenhuma informação, e teve de recomeçar.

"Calma aí", disse ela a si mesma. "Respire e faça isso direito."

Cyra voltou a se centrar e expirou alto pela boca.

As páginas que Eli lhe tinha dado eram impressões de seu celular; imagens claras de folhas físicas de papel descrevendo os detalhes de um caso de 1999. As linhas imediatamente saltaram aos olhos de Cyra:

"Vítima revelou sinais de estrangulamento manual..."

"Vítima foi encontrada de costas com o tornozelo esquerdo cruzado sobre o direito..."

"Sem sinal de violência sexual..."

"O médico legista determinou que a hora da morte foi de manhã cedo, no dia 14 de abril de 1999..."

Recompondo-se, enquanto um jato de quietude a percorria, Cyra repassou os outros documentos, analisando-os primeiro e depois lendo mais devagar. Eli estava certo – ele não tinha conseguido tudo para ela, mas havia dois casos específicos e um de uma única folha que pareciam ser o sumário dos padrões e das análises do *serial killer* suspeito no arquivo.

O primeiro caso era de 1999. Uma mulher branca de vinte e dois anos chamada Hanna Javitz fora encontrada estrangulada em um depósito em Staten Island. Seus tornozelos estavam cruzados, mas além disso não havia nada revelador no assassinato. Ela era caixa de uma grande loja de departamentos e fora presa por porte de maconha um ano antes da morte. Definitivamente, não era uma vítima considerada de baixo risco, e Cyra se perguntou se Hanna seria uma das primeiras vítimas mortas pelo assassino.

O segundo caso era de 2007 – uma mulher de trinta anos de Hudson fora encontrada nos arbustos perto do rio, ao norte. Quase não havia semelhanças com o caso de 1999 – Miriam Barnes era casada e tinha dois filhos, era corretora de imóveis e negra. Levou um tiro na cabeça e foi deixada em uma trilha bem movimentada próximo ao rio. Mas os tornozelos estavam cruzados – o esquerdo sobre o direito.

Cyra analisou as páginas. Com base na própria pesquisa, validada por algumas das informações do arquivo de página única, ela percebeu como era incomum *serial killers* trocarem de tipo de vítima, especialmente no quesito raça. Até mesmo trocar o método de assassinato era estranho.

"Não houve hesitação presente em nenhum dos casos documentados de que estamos cientes, indicando que essas vítimas provavelmente são o trabalho de um assassino mais experiente", lia-se no arquivo de página única.

O de página única parecia ter sido preparado por ninguém menos que o detetive Bellows, o encarregado do caso de Mira. Cyra suspeitava de que essa era a razão de ele ter sido designado, ou de ter pedido para ser designado: o assassinato de sua irmã. Obviamente, ele andou observando esse assassino por algum tempo, coletando relatos da polícia federal e criando o próprio arquivo interno de página única para entregar à sua equipe, de modo que eles pudessem ficar de olho.

"Suspeito desconhecido provavelmente é homem, branco, entre quarenta e cinquenta anos, cujo trabalho de funcionário permite ou demanda viagens frequentes", escreveu Bellows. "Suspeito é desorganizado em metodologia e vitimologia, mas, apesar disso, não havia nenhum tipo de evidência física nas cenas de crime, o que nos leva a acreditar que ele é mais inteligente que a média."

Em seu relatório, Bellows mencionava dois outros casos – Eli não devia ter conseguido pegar esses. Aparentemente, haviam aparecido dois outros corpos com assinatura similar: uma mulher de quarenta anos, em 2010, e uma de dezoito, em 2015, mas Cyra não conhecia os detalhes. O ano atual era 2019, ou seja, se Mira tinha sido morta por esse homem, seu período de calmaria estava ficando mais curto. Ele havia passado de seis anos entre as mortes para cinco ou quatro. Cyra desejava que nas páginas houvesse mais informações sobre quem ele poderia ser e por que estaria fazendo isso, mas, pelo visto, os policiais tinham tão pouca informação quanto ela.

O que ela de fato sabia era que esse assassino claramente havia operado durante pelo menos vinte anos, o que já ajudava. Cyra ficou em pé, colocando uma mão na cabeça enquanto todo o sangue fluía para lá, e, aos tropeços, foi até a mesa onde deixara o bloco com a lista de nomes.

Voltando ao sofá, ela olhou os nomes listados na coluna "Assassino" e, devagar, riscou o de Cuckoo. O cara era tão jovem que sequer era nascido quando a primeira morte aconteceu. Não podia ser ele. Ela havia riscado o nome de Python e o de Whipworm na semana anterior, e agora se sentia mais justificada em sua decisão. Eles estavam na prisão pelo menos durante a morte de 2015, e ela tendia a concordar com a afirmação de Bellows de que o suspeito era um homem branco mais velho. Com Pea Crab morto (e também jovem demais para estar envolvido), havia três nomes sobrando na lista: Sand Fly, Mockingbird e Lamprey.

Ela prendeu o olhar nas últimas linhas do arquivo de página única.

Na base do relatório, Bellows digitou:

"Suspeito parece encaixar-se na categoria de um *serial killer* hedonista e deve ser abordado com extrema cautela, já que teve acesso a armas de fogo e outros armamentos no passado".

Cyra bateu um dedo no papel.

O que melhor se encaixava no quesito idade era Mockingbird. Mas a informação contida ali não combinava com o que Lamprey deixara escapar sobre aquele homem – Mockingbird, um caminhoneiro, matava pessoas na estrada e as deixava em áreas de bosques.

– Mas isso vem da boca de Lamprey – Cyra lembrou a si mesma, em voz alta. – Não dá pra confiar nele.

"Além do mais", pensou ela, "o relatório diz que o suspeito provavelmente viajava muito a trabalho, e *isso* tinha a ver com Mockingbird."

Voltou a atenção para Sand Fly. Ele parecia estar na casa dos trinta ou no início dos quarenta anos, mas parecia bastante ligado em mulheres jovens ("Ricas", disse Python), que ele apunhalaria. Mira era jovem, mas não havia sido apunhalada. Ademais, algumas dessas outras vítimas não faziam parte do que Cyra achava que era o "tipo" habitual de Sand Fly.

Restava Lamprey. O problema é que ele era o mais jovem dos três, não muito mais velho do que Cyra. Ela chutava que ele devia ter uns trinta e dois, trinta e três anos. Isso faria dele um adolescente na morte de 1999. Não era impossível, mas improvável. E ela já o vira em ação; decidira que ele era um assassino do tipo "controlador-poder".

"Mas você não sabe nada sobre os métodos dele", disse Cyra com seus botões, franzindo a testa e coçando a ponta do nariz.

Lamprey não falava nada sobre como e quem ele matava, e não dava para obter essas informações como se elas estivessem na página dele no X. Ele também tinha se inserido na investigação dela, como alguns assassinos fazem com os tiras nos programas de tevê pelos quais Mira era obcecada.

A pessoa que ela estava procurando poderia ser Lamprey.

Ou sua preocupação inicial poderia ser válida: o homem que ela estava procurando poderia não estar no grupo de apoio. Talvez o assassino de Mira tivesse entrado no grupo havia tempos e ido embora antes de poder falar sobre o assassinato, ou talvez, para começo de conversa, ele nunca tivesse entrado.

Não, ela tinha de seguir em frente operando sob as mesmas condições – ela *tinha* de descobrir se um daqueles três homens tinha matado Mira. Se esgotasse todas as opções possíveis e parecesse que nenhum deles era a pessoa que estava procurando, ela reavaliaria a questão.

"Falando em termos estatísticos, o assassino provavelmente está no grupo", pensou Cyra, esforçando-se para se animar. "E você já afunilou demais as coisas."

Cyra fechou o arquivo e se inclinou no futon, expirando longamente. Ela tentou ver o lado positivo: sabia mais do que na véspera, e tinha algumas evidências reais para ajudá-la a se direcionar, em vez de ser obrigada a confiar nas palavras de Lamprey.

Mas seu objetivo ainda parecia muito fora de alcance.

Enfim, Cyra se permitiu pensar no que havia meses vinha evitando: "Quem sou eu sem Mira? Quem sou eu sem alguém para proteger?".

Mira era tanto a sombra quanto o sol de Cyra. Ela andava atrás de Cyra – até o dia do aniversário delas era o mesmo –, e, não obstante, ainda a ofuscava. Cyra, sempre dividida entre o orgulho ferido e uma profunda necessidade de manter Mira em segurança, tinha deixado a irmã se tornar seu mundo na íntegra, mesmo quando Mira a rechaçava ou criava espaço entre ambas. Mesmo quando Mira mostrou a todo mundo o momento mais sombrio da vida de Cyra. Cyra construiu a vida ao redor da irmã, porque era mais fácil microgerenciar a vida de Mira do que confrontar o vazio da própria existência. As amizades frágeis e superficiais de Cyra, seus relacionamentos frequentemente breves e tensos, o esforço de que necessitava para exibir as emoções que as pessoas aparentemente com tanta frequência queriam dela – ela não gostava de pensar nos próprios problemas. Preferia consertar os de Mira. Mesmo agora, na morte dela, Cyra tentava resolver um problema para a irmã.

Se estivesse sendo cem por cento honesta, Cyra vez ou outra pensava em Mira como seu maior projeto. Um exemplo emblemático de sua competência como irmã e como pessoa. Era possível admitir que, sem ela, Cyra se sentia inútil, um cavalo sem carroça.

Mas já fazia muito tempo que Cyra não era honesta, e não via motivo algum para recomeçar agora.

CUCKOO

Charlie se sentiu péssimo depois de matar a prostituta, de verdade.

Tão péssimo, de fato, que vomitou e passou o resto da noite suando ao redor da privada, como se tivesse um vírus. Sabia que isso provava que ele era uma boa pessoa que teve de fazer algo terrível.

Tudo isso era maior que ele. Era mais importante do que a ética ou a lei, ou uma prostituta esfarrapada. Um dia ele seria capaz de se perdoar pelas coisas que havia feito. O pensamento o consolou.

O pensamento que mais o consolava, entretanto, era ver seu nome nos jornais um dia. Haveria histórias escritas sobre ele. Artigos. *Posts* de blogs e *threads* no Reddit. Talvez ele tivesse a própria série documental ou especial na Netflix. Já não seria alguma coisa? Por que outros homens obtinham aquela fama? Eles não a mereciam, com seus modos doentios e táticas zoadas. Não era justo. Charlie merecia o futuro que vislumbrava para si.

Todo mundo saberia seu nome. Finalmente ele seria alguma coisa.

Seus pais sabiam. Eles sempre lhe haviam dito, mesmo quando pequenino, que ele estava destinado a coisas grandiosas. Na verdade, todos diziam isso. Todos os tios comentavam como ele era forte. Os amigos de seus pais desejavam abertamente que os próprios filhos fossem tão obedientes como ele. Só uma pessoa duvidava dele.

A senhora Carroll. A professora de Charlie do terceiro ano.

Ela tinha cabelos ruivos encaracolados e sobrancelhas fartas, e sempre usava azul. Havia todos os tons diferentes de azul em seu guarda-roupa: petróleo, meia-noite, bebê, água, azul-marinho, safira, verde-azulado e outros tons cujo nome Charlie não sabia. Ela aplicava testes dificílimos e gostava mais das crianças menos merecedoras de sua atenção: as que tinham tênis baratos ou eram burras demais para ler os capítulos dos livros que Charlie rasgava. A senhora Carroll falava devagar, em voz baixa, com Davy Miles, que todo mundo sabia que era lento e com quem não valia a pena perder tempo, e tentava fazê-lo entender os problemas de matemática que o restante da turma já terminara. Ela puxava de lado Lizzie Pippen depois da aula e se ofereceria para lhe dar aulas particulares, mesmo que, de acordo com a mãe de Charlie, a garota tivesse um pai caloteiro.

Charlie se esforçava muito para fazer a senhora Carroll ver que ele era excepcional, muito mais interessante e talentoso do que os rejeitados que ela pajeava. Ele nunca errava uma pergunta ou um teste, nunca entregava tarefas atrasadas. As outras crianças olhavam espantadas para Charlie, especialmente quando ele mostrou a elas seu novo celular RAZR. Mas, mesmo assim, a senhora Carroll não elogiava Charlie do jeito que ele merecia.

Um dia, depois que eles haviam sido dispensados da aula de educação física, Charlie ficou e deu um tapinha no quadril da senhora Carroll para chamar sua atenção.

– Sim, Charlie? – Sua voz era linear e calma. Charlie não gostava disso. Era comum que os adultos olhassem para ele com olhos brilhantes e expressões indulgentes, como se o garoto fosse o melhor chocolate caramelizado de uma caixa cheia de doces com recheio de coco e morango.

– A senhora precisa passar mais tempo com as pessoas importantes – Charlie lhe informou, repetindo quase *ipsis litteris* o que seu pai lhe dissera no início do ano letivo, quando sugeriu a Charlie que ele devia romper a amizade com Constantine porque os pais dele não falavam inglês.

As sobrancelhas fartas da senhora Carroll se uniram como uma taturana peluda.

– Como é que é? Você poderia explicar o que quer dizer com isso, Charlie?

– O Davy é burro, e a Lizzie não vale nada – explicou ele, com o peito inflado de sensação de importância. Era triste ninguém ter dito aquilo à senhora Carroll. Ela estava fazendo papel de boba, e isso não era justo; ela era bonita e inteligente, deveria saber julgar melhor. – Todo mundo sabe disso. Minha mãe diz que a Lizzie tem "problemas com o pai". Eu não tenho. Meu pai é o melhor policial do estado. Do mundo inteiro, provavelmente. Então, a senhora realmente deveria passar mais tempo comigo na escola, tá bom?

A senhora Carroll se sentou à sua pequena mesa e pôs as mãos no colo. Encarou Charlie. Lambeu os lábios e limpou a garganta.

– Desculpe por você ter sentido que o negligenciei, Charlie.

– O que é isso?

– Negligenciar? Significa não prestar atenção suficiente.

– Ah, sim. A senhora tem sido muito negligente.

– Mas isso não significa que é legal ofender alguém – disse a senhora Carroll, estendendo a mão para endireitar alguns papéis que deixara em cima da mesa. – Não é bonito falar essas coisas dos seus colegas.

– Senhora Carroll – disse ele, sorrindo para ela como fazia com seus primos muito mais novos –, a senhora parece tola.

– Lamento que você se sinta assim, mas é preciso seguir minhas regras.

Charlie riu.

– Meu pai diz que só tenho de seguir as regras dele. – Então ele coçou a cabeça, olhando para ela. – Senhora Carroll, a senhora não é meu pai. Mas sua voz meio que se parece com a dele.

Então a expressão da senhora Carroll ficou estranha. Era como se alguém tivesse virado um saco de papel do avesso, apertando-o até que ele ficasse enrugado.

– Eu sei quem é seu pai, e sei quem é você. Seu pai esteve na rede de notícias local dizendo que pessoas como eu são "aberrações" que não merecem viver de maneira autêntica. Seu pai... – sibilou a senhora Carroll, e sua voz estava entrecortada – ... seu pai não gostou do fato de meu namorado demorar demais em um semáforo. Ele não gostou sobretudo da cor negra da pele dele. E realmente não gostou de nós o termos processado quando ele quebrou o braço do meu namorado, arrastando-o do carro. E você... – Sua voz subira uma oitava, e os olhos estavam arregalados e vazios como os de uma boneca. – Ouço os comentários que você faz às outras crianças. Não vou mais permitir isso. Eu deveria ter parado com eles meses atrás. Você não é especial. Você não está acima das regras.

Todas as palavras dela saíram como vômito, depressa, como se ela não as pudesse impedir. A senhora Carroll estava ofegante, com o peito arfando sob a blusa cor do mar. Seu pescoço e suas bochechas ficaram cheios de manchas. Ela olhava para Charlie de uma forma que ele não entendia. Ele também não entendeu metade do que ela disse – tudo que ele sabia era que, definitivamente, ela o estava insultando.

– Você não pode falar assim! – guinchou ele, e saiu correndo da sala.

Naquela noite, chorando, pois achava que com isso ganharia mais empatia, Charlie contou a seus pais o que a senhora Carroll havia dito. O pai de Charlie ficou especialmente irritado.

Por mais alguns dias, a senhora Carroll flutuou pela sala de aula, envolta em azul como a Virgem Maria, ignorando as crianças a quem deveria elogiar.

Mas, no final da semana, ela havia ido embora.

– Não se preocupe, filho – disse o pai de Charlie quando ele perguntou o que havia acontecido com a senhora Carroll. – Dei um jeito na situação. Não dava para ter uma depravada, e ainda por cima alguém que estava fazendo *bullying* com meu filho, ensinando crianças pequenas.

As outras crianças da turma de Charlie compartilharam rumores de que a senhora Carroll fora transferida para a escola pública detonada porque tivera um colapso mental. Diziam que foi por isso que ela gritou com Charlie. Até Lizzie tinha ido falar com Charlie e disse que ele foi corajoso por não chorar quando a professora perdeu o controle. Uma nova professora, uma mulher chamada senhora Yancy, assumiu o lugar dela. Ela olhou as notas e observou o sorriso de anjo de Charlie, e lhe deu o que ele andava procurando.

Mas, de vez em quando, Charlie pensava na senhora Carroll e nas coisas ruins que ela dissera. Ele pensava no que ela estava fazendo no ensino médio e quais das crianças estaria ignorando lá. E, sempre que visse um céu sem nuvens ou um saco plástico cheio de mirtilos, cerraria os dentes e se lembraria.

Por volta do fim do ano, Charlie odiava a cor azul.

CAPÍTULO 15

Cyra estava surpresa pela intensidade com que já se sentia pronta para outra reunião, mas parte dela se preocupava com o fato de isso provir da sua avidez para passar mais tempo como Mistletoe, longe da intensidade e da exaustão da vida real.

Vestindo o disfarce, Cyra subiu no trem para o centro recreativo. No Parsons Boulevard, um homem entrou vacilante no metrô, furioso e xingando, passando os olhos pelos passageiros como se procurasse por alguém. Embora essas coisas ocorressem com frequência, Cyra nunca se acostumou de fato com elas, e por isso evitou seu olhar.

– Sua vadia! – gritou o homem, enquanto todos ao redor ignoravam diligentemente seu colapso, do jeito que só nova-iorquinos sabiam fazer. – Sua vadia, estou vendo você!

Cyra olhou para cima e percebeu os olhos desvairados do homem cravados nela.

Ela esperava sentir medo, mas encontrou somente frieza. Sua respiração se estabilizou automaticamente, e seus punhos se curvaram. A calma recaiu sobre Cyra conforme ela se imbuía da quietude de Mistletoe. Foi a transformação mais rápida e fácil até então. Cyra ergueu o queixo para cima, encontrando o olhar do homem gritalhão, e o fervor dele pareceu se romper. Foi como se no olhar dela ele visse algo refletido que interrompeu o trovão que rugia dentro da própria cabeça – algo de que ele não queria fazer parte.

Ele resmungou alguma coisa incoerente e foi embora aos tropeços, sem voltar a falar até chegar perto do fim do vagão, longe de Cyra.

Pela primeira vez, um pequeno arrepio de prazer se insinuou no peito de Cyra. Mistletoe podia ser uma parasita como os outros assassinos, mas ela era extremamente poderosa. Isso era algo que Cyra respeitava.

Ela usou a máscara de Mistletoe durante o trajeto de trem, tentando ignorar a grande sensação de conforto que a *persona* começava a proporcionar. Como era mais fácil ser essa outra mulher em vez de ser ela mesma!

Quando chegou ao centro recreativo, ela estava preparada.

– Cadê Pea Crab? – perguntou Whipworm no começo da reunião, vendo a cadeira vazia que se destacava no semicírculo como um ovo faltando em uma cartela cheia.

Ninguém disse absolutamente nada, embora Cyra não pudesse evitar olhar para Lamprey. Ele ergueu os ombros, com a expressão suave e calma.

– Farreando, talvez.

Cyra não conseguiu detectar nenhum outro sinal no rosto ou no corpo dele, e sentiu um arrepio de medo. Lamprey era bom. Até demais.

Python franziu a testa.

– Ele não mandou nenhuma mensagem ontem à noite. Temos de mudar de lugar. Essas são as regras. Mas… conheço alguns lugares onde ele pode estar. Posso perguntar depois. Tentar ver se alguém encontrou um cara com overdose.

– Esperem, o que é aquilo? – disse Lamprey de repente, apontando uma coisa branca no chão embaixo da cadeira de Pea Crab.

Cyra contraiu a mandíbula. O que ele estava fazendo?

Os homens se viraram na cadeira ou baixaram a cabeça, seguindo a direção apontada pelo dedo de Lamprey. Mockingbird, o mais próximo da cadeira vazia de Pea Crab, abaixou-se devagar e pegou o pedaço de papel.

Cyra observou seu rosto com muito cuidado, mas seus olhos permaneciam impassíveis e frios ao examinar o que Mistletoe já sabia que havia na foto. Sem palavras, Mockingbird se levantou, foi pisando duro até Python e entregou a foto a ele.

Cyra sentia como se estivesse assistindo a uma partida de tênis de seis direções. Não sabia em quem se concentrar, que rosto examinar em busca de microexpressões que ela mal sabia como decifrar.

"Olho no prêmio", lembrou uma voz no mais profundo de seu ser. "Realmente importa saber quem matou Pea Crab?"

– Merda! – disse Python, pegando a foto do corpo de Pea Crab com os dedos roliços.

Whipworm se inclinou por cima do ombro dele e automaticamente segurou seu braço, com os nós dos dedos empalidecendo contra a pele escura de Python.

– O que está acontecendo, diabo? – reclamou Cuckoo, ficando em pé de um pulo e correndo até lá.

Sand Fly o acompanhou, mas Mockingbird foi até a garrafa de café e se serviu de uma xícara, enquanto o vapor espiralava como uma nuvem carregada. Lamprey lançou um olhar a Cyra, veloz, desafiador, e então se juntou aos outros, fingindo interesse.

– Todo mundo para trás – grunhiu Python, ficando em pé e segurando com força a foto na mão, com o outro braço balançando para a frente e fazendo os *serial killers* se espalharem feito bolas de gude. – Temos um problema; precisamos pensar.

– Não há nada sobre o que pensar – disse Mockingbird, com a voz se sobrepondo à tagarelice dos outros. – O grupo é comprometido. A menos que ele tenha quebrado uma regra e você o tenha matado.

– Eu não o matei – disse Python em voz baixa.

A sala virou um caos. As vozes se erguiam umas sobre as outras; o grupo parecia uma orquestra de suspeitos.

– Alguém matou Pea Crab!

– Alguém deste grupo?

– É óbvio.

– Disso você não sabe.

– Jura? Então, como a foto foi parar ali?

Cyra era a única que continuava sentada. Pensava na insistência de Lamprey em que havia uma ratazana no grupo. Seria a mesma pessoa que tinha matado Pea Crab? E por que Lamprey decidira dar aquela cartada agora, logo depois de dizer que não o faria?

– Calma aí todo mundo! – bradou Python por cima do alarido. – Precisamos descobrir isso.

– Ninguém vai admitir o erro – disse Whipworm, esfregando as mãos no rosto. – O que devemos fazer?

– Mockingbird foi embora – ouviu-se a voz aguda de Cyra, tão diferente da dos outros, parecendo um sino ao vento.

Os outros estacaram e então olharam ao redor feito loucos.

Ela tinha razão.

O homem mais velho havia saído da sala de fininho, sem ninguém notar, durante a discussão.

– Bem, então foi ele – decidiu Sand Fly, bufando.

– Você parece bem afiado para colocar a culpa em outra pessoa – disse Lamprey com tranquilidade.

– Você sabe que não é isso que estou fazendo – sibilou Sand Fly.

– Se Mockingbird não precisa ficar, eu também não preciso – disse Cuckoo, pondo as mãos nos bolsos da calça jeans e curvando os ombros como uma criança repreendida. Ele foi até a porta quando o alarido de vozes recomeçou, enquanto Python tentava, desesperado, manter certa ordem.

– Cuckoo, volte! – gritou Whipworm.

– Ele era seu tipo, Whip? – acusou Sand Fly. – Foi por isso que você o matou?

– Hein? Não é assim que eu trabalho, e você sabe disso!

Cyra imaginou quantos homens estariam armados naquele exato instante. Com que facilidade aquilo viraria um banho de sangue?

De repente, ela sentiu a respiração de Lamprey perto da orelha.

– Vou distrair Python. Siga Cuckoo. Te encontro na mercearia hoje às onze da noite.

Ela entendeu – eles haviam perdido a chance de seguir Mockingbird, mas, se agora ela fosse no encalço de Cuckoo, poderia obter mais informações dele. Devia ser um plano de Lamprey – uma forma de desmascarar a ratazana.

Por uma fração de segundo, Cyra parou, imóvel.

Ela já havia decidido que Cuckoo era jovem demais para ser o assassino de Mira. Seguir seu encalço seria inútil para ela. Lamprey só queria ajuda para descobrir o caguete do grupo.

Lamprey parecia perceber seus pensamentos, porque, antes de ir para o lado de Python, voltou a se inclinar e sussurrou:

– Faça isso por mim e te darei os nomes que tenho. Tem mais do que você sabe.

"Esse merdinha! Eu sabia que ele estava mentindo sobre não saber de mais nada", pensou ela.

E, embora Lamprey estivesse no topo de sua lista, havia dois outros homens que ela também tinha de considerar. Se ele sabia o nome verdadeiro deles, ela precisava que ele lhe contasse.

Quando Lamprey foi até Python, bloqueando a visão que ele tinha da porta, ela se levantou, saiu de fininho da sala e subiu as escadas, correndo para a calçada, onde girou descontroladamente em meio ao ar fresco.

Lá estava.

Ela viu de relance a cabeça loira de Cuckoo no fim da quadra e, a passos largos, caminhou atrás dele, sem querer chamar a atenção correndo. Olhando para trás uma vez para garantir que nenhum dos outros homens a seguia, Cyra tirou a peruca loira da cabeça, fazendo uma careta quando a cola de má qualidade puxou os fiozinhos do seu couro cabeludo. Uma mulher que passava por ela na outra direção a olhou com certa estranheza, mas Cyra não se importou. Colocou a peruca na sacola que trouxera e tirou um gorro azul-escuro, ajeitando-o na cabeça. Com a roupa, não havia o que fazer – ela não tinha tempo para trocar as calças pretas largas e a jaqueta, mas a esperança era de que a mudança de cabelo seria o bastante para impedir Cuckoo de perceber que ela o estava seguindo.

Esperou que ele não entrasse em um carro. Senão, ela estaria fodida.

Mas Cuckoo dobrou o College Point Boulevard e seguiu em direção ao cemitério extenso e marrom que ficava a algumas quadras de distância.

O dia estava na metade, mas as ruas de Flushing, no Queens, ainda estavam muito cheias. Cyra deixou algumas pessoas ficarem entre ela e Cuckoo enquanto curvava os ombros à frente, tentando parecer menor. Queria tirar os sapatos de salto e ficar baixa de novo.

Eles passaram por um restaurante etíope e por uma fileira de lojas de bebidas, e então Cuckoo dobrou para uma quadra mais residencial, com uma série de prédios de apartamentos baixos de tijolos marrons espremidos perto de um grupo de duas residências. Essa quadra tinha menos gente, e Cyra reduziu a marcha para deixar Cuckoo se afastar, lembrando-se do conselho de Lamprey sobre stalkear – e da maneira como ela seguira o homem de barba a partir da mercearia.

Quando os prédios à direita sumiram, substituídos por um cemitério, Cuckoo olhou para trás.

Cyra prendeu a respiração, mas os olhos do jovem a ultrapassaram, procurando atrás dela. Ela suspirou quando ele se virou. Ele procurava um dos membros do grupo, e à distância suficiente, sem o cabelo loiro, seu cérebro não registrou que Cyra era Mistletoe.

"É engraçado como a mente deixa escapar coisas quando não sabemos exatamente o que estamos procurando", pensou Cyra.

Quando apareceu um buraco no portão do cemitério à frente, uma pequena abertura que dava para uma trilha para visitantes, ela ficou surpresa ao ver que Cuckoo entrava por ali.

Aquilo seria arriscado. Se ele voltasse a olhar para trás já no cemitério, perceberia que ela o estava seguindo, loira ou não. Mas ela já tinha ido até aquele ponto. Não dava para voltar atrás agora.

Quando chegou ao buraco da cerca de arame farpado, Cyra se agachou, entrando no cemitério, e na mesma hora se esgueirou atrás de um obelisco grande e preto que reluzia à tentadora luz do sol. Saindo do outro lado, ela viu Cuckoo cortar caminho pela grama morta estaladiça, ziguezagueando entre os túmulos em direção ao outro lado do cemitério.

Talvez estivesse visitando uma vítima.

Com cuidado e com a boca seca, Cyra começou a segui-lo de novo. Sentia-se como o Hortelino Troca-Letras seguindo o Pernalonga, saltando atrás de estátuas e túmulos maiores, apertando-se contra o lado frio de um mausoléu quando via a cabeça de Cuckoo começar a se mexer, como se ele fosse virar-se de novo. Ele parecia saber aonde estava indo, mas, para ela, parecia que ele escolhia a esmo por onde caminhar através do amplo espaço.

Com exceção dos dois e dos milhares de mortos, o cemitério estava vazio. O bairro do Queens era repleto de cemitérios. Mira dizia que era o Bairro dos Mortos, e a única maneira de as pessoas concordarem em visitá-lo era dentro de um caixão. As nuvens se acumulavam acima, ameaçando bloquear o fraco raio de sol, e Cyra não havia se vestido adequadamente para uma trilha no cemitério; suas mãos estavam congelando, e as pernas por baixo das calças pareciam dois canos de chumbo.

Enfim, Cuckoo chegou ao outro lado do cemitério. Ela observou por trás de um túmulo imenso onde se lia "Robinson", enquanto Cuckoo agarrava as barras pretas da cerca e, desajeitado, subia até o topo, pousando feito um gato na calçada do outro lado. Ele se endireitou e voltou a olhar ao redor, fazendo-a agachar-se atrás do morto Robinson. Quando ela teve coragem para olhar de novo, Cuckoo havia virado.

Será que ela conseguiria pular a cerca com seu disfarce elegante de Mistletoe?

Mas Cuckoo estava atravessando a rua, afastando-se do cemitério, e, se ela não se mexesse imediatamente, o perderia.

Correndo até a cerca, Cyra envolveu as barras com as mãos, sentindo o toque áspero do ferro sob as palmas, e esperou até que Cuckoo ficasse bloqueado por algumas árvores antes de pressionar os sapatos de salto contra a base da cerca e se empurrar para cima. Os músculos de luta estavam ativados, com os bíceps flexionados sob a jaqueta à medida que ela subia. Havia estacas de quinze centímetros no topo da cerca, e ela agarrou uma para se endireitar; em seguida, puxou-se desajeitadamente, enquanto as costuras apertadas da calça restringiam os movimentos das suas pernas; a sacola estúpida ficara presa em uma das estacas.

"Deveria ter jogado a sacola primeiro", pensou.

Ela puxou a sacola com força, o que a desequilibrou, e caiu na calçada, cerca de um metro e meio abaixo. As palmas das mãos ardiam por terem raspado no asfalto, mas ela não estava ferida – a única coisa ferida era seu ego.

"Merda de roupas femininas", murmurou para si mesma. "Deus nos proibiu a facilidade de subir em cercas."

Sacudindo a poeira, ela correu até a quadra na direção em que Cuckoo desaparecera, notando que as casas daquele lado do cemitério eram um pouco mais espaçadas, ostentando quintais marrons minúsculos e decorações natalinas já nas janelas e enroladas nos alpendres.

Ela se virou quando chegou ao fim da quadra, e lá estava ele.

Cuckoo caminhava rumo a uma casa estilo rancho, com um toldo verde-claro sobre a porta e várias placas no gramado pedindo para reduzir a velocidade ao dirigir, fincadas na terra fria. Uma placa branca onde se lia "Back the Badge"[11] as acompanhava, o que ela pensou ser uma escolha estranha para um assassino.

Quando Cuckoo tirou um molho de chaves do bolso, Cyra foi para trás de um carvalho grande com galhos nus e uma pequena placa embaixo onde se lia "Controle seu cão".

Ela estava perto o bastante para ouvir a chave entrar na fechadura, e depois um som diferente, um tilintar alegre, que reconheceu na mesma hora.

– Claro. Ele tem um ótimo *timing* – Cyra ouviu Cuckoo resmungar. Então, ele limpou a garganta e deve ter atendido à ligação, porque sua voz mudou. – Bellows... Ei... Não, eu sei, só tive que passar em casa para pegar uma coisa... Sim, desculpe, senhor, sim...

---

[11] Em tradução livre: "Apoie os agentes da lei". (N.T.)

A voz de Cuckoo foi cortada abruptamente quando ele entrou na casa e a porta se fechou com uma batida.

Cyra pressionou a testa na árvore, sentindo a casca penetrar na sua pele.

Havia outros dois homens de nome Bellows. Devia haver uma explicação diferente para o fato de Cuckoo tê-lo chamado de "senhor". Afinal, quais eram as chances de o detetive designado para o caso de Mira no Brooklyn conhecer esse homem que frequentava reuniões de grupo de apoio a *serial killers* no Queens?

Mas então ela voltou a olhar a placa onde se lia "Back the Badge" no quintal. A suspeita de Cyra podia estar cem por cento correta:

Cuckoo era policial.

CAPÍTULO 16

Cyra sabia que deveria ir embora.

Mas não podia. Havia muitas contas que não fechavam. Cuckoo seria um policial de verdade? Estaria infiltrado? Bellows claramente sabia do burburinho do grupo de apoio, já que foi Eli quem passou essa informação a Cyra. Mas a ligação que ela ouviu por alto parecia estranha, e, pelo que sabia dos policiais infiltrados, havia regras muito mais rígidas em relação a como contatar a equipe deles para proteger o infiltrado. Será que Bellows realmente telefonaria para Cuckoo no seu celular pessoal?

Ela precisava saber mais.

Cuckoo era jovem demais para ser o homem que matou as mulheres dos arquivos que Eli dera a ela, mas, até onde ela sabia, ele estava de volta à lista. Existem assassinos imitadores, e, se Cuckoo era policial, ele teria acesso aos mesmos registros que ela tinha visto.

Cyra vigiou a casa por alguns minutos, ignorando o corpo trêmulo, esperando para ver se Cuckoo voltaria a sair. Quando tudo ficou quieto, ela espiou ao redor e, vendo que a rua estava vazia, disparou à frente.

Movendo-se depressa e em silêncio, ela encostou-se na lateral da casa e se esgueirou para os fundos. As janelas da frente tinham cortinas grossas, mas talvez ela conseguisse ver algo do quintal plano de concreto.

Começou a mover-se rumo à janela panorâmica, quando ficou ciente de várias coisas ao mesmo tempo: havia alguém atrás dela, pois sentiu a respiração de repente contra seu pescoço; e havia uma coisa dura pressionada na base de sua coluna.

– Não se mexa, porra.

Houve um clique às suas costas, e Cyra percebeu que o objeto duro era um revólver. Sentindo um rompante de frustração, ela tentou estabilizar a respiração e permanecer calma.

"Eu dou conta disso", ela tentou garantir a si mesma.

– Não atire, Cuckoo – disse Cyra. – Seria um erro.

– Entre – grunhiu Cuckoo contra seu ouvido, empurrando-a para a frente. – Ou farei isso aqui mesmo, e os vizinhos que se lasquem.

Eles se moveram juntos à frente, um caminhar estranho rumo à porta telada acima da minúscula soleira dos fundos que parecia ter sido construída pelo próprio Cuckoo, de madeira nova e grades bambas.

– Entre – Cuckoo voltou a sibilar, estendendo a mão para abrir a porta telada e empurrando Cyra para dentro da casa.

– Jesus, não precisa me forçar – murmurou Cyra enquanto tropeçava dentro do que parecia ser a cozinha, passando depressa os olhos em volta à procura de algum tipo de arma. O conjunto de facas estava no balcão, mas do outro lado do cômodo. Ela duvidou de que chegaria lá depressa o bastante para agarrar uma delas. Sua navalha estava no fundo da sacola, já que aquelas calças de Mistletoe não tinham bolsos.

"Merda de roupas femininas parte 2", pensou Cyra com amargura, enquanto Cuckoo entrava, deixando a porta bater atrás de si. Ele ergueu sua Glock 19, apontando-a para o peito dela.

Se antes Cyra não tinha certeza se ele era tira, agora estava certa disso. A reconhecível pistola de serviço, a maneira como a segurava, perfeitamente uniforme e estável, os pés afastados, os polegares para a frente na arma, tudo dizia que ele fazia parte da força policial.

Policial corrupto ou infiltrado?

– Solta a sacola e me deixa ver as mãos – disse Cuckoo com um levíssimo tremor na voz.

Enquanto obedecia, Cyra analisava seu rosto. De perto, Cuckoo parecia ainda mais jovem do que no porão. Devia ser recém-egresso da academia de polícia.

– Você é policial – disse Cyra, afirmando o óbvio.

– Mais alguém sabe? – perguntou Cuckoo.

Cyra deu de ombros, incorporando a quietude predadora de Mistletoe para se manter calma.

– Acho que não, mas Lamprey desconfia bastante de você. Ele me mandou te seguir, hoje. Para um tira, você é alguém fácil de rastrear. Talvez devesse trabalhar nisso.

– Cale a boca – disse Cuckoo com voz rouca, o dedo se movendo sobre o gatilho.

Algo estranho acontecia ali. Cuckoo não estava agindo como nenhum oficial de polícia que Cyra já conhecera, e ela estava ficando preocupada com uma tentativa de assassinato da parte dele bem ali naquela casa. Ela tinha de assumir o risco; precisava livrar-se dele. Se ele fosse corrupto, ela estaria morta. Se não fosse, isso poderia salvar sua vida.

– Não sou um deles – disse ela. – Entrei no grupo com alegações falsas.

Cuckoo deixou escapar uma gargalhada contida.

– Ahã, tá bom!

– É sério. Meu nome é Cyra Griffin.

Cuckoo ergueu o dedo do gatilho.

– Você está... me dizendo seu nome? Por que ele é familiar? – disse ele como se conversasse com seus botões. Então, ajeitou os ombros. – Não, eu não acredito em você. Sei que você teve de mostrar provas para entrar no grupo, e ouvi você falar lá. Você é morta por dentro.

– Bem, isso foi grosseria. – Cyra torceu o nariz, mas em segredo ficou aliviada. Sua atuação devia ser convincente. – Olhe, eu posso provar. Provar que não sou uma *serial killer*.

– Como? – A pistola estava pousada nela, firme.

Ela engoliu em seco.

– Meu nome é familiar porque Mira Griffin é... era minha irmã. Ouvi você falar ao celular com o detetive Bellows. Ele está encarregado do caso da Mira. Se você realmente trabalha para o 78º, vai saber que estou falando a verdade. E vai saber por que estou procurando no grupo a pessoa responsável pela morte dela.

– Meu Deus! – suspirou ele, e a arma se aproximou a uma fração de meio centímetro. – Achei que você parecia vagamente familiar. Achei que talvez eu a tivesse visto em uma foto ou algo assim. Isso acontece às vezes... Mas, agora que mencionou, você se parece com ela.

Ela não pôde evitar. Um lampejo de calor atravessou a frieza em seu peito.

– Você... você acha que a gente se parece?

– Claro, exatamente os mesmos olhos e nariz – disse Cuckoo. – Olhei bem a foto dela nas semanas depois que aquilo aconteceu. Mas até agora não tinha me situado.

– Então você acredita em mim?

A arma voltou a recuar enquanto Cuckoo a encarava, ao passo que seu rosto revelava uma confusão explícita.

– Como foi que você entrou no grupo?

– Trabalho em uma casa de repouso – explicou Cyra. – Mostrei a Python a foto de uma cliente morta e fingi que a matei. – Ela não teve coragem de mencionar a história que tinha contado a Python sobre PJ. Cuckoo poderia entender tudo errado. – Eles me fizeram me livrar dos pertences de uma vítima.

Cuckoo estremeceu.

– Eles me fizeram me livrar da *cabeça* de alguém.

Cyra imaginou o que teria feito se tivesse sido esse seu teste – será que isso a teria impedido? Ela meneou a cabeça para ele, em comiseração.

– Não sou como eles. Só estou tentando descobrir qual deles matou minha irmã, cara.

Cuckoo soltou um pesado suspiro e, finalmente, baixou a arma.

– Senhorita Griffin, sem ofensa, mas você é um curinga. O que você está fazendo é extremamente perigoso.

– E o que *você* está fazendo? – perguntou Cyra, olhando ao redor por inteiro, pela primeira vez, agora que não havia uma arma em seu rosto.

– Não sei dizer.

Ela só via a cozinha em que eles estavam e parte da sala de estar através da entrada arqueada, mas tudo, de instalações a móveis, parecia ultrapassado e bagunçado, como se fosse a casa de uma mulher muito mais velha.

Cuckoo notou seu olhar e parecia ler sua mente.

– Minha mãe me deixou esta casa quando morreu. Câncer. Acho que sou a única pessoa de vinte e dois anos da brigada com casa própria. É um saco ir ao Brooklyn todos os dias quando tenho turno.

– E o seu pai?

A pálpebra de Cuckoo tremeu.

– Foi morto em serviço. Dois anos atrás.

"Legado policial. Provavelmente não é corrupto. Mas também não parece ser infiltrado. O que está acontecendo aqui?"

– Lamento ouvir isso. Qual é seu nome? – perguntou Cyra. Havia algo mudando em seu abdômen, uma espiral de desconforto que se alongava e se enrolava, flutuando rumo ao cérebro. Alguma coisa ainda não cheirava bem.

Cuckoo hesitou por um instante, depois disse:

– Charlie Guardia.

O tentáculo do incômodo lhe tocou o cérebro, e ela não conseguiu se controlar:

– Sério, o que você está fazendo no grupo? Você não é infiltrado, é?

Cuckoo – Charlie – olhou quando ela fez a pergunta.

– Pode apostar.

– Então como foi que *você* entrou no grupo? Além da coisa da... cabeça? – perguntou Cyra, lembrando-se do que Lamprey dissera sobre como ele fora o último a entrar antes dela. Ele devia ter entrado logo depois de Charlie, portanto não conseguiu rastrear as mensagens dele. Não obstante, ficou claro que Charlie era um dos membros de que Lamprey suspeitava, do contrário não teria feito Cyra segui-lo. – Você precisa mostrar provas para entrar.

O rosto de Charlie ficou manchado, e ela notou que as mãos dele se crispavam nas laterais.

– Eu... eu os enganei.

"Mentira. Ele está mentindo."

O fato de Charlie mentir mal tornava seu comportamento nas reuniões ainda mais suspeito. Ele parecia envolvido e entusiasmado durante as sessões do grupo, o que fez Cyra acreditar que aquele tira contrito era sua *persona* pública, uma performance. Cuckoo ficava muito envolvido e animado com as conversas sobre assassinatos para não ser, no fundo, um deles.

– Você ouviu falar no grupo de apoio no trabalho, é isso? – perguntou Cyra.

– É, mas como você conseguiu essa informação? Você aparece alguns meses depois da morte da sua irmã por pura sorte? O Bellows não teria te contado nada disso…

– Ele não contou – disse Cyra, cautelosa. Se Charlie não seria franco com ela, ela o trataria com a mesma cortesia. Mudou de assunto depressa. – Deixe-me adivinhar: você está agindo sozinho. Sem a sanção da brigada.

Pela expressão vazia de Charlie, ela tinha acertado na mosca.

– Eu não conseguia acreditar que ninguém estava fazendo nada! – disse Charlie. – Tipo, a gente sabia como entrar no site, como contatar o grupo, mas ninguém estava tentando, porque toda tentativa anterior tinha falhado antes da etapa de reunião. Entendo que há questões de legalidade para nós, mas, poxa…

– Então você decidiu se rebelar e agir sozinho.

"Exatamente como eu fiz."

– Sim, e funcionou! – Agora a juventude de Charlie era evidente. Suas bochechas redondas estavam rosadas e iluminadas de empolgação, e a arma, esquecida ao lado. – Estou subordinado desde o início do verão, coletando informações e fazendo anotações. Se eu puder ir até meus chefes e fazer esses homens serem presos, farei uma coisa realmente boa para o mundo! As pessoas ficarão tão felizes!

"Ah, entendi", pensou Cyra.

Ele queria reconhecimento. Havia um desejo óbvio, desesperado, escrito na sua testa. Aquele menino-homem tinha delírios de trazer toda a brigada para o grupo de apoio, ser aclamado por seus colegas e pelo público e obter todo o crédito por prender alguns dos assassinos mais perigosos do país.

Ele era uma criança em busca de louvores, estúpido demais para perceber que estava fazendo tudo errado.

– Saquei – disse Cyra. Ela decidiu tentar uma tática diferente e suavizou a voz, inclinando-se um pouco em direção a ele. – Você está fazendo isso sem que eles saibam, então precisa garantir levar a cabeça de cada um em uma bandeja de prata para que eles o perdoem por violar as regras.

– Peça perdão, não permissão, certo?

– Certo. – Cyra meneou a cabeça, aproximando-se, já que agora ele parecia menos propenso a atirar nela. – E você está perto? Já sabe o nome deles?

Os olhos de Charlie ficaram sombrios.

– Ainda não. Mas estou coletando informações. Estou fazendo progressos. – Seus lábios se torceram quando ele mentiu.

Cyra sabia – ele não estava mais perto do que ela de descobrir o nome deles. E então ela percebeu que estava deixando escapar o óbvio.

– Você tem entrado na internet, né? Alertando as pessoas, tentando salvá-las e protegê-las desses monstros?

O rosto de Charlie voltou a se iluminar, e ele meneou a cabeça com entusiasmo.

– É, só estou fazendo a minha parte, sabe? Crimes reais e *serial killers* são muito populares hoje em dia. Estou tentando alertar as pessoas. É meu trabalho mantê-las a salvo.

Pronto. Charlie era a ratazana que Lamprey estava procurando.

"Como diabos esse pequeno idiota conseguiu entrar no grupo?"

Cyra estava confusa. Python, claro, não era burro; como ele não tinha percebido o que Charlie era? Só havia uma explicação…

– Charlie – disse Cyra, agora com a voz muito suave e baixa. Ela se aproximou ainda mais dele e tentou sorrir de um jeito seguro. – Sei como é. Sei como deve ter sido difícil para você.

– Foi um horror – concordou Charlie, enrugando a testa. – Ouvi-los falar das pessoas daquele jeito toda semana... ter de fingir que eu era igual a eles!

– E deve ter sido ainda mais difícil porque você teve de fazer algo ruim pra valer para se infiltrar, né? – Charlie desviou o olhar, mas Cyra, agora perto o bastante para tocá-lo, estendeu o braço e, devagar, pegou na mão dele que estava sem a arma e a segurou. – Está tudo bem. Eu entendo. O que você está fazendo é... corajoso. Você vai ajudar a encontrar o assassino da minha irmã. Não me importa o que você fez. E vejo que é uma boa pessoa, e a situação está sendo um peso e tanto para você. Está tudo bem, Charlie... pode me contar.

As palavras dela pareceram emocioná-lo. Ele a olhou nos olhos e fungou, com um sorriso fraco.

Pelo menos um deles sabia mentir.

– Eu me sinto muito mal com isso – disse Charlie, apertando a mão dela. – Mas eu sabia que eles queriam uma prova. Então eu... fui até uma região de que ouvi falar por rumores no trabalho. Peguei uma...

– Profissional do sexo? – propôs Cyra, instigando-o, surpresa por ele estar contando isso a ela. Ele era um verdadeiro idiota. Também ficou surpresa por ele ter durado tantos meses no grupo sem ser pego. Em contrapartida, ele era claramente instável, portanto não era provável que tivesse precisado fingir tanto.

– Isso – disse Charlie, com os lábios tremendo. – Eu me senti mal, mal demais. Mas isso precisava ser feito; eu sabia que poderia fazer uma diferença real se eu entrasse no grupo.

– O que aconteceu?

– Bem, eu tive que escolher alguém de quem não sentiriam falta, então escolhi uma dessas travestis, você conhece o tipo.

A voz de Charlie parecia estar vindo de longe; ao ouvir essas palavras, as orelhas de Cyra se entupiram e esquentaram. Dentro dela, a raiva, fresca e derretida, borbulhou sobre quaisquer restos de Mistletoe que ela ainda carregava dentro de si. Cyra congelou e se esforçou para não soltar a mão de Charlie.

– Dei ao Python as direções que levavam ao cadáver – engasgou Charlie. – Deus, foi terrível! Rezo por essa prostituta toda manhã. Mas funcionou. Eu entrei.

Cyra cerrou a mandíbula com tanta força que doeu, e então a relaxou, tentando respirar.

– Ninguém veio procurar por ela? A profissional do sexo?

Charlie ergueu uma sobrancelha diante da expressão escolhida por Cyra, mas balançou a cabeça.

– Não, esse era o ponto: escolher uma pessoa de quem não sentiriam falta. Embrulhei-a bem depois que Python deu uma olhada nela e levei o corpo até um aterro. Fiquei de olho, mas nunca encontraram o corpo. Nossos aterros são um bom lugar para esconder coisas que não queremos que sejam encontradas.

Dessa vez Cyra soltou a mão dele. Charlie havia matado uma pessoa. E não só uma pessoa. Alguém que ele claramente achava descartável, alguém cuja falta ele achava que não seria sentida, por ser quem era.

Bea podia ser sua ex, mas ainda assim Cyra se importava com ela, e Bea era uma mulher trans. O babaca em pé na frente dela chamaria de "*isto*" uma mulher a quem ele tinha matado? Como se ser trans ou profissional do sexo diminuísse alguém. Se ele tivesse matado Bea, assumiria que a falta dela também não seria sentida? Como ele ousava...? Cyra não podia perdoar o que Charlie fizera.

Em certos aspectos, ele era pior que Lamprey. Charlie se achava uma boa pessoa. Estava justificando o que fizera – matar alguém. Mas era burro e tonto demais para perceber que nunca obteria a fama pela qual procurava. A polícia o trancafiaria por muitos motivos, ou ele deixaria escapar algo em uma reunião e seria morto. Cyra estava chocada por ele estar durando tanto, considerando-se a falta de senso que ele aparentava ter.

O homem que lhe apontara uma arma havia desaparecido por completo. Tudo que Cyra via agora era um garotinho ansioso e ignorante que se encontrava em uma situação difícil demais para administrar.

Talvez devesse sentir pena dele. Mas então ela se lembrou da maneira como ele tinha falado da mulher que havia matado, e esse impulso desapareceu.

– E agora? – perguntou ela. – E agora que ambos sabemos a verdade um sobre o outro?

Charlie sugou as bochechas.

– É perigoso demais você estar naquele grupo. Entendo perfeitamente por que você achou que deveria entrar. Você quer descobrir o assassino da sua irmã, não é? Bem, deixe que cuido disso. Já estou lá dentro, conheço os caras, tenho a confiança deles. E, quando minha pesquisa estiver completa e eu a entregar ao capitão, sua irmã vai conseguir justiça.

Cyra quase riu. Quase.

Ele estava iludido. Talvez fosse esse o motivo por que Python o deixara entrar. Definitivamente, havia algo errado com Charlie. Se ele canalizasse isso para o grupo, eles poderiam muito bem acreditar que o rapaz era um deles.

– E você... vai me deixar ir? – Era a única preocupação dela. Será que Charlie tentaria silenciá-la, agora que ela sabia a verdade? Ela tinha de jogar certo. – Você não me machucaria, não é? Está só fazendo o seu trabalho.

– Eu nunca machucaria alguém de propósito – disse ele, estufando o peito. – Tive de fazer uma coisa ruim, mas não sou um cara mau.

– Certo.

– Mas... você vai parar de frequentar o grupo? Não vai contar?

Até as palavras dele eram entrecortadas como as de uma criança. Perguntar se ela não o deduraria, como se eles estivessem no pátio de uma escola. Ele lhe contou que seu pai e sua mãe tinham morrido recentemente, e que estava morando na casa deles, sozinho. Ela imaginou se essas perdas tinham soltado um parafuso em sua psique. Talvez ele tivesse regredido mentalmente.

– Não vou falar nada, prometo – Cyra o tranquilizou. – Mas tome cuidado, tá? – Ela sabia que era isso que ele queria ouvir.

Charlie fez um aceno solene de cabeça.

– É claro. E desculpe, sabe, pela coisa da arma. De verdade, por um instante pensei que ia dar muito ruim.

– Você teria me matado?

– Acho que eu teria precisado matar. – Charlie balançou a cabeça com tristeza. – Mas estou contente por não ter feito isso.

Cyra mostrou os dentes em um sorriso.

– Eu também.

× × ×

As ruas estavam escuras quando ela encontrou Lamprey em frente à mercearia.

As portas do porão estavam fechadas. A calçada estava vazia; havia apenas alguns fumantes em frente ao restaurante de comida chinesa na esquina; para qualquer outra pessoa, estava frio demais.

– E então? – perguntou Lamprey quando ela se aproximou. – Descobriu alguma coisa? Hoje foi um rolo do caralho... uma vitória viria bem a calhar.

Cyra queria saber o que tinha acontecido depois que ela saiu da reunião do grupo. Se eles haviam decidido o que fazer sobre Pea Crab e se Python decidira trocar o lugar das reuniões. Mas isso podia ficar para outro dia.

A caminho de casa, teve uma dificuldade momentânea sobre a decisão a tomar depois que tinha saído da moradia de Cuckoo. Ele não era um *serial killer*, mas normal também não era. Claramente, estava avariado, mas ela tinha de estabelecer até que ponto, e não podia ignorar o que Bea dissera sobre as vítimas esquecidas do especial da Netflix.

Cyra sabia que Charlie Guardia fizera uma vítima. E não se esqueceria dela.

Fazer isso talvez a tornasse tão má quanto Cuckoo. Mas ela não se importava. Sentia uma raiva dentro de si que havia muito tempo não tinha, e não sabia mais o que fazer a respeito. Ela queria que alguém pagasse por todas as vítimas, por todas as mulheres que estavam desaparecidas simplesmente porque alguém as julgava de menor valor.

– É o Cuckoo – disse ela, observando o semblante de Lamprey mudar ao ouvir aquilo. – O nome verdadeiro dele é Charlie Guardia. É um policial corrupto. Aqui está o endereço.

CAPÍTULO 17

Cyra faltou ao trabalho no dia seguinte e encontrou Lamprey no Forest Park às três da tarde.

Segurava uma garrafa térmica de chá quente entre as mãos para se aquecer enquanto o aguardava em um banco do parque, ao lado do grupo de árvores que levava a trilhas em S e trilhos de trem abandonados no bosque atrás dela.

– Tenho de admitir, estou surpreso – disse Lamprey ao se sentar perto dela, usando o casaco de lã e um cachecol azul grosso que destacava seus olhos e valorizava os cabelos loiros. Ele parecia tão normal, tão humano...

Ele lhe dava náuseas.

– Não deveria. Charlie é um idiota. Não sei como até agora ele não se revelou por acidente para vocês. – Cyra não olhou para Lamprey quando ele se sentou, trazendo a garrafa até os lábios e aproveitando a lufada de calor da bebida para aquecer o nariz.

– Isso não – Lamprey a corrigiu. Em seguida, balançou a cabeça. – Mas você está certa. Ele era um idiota. Eu já tinha sacado que ele era o provável caguete. Ele ficava usando esses termos de livros para descrever a gente. "Organizado, evoluindo", toda essa merda que vez ou outra ele jogava nas conversas. Ele mentia mal, mas pensei que talvez estivesse tentando proteger o anonimato. Eu devia ter confiado em meus instintos, devia saber que ele era um ponto fora da curva. Mas não pensei que fosse tira. Foi uma reviravolta curiosa.

Cyra notou que ele falava no passado.

– O assunto está... encerrado?

– Veja, isto é o que me surpreende – disse Lamprey em vez de responder à pergunta, inclinando-se em direção a ela no banco, com o corpo em frente ao dela e o olhar resolutamente distante. – Acho que te julguei mal.

Ele estendeu o braço e tomou sua mão frouxa enluvada em uma das dele, sem luvas. Cyra viu os nós de seus dedos redondos pressionados contra a brancura de sua pele como se estivessem tentando libertar-se rumo à superfície. Ela não puxou a mão, mas não o encarou. A linha de árvores perto dela era um arbusto de ramos mortos e lixo antigo. Cyra focou um saco plástico amassado entre os galhos bifurcados de um arbusto sem folhas.

Lamprey apertou a mão dela.

– Eu me enganei. Você *é* uma de nós, gatinha. Você é, consigo sentir. Tudo de que você precisa para ser como eu são três cadáveres.

O saco plástico não estava se desintegrando – levaria mil anos para isso acontecer –, mas suas laterais estavam retalhadas como se por garras, e Cyra não entendia como ele tinha ido parar tão desesperançosamente ali, nos arbustos do parque. Era como se alguém o tivesse colocado intencionalmente entre os galhos. Por que alguém faria isso? Havia uma lata de lixo a três metros de distância.

– Gatinha?

– Não sou como você – ela finalmente suspirou.

Ela sentiu que ele sorria.

– Eles não vão encontrá-lo, se é essa a sua preocupação.

Os rasgos no saco flutuavam freneticamente ao vento.

Cyra pensou mais uma vez em como alguém de fora olharia os dois e pensaria tratar-se de um encontro – assumiria, pela linguagem corporal deles, que estavam tendo uma briga de namorados, e que Lamprey estava tentando animá-la. O pensamento revirou seu estômago.

– Estou cansada, Lamprey – disse ela. – Você matou minha irmã?

Ele se aproximou dela.

– Não. Eu te disse.

– E você é um mentiroso que já me enganou várias vezes.

– Não em relação a isso. Eu matei um policial por você.

Cyra sugou ar frio pelos dentes e baixou a garrafa térmica.

– Você fez isso por si mesmo.

Ela não conseguia pensar em Cuckoo. Não queria detalhes. Isso tornaria a situação real, tornaria *real* o que ela tinha feito – e isso ela não conseguia suportar. Não naquele momento.

A mão de Lamprey estava apertada, não mais um aperto gentil, mas uma compressão feroz.

– Sei que ele fez alguma coisa que te deixou pê da vida. Você não me contou tudo, mas sei que não teria me dado um mapa direto para a porta dele se ele não tivesse te ofendido. Você me contou porque queria que eu me livrasse dele. E tudo bem. Mas seja honesta consigo mesma, gatinha. Se eu sou o vilão, você também é.

Cyra tentou soltar a mão, mas Lamprey não deixou, e ela logo desistiu, sem querer instigá-lo. Em vez disso, desviou o olhar do saco plástico e o encarou pela primeira vez.

– Tem razão. Não sou uma boa pessoa. Mas é você que precisa ganhar minha confiança. Os nomes. De todos os outros do grupo. E qualquer coisa que você souber sobre eles. Agora.

Lamprey a encarou por um instante, cravando os olhos nos dela, até finalmente soltar sua mão e se recostar.

– O de Whip é Ernie Martinez. O de Python, Jackson Carmichael.

– Mockingbird e Sand Fly – exigiu Cyra.

– Não sei o nome deles.

– Você disse que sabia. Disse que sabia mais coisas.

– Eles não são tão interessantes quanto eu, gatinha – disse Lamprey com um sorrisinho.

– Jason.

Seu nome verdadeiro era como um veneno nos lábios dela, mas funcionou; ele piscou, e o sorriso desapareceu.

– Não sei o nome dele e não tenho certeza se isso ajudaria, mas estou quase certo de que Sand Fly é impotente – disse Lamprey sem expressão. – Ele é obcecado por mulheres jovens e por apunhalá-las, e não é necessário um tira de merda como Cuckoo para dizer que essas duas coisas estão relacionadas.

– O que mais?

Lamprey suspirou, como se ela estivesse enchendo o saco para ele levar o lixo para fora.

– Com base no que ele disse antes em reuniões, meu palpite é que ele mora no norte da cidade, ao lado das águas. Numa cidadezinha como Rye ou Mamaroneck. Ele raramente caça nos bairros de fato.

– Alguma ideia de quanto tempo faz que ele está nessa?

– Bastante, eu acho. – Lamprey coçou o queixo, refletindo, olhando por sobre a cabeça de Cyra como se estivesse ficando entediado com a conversa. – Ele gosta de garotas abastadas. As de boa família, com bolsas chiques e merdas do tipo. Ele encontra uma com quem fica obcecado; então a segue, a observa, às vezes se envolve com ela, e então, bem, você sabe. Você o ouviu outro dia na reunião.

Lamprey lhe deu um sorriso, observando para ver se isso a desarmaria. Como ela não reagiu e apenas perguntou: "E o Mockingbird?", seu sorriso se contorceu e sumiu.

– Você sabe mais ou menos a mesma coisa que eu. Você o viu nas reuniões. Ele é caminhoneiro aposentado. Raramente fala. Mas ele faz isso desde sempre. E é o melhor para se livrar dos corpos, porque conhece todas essas estradas secundárias no meio do mato, locais onde se pode cavar um buraco e nunca mais se preocupar. – Ele olhou para ela. – Mas uma vez ele escorregou. Usava um boné com um caminhão vermelho na frente. Achei que era um boné genérico de caminhoneiro, mas, quando ele estava saindo, havia um sobrenome bordado em vermelho na parte de trás, sobre a costura: "Walker". Ele deve ter esquecido que o nome estava ali, do contrário nunca o teria usado. Ainda assim, não fiz muitos progressos. Sabe quantos caminhoneiros existem com sobrenome Walker, gatinha?

– E você? – Cyra falava baixo enquanto se mexia no banco, baixando a garrafa térmica nas ripas entre eles e olhando diretamente para o rosto pálido de Lamprey. Ela viu seus lábios se curvar e balançou a cabeça. – Fiz minha parte no acordo. Encontrei sua ratazana.

– Você teve sorte, tropeçou nela – Lamprey murmurou, observando a boca dela. – Eu o dei a você de bandeja. Fiz todo o trabalho duro.

– Me conte.

– Por que quer saber de todos os detalhes sórdidos? – perguntou Lamprey, voltando a estender a mão para afastar uma mecha de cabelos escuros dos olhos dela.

– Você matou minha irmã? – ela voltou a perguntar.

– Não, gatinha, e não vou ficar repetindo isso – respondeu Lamprey com voz mais firme, e Cyra se perguntou se isso significava que ele estava chateado ou na defensiva por ela estar chegando perto.

– Bem, sei que você matou Pea Crab.

Lamprey pareceu satisfeito.

– Ah, eu adoro esse truque! – Ele soltou a mão dela e bateu palmas, olhando para ela com brilho nos olhos. Cyra tinha certeza de que esse ato tinha funcionado com as pessoas muitas vezes antes, especialmente mulheres heterossexuais, mas tudo que ela podia ver era a máscara dele sobre seu verdadeiro eu. – Acusar em forma de afirmação, em vez de fazer uma pergunta, na esperança de que eu diga: "Mas como você soube?". Não, gatinha, desculpe. Também não o matei. Só que o Mockingbird saiu daquela reunião bem rápido, não saiu?

– Você acha que foi ele?

Lamprey deu de ombros.

– Não ficaria surpreso. Depois que Cuckoo e você saíram, Python disse que não cancelaria a próxima reunião, mas estava "investigando" a morte de Pea. Como se ele fosse um detetive ou algo do tipo. Que piada...

– Ainda vai ter reunião na semana que vem? – Cyra estava surpresa. Parecia que o grupo tinha se dispersado completamente. Cuckoo e Pea Crab estavam mortos, Mockingbird poderia estar na metade do caminho para o Canadá a essa hora, e o restante deles claramente estava em alerta máximo. – Se eles perceberem que Cuckoo também está morto, vão pensar que alguém os está eliminando.

Lamprey lançou um olhar curioso para ela.

– Eles não vão saber de Cuckoo. Não tiro fotos, como a pessoa que matou Pea. Eles vão supor que ele ficou com medo e decidiu parar de ir. Tenho certeza de que Mockingbird também não vai aparecer. Teremos de mudar o lugar das reuniões. – Ele limpou a garganta. – Mas você tem razão, gatinha. Você me ajudou. E prometi que, se você fizesse isso, eu te ajudaria.

Cyra endireitou-se, sentindo o peso reconfortante da navalha no seu bolso da frente.

– O que você está dizendo?

Lamprey passou um braço no espaldar do banco, com aparência casual e bonita, e vazio de consciência.

– Se quiser, posso hackear os aparelhos da sua irmã.

O corpo de Cyra se separou por um instante da mente. Ela foi arremessada feito um foguete subindo para o céu, atingindo o pico e depois caindo de volta na própria pele.

A polícia tinha conseguido acessar as gravações no celular de Mira, mas não pudera entrar no seu celular de fato. Ninguém, nem mesmo Cyra, sabia a senha de Mira. A polícia estava trabalhando para obter acesso amplo com a companhia de celulares, mas isso poderia levar algum tempo. Já que não havia aparecido nada incomum nos registros do celular de Mira, a polícia não estava forçando demais a barra, provavelmente concentrando-se no *serial killer*. Mas o celular de Mira fora recuperado com seu corpo, portanto, a polícia o guardava como evidência. O laptop dela, em contrapartida, também travado, fora deixado em seu apartamento em Dumbo, e então aparentemente julgado sem importância para a investigação, uma vez que Mira estava ficando em Park Slope com Eli e Izzie na época de sua morte. Bellows consentira em deixar o laptop nas mãos de Cyra após a inspeção superficial não levar a lugar nenhum.

Cyra mordeu o lábio inferior, considerando a oferta de Lamprey. *Serial killers* são difíceis de ser pegos, porque suas habilidades são aleatórias demais. A chance de um de seus três suspeitos fazer contato com Mira era incrivelmente baixa, especialmente se fosse Lamprey. Por que ele se ofereceria para fazer isso se houvesse evidências que o incriminassem e ele pudesse ser descoberto? No entanto, Mira entrava e saía de apps de encontros – talvez ela tivesse conhecido alguém ali e passado a se corresponder por mensagens de texto ou e-mails.

– O celular de Mira ainda está como evidência na delegacia de polícia – explicou Cyra. – Mas estou com o laptop dela. Eles não conseguiram acessá-lo.

– Se você não conseguir acesso físico, não posso ajudar com o celular – disse Lamprey, e o coração de Cyra bambeou. – Mas, se me der o computador, posso invadi-lo sem problemas.

– V-vou ter de pensar. – Ela não sabia o que sentia em relação à possibilidade de Lamprey ter acesso ao mundo interior de sua irmã. Parecia errado ter alguém como ele esmiuçando os pertences virtuais de Mira. Afinal, o computador e o celular de Mira estavam conectados por nuvem, portanto, a maioria das mensagens dela também estaria no laptop.

Mas ela não poderia agir com emoção se quisesse descobrir a verdade.

– Na próxima reunião – propôs Lamprey. – Se você concordar, traga o laptop e use alguma coisa vermelha para eu saber onde dar meia-volta e pegá-lo com você. – Ele deu um sorriso, e seus dentes pareciam túmulos.

– Você acha que Python vai fazer a reunião em um lugar diferente? E se não for tão acessível quanto o centro recreativo?

– Não se preocupe – disse Lamprey. – Não mudamos o lugar da reunião desde que entrei, mas pelo jeito Python escolhe lugares silenciosos e isolados. Isso não seria um problema.

– Legal, vou pensar a respeito – repetiu Cyra. – Preciso ir.

Ela deixou Lamprey sozinho no banco, sem se preocupar se ele a seguiria. Em certo sentido, ele tinha razão.

Ela também era uma vilã.

MOCKINGBIRD

Vic Walker sempre se perguntava o que faria se alguém entrasse no banheiro das paradas enquanto ele estivesse afogando uma vítima.

Ele gostava de se imaginar movendo-se depressa, pressionando o intruso contra a parede pelo pescoço e então acabando com a raça dos dois infelizes ao mesmo tempo. Mas, em termos lógicos, achava que seria um pouco mais zoneado que isso. Era preciso uma quantidade descomunal de força para afogar alguém em uma privada, e essa era a parte inegociável para Vic. Ele podia divertir-se como quisesse com as vítimas, mas elas não poderiam morrer, a menos que ele pusesse a mão na nuca delas, apertando o rosto contra a porcelana rachada e deixando a água espirrar em sua mão enquanto se debatiam.

Não obstante, ele fazia isso havia quase uma década, e nem uma única pessoa o havia interrompido. Talvez fosse porque ele matava tarde da noite, nas paradas mais distantes e sombrias. Talvez fosse porque algum ser cuidava dele. Vic não era religioso, mas tinha de admitir que era mais sortudo que a maioria das pessoas. Talvez houvesse uma razão para isso.

A caroneira que ele pegara mais cedo parecia ter por volta de vinte anos. Vic, na verdade, não se importava com a questão de gênero. Ele escolhia alguém com base nos olhos, não no que havia entre as pernas dela. Vic gostava de olhos grandes, expressivos. Dos que se arregalavam, ficavam cheios de sangue e aterrorizados quando percebiam o que estava acontecendo. Essa era a parte de que ele mais gostava em suas vítimas.

Vítimas.

Ele gostava de chamá-las assim porque o som lembrava o início de seu próprio nome. Victor e suas Vítimas. Parecia uma banda de *punk rock*.

Vic tinha certo orgulho em saber o que ele era e por que fazia o que fazia. Havia lido todos os livros sobre *serial killers*; fuçara todas as *threads* da internet quando começaram a pipocar e aprendera como usar um laptop. Ele gostava de não se encaixar em nenhum padrão. Gostava de mudar suas escolhas e a frequência com que matava. Gostava de não ter sido abusado nem ter vivenciado um trauma na infância. Vic crescera em Kunkle, Indiana, com uma família amorosa e sem nenhuma preocupação no mundo, e começara a arrancar pernas de insetos aos três anos de idade.

Ele tinha nascido para ser desse jeito, simples assim.

– Por favor – implorou a caroneira atrás dele, do compartimento de dormir. Ela devia ter conseguido libertar-se da mordaça. Que chateação… Mas Vic não sentia vontade de parar para dar um jeito naquilo. Além do mais, só restavam quatro horas até sua parada favorita. – Por favor, me deixe ir.

Vic ligou o rádio. Uma música de Patsy Cline. Ele cantou junto com ela, e a voz estrondosa se harmonizava com o ruído do motor.

A estrada se estendia à sua frente, e os faróis do caminhão que dirigia atravessavam o país perfurando a escuridão e fazendo desvanecer a noite.

Soluços fracos vinham de trás dele, e Vic tentou ignorar sua irritação. Ele estava com aquela mulher havia um ou dois dias, e já estava se cansando. Ela tinha olhos azuis imensos, que desde o início o tinham feito parar para pegá-la. Mas ele não estava obtendo a reação que desejava. Os olhos da caroneira se entrefechavam como uma chama moribunda. Era como se ela fosse a algum outro lugar, o que tirava toda a graça da coisa.

Pois bem. Um dia da caça, outro do caçador.

A caroneira finalmente caiu no sono, ou então entrou em algum estado catatônico abençoadamente silencioso, e Vic mergulhou na música nas quatro horas seguintes, até finalmente chegar à parada. Havia certos lugares que tinham um significado especial para ele. Vic não tinha certeza da razão – ele só gostava da sensação. Com frequência escolhia aterros perto de áreas florestais porque eram fáceis, e, quando as vítimas estavam mortas, elas não importavam, mas as paradas eram importantes. A última vez que havia estado nessa fora em 2002, e tinha sido um espetáculo de tão bom. Embora a tal garota fosse um fiasco, ele tinha certeza de que sua *performance* final valeria a pena.

Vic saltou para o compartimento de dormir e agarrou a garota, que estava mole e inconsciente. Seus punhos e tornozelos estavam amarrados, mas ele gostava de cortar os laços nesse momento. Era como afogar um gatinho ainda amarrado, chato e ligeiramente patético.

– Acorda.

Vic usou sua faca de bolso para cortar as cordas e sacudiu com grosseria a garota pelos ombros, mas ela não se mexeu. Isso acontecia às vezes. Elas desmaiavam de medo, exaustão, dor. Ela acordaria quando ele a levasse para o calor e a luz e jogasse água em seu rosto. Vic grunhiu de descontentamento e ergueu a caroneira como um bombeiro, saindo do caminhão e batendo as botas pesadas pelo estacionamento vazio.

A parada era pequena, e metade das luzes de segurança estava quebrada. Eram quase três horas da manhã, horário normal para caminhoneiros, mas o veículo de catorze rodas de Vic era o único ali. O ar tinha gosto de neve e asfalto. Ele sentia o cheiro dos banheiros desde o meio do estacionamento. Imaginou qual teria sido a última vez que tinham sido limpos e escolheu o feminino – provavelmente menos nojento e sem chance de que o interrompessem. Não havia muitas caminhoneiras ou viajantes que enfrentariam um lugar como aquele àquela hora da madrugada.

Ele largou a garota no chão imundo, esperando que a queda a acordasse, mas seus olhos continuaram fechados.

Zombeteiro, Vic se virou e selecionou o box que usara, chutando a porta de modo que ela ricocheteou na parede e balançou de volta, fazendo toda a fileira de boxes se sacudir com o som. Se isso não a acordasse, ele não sabia o que a despertaria.

– Bom dia, flor do dia – anunciou Vic, virando-se bem a tempo de ver a porta do banheiro bater de leve.

O chão estava vazio. A garota havia ido embora.

– Merda!

Vic saiu às pressas do banheiro e voltou para o lado de fora. A caroneira corria pelo estacionamento, gritando a plenos pulmões, embora não houvesse ninguém num raio de quilômetros.

Isso nunca acontecia.

Não com Vic.

Ele não perdia o controle; não perdia vítimas. Nunca. Como aquela vadia tinha bancado a morta tão bem? Ele correu atrás dela – ela nunca conseguiria fugir. Estava havia dias sem comida de verdade. Subsistia à base de goles de isotônico e da carne-seca que Vic não queria. Suas pernas estavam finas, e seu corpo não era o mesmo. Não tinha como tentar empreender uma fuga ousada. E, mesmo que Vic gostasse de um pouco de luta, aquilo era demais. Ele faria com que o afogamento fosse lento, uma última lição para que ela nunca o deixasse zangado.

Mas a caroneira correu, movendo-se como um cervo atingido que não sabe que já está morto. Será que ela tentaria voltar para o caminhão e dar a partida? Vic deixara as chaves na boleia, mas certamente a alcançaria antes que ela chegasse lá.

Mas a garota não foi em direção ao caminhão. Ela se desviou do estacionamento e correu rumo à grade de segurança que separava a parada de um declive arruinado.

– Não tem nada aí pra você, mocinha – gritava Vic enquanto acelerava, cada vez mais perto dela. Estava começando a se divertir.

Ela olhou para trás, viu como ele estava perto e finalmente, *até que enfim*, seus grandes olhos azuis se arregalaram de pânico, exatamente o que ele queria. Talvez ele incorporasse esse joguinho nas mortes futuras. Isso o fazia sentir-se como um leão poderoso que tinha saído à caça.

A caroneira chegou à grossa corrente de segurança de metal e se jogou por cima dela, tropeçando em direção à beirada do declive; a escuridão do fundo da ravina abaixo engolia toda a luz do estacionamento.

– Não faça isso! – gritou Vic, percebendo de repente que ela poderia pular. A queda não era muito alta, só uns sete metros, portanto, talvez ela não morresse se saltasse, mas ele ficaria pê da vida se a garota quebrasse o pescoço antes que pudesse alcançá-la.

Vic saltou a corrente com facilidade e estendeu o braço a apenas alguns metros de distância, já sentindo os cabelos dela em suas mãos enquanto empurrava sua cabeça dentro da água. Ela estava a passos da beira do declive, mas se virou para vê-lo saltar sobre a corrente de segurança, agora imóvel.

Quando ele a agarrou, no último segundo, ela se contorceu.

Seu corpo ágil abaixou e se desviou, e a mão de Vic passou inofensivamente por ela enquanto ele rosnava de frustração.

– Sua...

Ela girou muito, muito mais rápido do que estava se movendo minutos antes, e, quando Vic perdeu o equilíbrio, ela se balançou atrás dele, colocou as duas mãos em suas costas e o empurrou.

O impulso e a gravidade trabalharam juntos; Vic não podia fazer nada para impedir. Ele despencou à frente, na beira do declive, conseguindo virar o corpo para ao menos não cair de cabeça, batendo com força no chão escuro abaixo.

Algo em sua perna se quebrou com o impacto, e uma dor lancinante percorreu todo o seu corpo enquanto ele bradava de fúria. Não conseguia enxergar muita coisa na ravina; agora estava de costas; uma perna ardia, e a outra estava virada embaixo dela. Havia halos de luz artificial iluminando a parte superior do declive na borda do qual ele tinha caído, e Vic observou a silhueta da caroneira contemplar a escuridão por um instante antes de se afastar.

Vic não estava morto, e as costas não estavam quebradas. Mas a perna com certeza estava, e ele levou três horas para encontrar uma saída da ravina naquele breu, usando as luzes da parada como guia. Quando chegou mancando e se arrastou de volta para o estacionamento, estava exausto. Seu caminhão ainda estava lá, o que era bom. Mas a garota tinha ido embora. Nem sinal dela.

Cerrando os dentes, deixando a raiva tomar conta de si enquanto voltava ao assento do motorista, Vic imaginou se ela tinha voltado pela estrada em direção à rodovia. Ou se havia desaparecido no bosque, em pânico e aterrorizada, para morrer ao relento. Ela não tinha casaco. Mas o que ela tinha eram três horas de vantagem, e claramente não estava tão fraca ou entregue quanto o fizera pensar. De algum modo, ela notara o declive do caminhão mesmo enquanto se fingia de inconsciente, e se livrara de suas mãos bem no instante em que o colocara onde queria, perto do declive.

Vic teve de admitir que ela havia escapado. Ele não a encontraria, e agora sua prioridade era chegar a uma cidade diferente, longe dali, curar a perna e esperar que ela congelasse até morrer. Ele não estava preocupado demais com a possibilidade de ela o identificar, mas precisava se afastar dali para o mais longe possível.

Enquanto dirigia e a dor embargava sua visão com clarões brancos, Vic pensava no que seu pai lhe dissera quando ele não tinha conseguido entrar no time de softball do ensino médio.

– Está tudo bem, Victor – dissera o pai, levando o filho para tomar sorvete ao vê-lo tão chateado. – Tudo bem não conseguir. Você sabe por quê? Porque sempre há uma lição. Sempre há algo bom que você pode tirar de um fracasso. E depois isso deixa de ser um fracasso, entende? Porque agora você sabe como fazer a coisa certa da próxima vez.

Vic sentira um conforto imenso ao matar o pai e enterrá-lo no bosque antes de sair de casa aos dezoito anos, mas agora as palavras dele eram ainda mais consoladoras.

A caroneira podia ter escapado dele, mas ele nunca mais deixaria algo assim acontecer de novo.

Vic faria a coisa certa na próxima vez.

CAPÍTULO 18

Cyra estava deitada de costas no piso do apartamento, olhando para o teto, reconstituindo sua conversa com Lamprey.

Lutava com a ideia de que, se sobrevivesse a essa missão autoimposta, nunca mais seria a mesma pessoa.

De certa forma, ela sempre soubera disso. Bea provavelmente também tinha notado a transformação a que Cyra rumava, encobrindo tudo sobre sua antiga vida à medida que se comprometia com uma coisa só – sua humanidade que se danasse. Em retrospecto, ela estava feliz por Bea ter ido embora. Era provável que não tivesse tido forças para terminar as coisas por iniciativa própria, e não havia como a doce e jovial Bea conseguir entender até que ponto ela chegara. Com que facilidade ela abrira a porta à própria escuridão, uma coisa trêmula e pulsante que espalhava as raízes dentro de si – admitindo que era confortável abraçar Mistletoe porque ela ecoava o vazio natural que também se abria dentro dela. Depois de passar a vida toda provocando emoções em outras pessoas, era um alívio destravar as partes de si mesma que por tanto tempo ela negara, aceitar a facilidade de vicejar como uma pessoa encantadora e fria, forjada de aço e pedras quebradas.

– Não quero policiar o luto de ninguém – Bea disse a Cyra um mês após a morte de Mira. – Mas, se precisar chorar, gata, chore. Não fuja disso.

– Vou tentar ficar triste com mais força – disse Cyra, tentando provocá-la. Mas suas palavras tinha caído por terra e se desvanecido.

– Não, não é isso que estou dizendo – falou Bea depressa. – Só não quero que você se entorpeça com essa dor.

E, em um raro momento de honestidade, Cyra decidiu se abrir um pouco.

– Às vezes sinto que estou carregando uma dor do tamanho de uma noz. E eu a carrego há um bom tempo, basicamente desde que era criança e minha mãe foi embora. E, sempre que alguma coisa ruim acontece, eu a coloco dentro dessa noz e a enterro no solo. As pessoas falam que, se você enterrar os sentimentos, eles vão explodir mais tarde, mas isso não acontece comigo. As coisas que enterro morrem e não viram nada. Eu não sinto nada porque, se doer, eu me livro disso.

Bea a encarou por um instante, e então a abraçou. As duas ficaram sentadas em um futon minúsculo no estúdio, envolvidas uma nos braços da outra, por um longo tempo.

Mas nem aquele rompante de sinceridade foi o suficiente para fazer Bea ficar.

Foi melhor assim. A pessoa que ela estava se tornando agora, a quantidade de tempo que permitia que Mistletoe se expressasse, sangrando sua vida real como pinceladas mal dadas, não seria algo de que Bea teria gostado. Ela teria chamado aquilo do que era – uma maneira de se autodestruir sem bebidas ou suicídio; uma forma de Cyra se punir pelo que tinha acontecido com Mira.

A decisão que ela havia tomado – entregar Charlie a Lamprey – não poderia ser desfeita. Ela tinha um único objetivo ao se infiltrar no grupo de apoio. Não era Charlie. Havia uma linha traçada, grossa e clara, na areia. Cyra a olhou; então, olhou para Charlie Guardia e decidiu pisar bem em cima dela.

Cyra sabia que tinha de sentir algum tipo de culpa ou arrependimento por suas ações desde que entrara no grupo. Mas não sentia. Havia uma mudança estranha acontecendo, como se fosse ela a fingidora e Mistletoe, a pessoa real.

"Não me sinto culpada, porque fiz tudo isso por um motivo. Ajudar Mira. Não tenho tempo nem espaço para prantear todas as vítimas individuais como Bea faria, mas, se posso destruir alguns desses homens a caminho do assassino de Mira, é a melhor maneira de honrar as pessoas que eles mataram."

Cyra precisava acreditar nisso.

Uma vez, Mira disse a Cyra que, após sete anos, as pessoas se tornam uma coleção inteiramente nova de células. Mira achou a ideia muito bonita – que todo o seu organismo celular poderia renovar-se, constantemente se replicando e se reproduzindo de modo que você basicamente se tornava um novo ser humano a cada sete anos. Mas, quando Cyra teve a curiosidade de pesquisar isso, não teve coragem de contar à irmã que era um mito. Na realidade, algumas células, como as epiteliais, poderiam ser substituídas em questão de meses somente, enquanto outras, como certos neurônios do cérebro, permaneciam as mesmas a vida toda.

As pessoas podem tentar mudar, podem esperar evoluir e melhorar, mas há certas partes delas que sempre permanecerão iguais.

Cyra rolou de costas, vendo estrelas com o movimento repentino, e se arrastou até a cama. Tateou sob o móvel e puxou um recipiente de plástico. Assim como a caixa de sapatos no *closet* do corredor, este não estava etiquetado; ela sempre saberia o que havia em seu interior. Cyra abriu a parte de cima e pôs a mão lá dentro, tirando o laptop prateado de Mira.

Ela não queria entregá-lo a Lamprey. Não confiava nele. Mas também precisava saber, precisava ver o que havia nele, caso houvesse alguma chance de isso ajudá-la. Arrepiou-se ao pensar que as mãos de Lamprey estariam onde as de Mira costumavam ficar, e então puxou o laptop para perto e sussurrou: "Desculpe, Mira".

× × ×

Eli e Izzie tentaram revê-la no fim de semana, mas ela os dispensou, dizendo que tinha de trabalhar. No início Cyra cogitara a ideia de perguntar a Eli se ele conhecia Charlie, mas achou melhor não fazer isso. Só porque eles trabalhavam no mesmo prédio não queria dizer que já tivessem se visto, e, quando as pessoas inevitavelmente notassem a falta de Charlie, não queria que ninguém chegasse nela. Ou em Eli.

Na noite anterior à reunião seguinte, Cyra fez login no endereço da *dark web* e entrou na caixa de mensagens. Àquela altura isso já tinha ficado natural, e seu pulso estava firme quando ela enviou uma mensagem a Python:

"Confirmo presença amanhã", digitou ela. "Se é que o negócio ainda está de pé. Saí cedo da última vez. Parecia que a coisa estava ficando cabeluda lá."

A mensagem piscou na tela branca por alguns minutos até a resposta finalmente chegar:

"Ainda está de pé. 13h. Temos coisas a discutir. Aqui estão as novas coordenadas".

Eles tinham mudado de lugar, afinal. Cyra se perguntou se isso significava que Python descobrira quem tinha apagado Pea Crab e não contaria a essa pessoa sobre o novo local de reunião.

Analisando o lugar, Cyra grunhiu ao ver que ele ficava nos confins do Bronx. Ela levaria uma era para chegar lá, mas sua irritação arrefeceu um pouco quando ela clicou na vista da rua e avistou o exterior do prédio. Uma igreja.

Ela começou a rir. Que perfeição! Um grupo dos maiores pecadores que já existiram se encontrando em uma igreja para discutir assassinatos. Python devia ter um senso de humor distorcido.

No dia seguinte, Cyra colocou a roupa de Mistletoe, lembrando-se das instruções de Lamprey para ela usar alguma coisa vermelha se concordasse que ele hackeasse o laptop de Mira. Com cuidado, ela colocou meias grossas, saia preta e uma blusa branca engomada. Cyra ajustou a peruca loira e colocou uma bandana carmesim por cima, observando cuidadosamente seu reflexo no espelho do banheiro. Pensou em quanto esforço era preciso para tornar-se Mistletoe. Então, aprofundando a respiração e cerrando os punhos, fechou os olhos, imaginando o corpo inclinado de Mira no parque, e, ao abrir os olhos e cruzar seu olhar no espelho, estava fitando Mistletoe.

Cyra pôs a navalha no bolso da saia – que ela tinha comprado como traje de Mistletoe especificamente por causa dos bolsos –, colocou o laptop de Mira na sacola e saiu pela porta.

Estava traindo Mira de novo, mas dessa vez, esperava, valeria a pena.

CAPÍTULO 19

A igreja, para todos os efeitos, estava sem uso, como o centro recreativo. Ela ocupava meia quadra em Kingsbridge Heights, uma área residencial. As ruas estavam calmas e silenciosas quando Cyra chegou. A igreja parecia diferente da imagem da ferramenta "street view", que devia ser de alguns anos atrás.

Andaimes e uma cerca de construção circundavam parte dela, mas Cyra encontrou uma abertura com bastante facilidade e entrou por ela, notando que, apesar de estar em reforma, não tinha ninguém nos arredores. Havia banheiros químicos e algumas tábuas de madeira dois por quatro empilhadas no lado leste, mas o local estava vazio mesmo no meio da semana.

As imensas portas frontais estavam destrancadas, e Cyra entrou com cuidado no vestíbulo, avistando Python logo de cara. Ele estava de pé no piso de mármore em frente a duas portas duplas com janelas de vitrais que levavam aos bancos e ao púlpito, visíveis através dos painéis que ficavam atrás dele.

– Nós vamos até lá – explicou ele, apontando para uma porta do lado do vestíbulo. – É o porão da igreja.

– Você gosta de porões, não gosta?

– Costumavam usá-lo para reuniões dos AA e de família – respondeu Python, com aparência cansada e tensa. – Funciona para nosso propósito.

– Como você encontra esses lugares? – perguntou Cyra, olhando atrás dele e examinando a silhueta dos bancos e do altar escuro. A luz do sol entrava pelas janelas de vitrais, deixando poças de cor no piso branco. Sem ninguém ao redor, cheirando a poeira e cera antiga, a igreja parecia assustadora e assombrada.

– Conheço pessoas. Ouço coisas. Este lugar decaiu em tempos difíceis. Precisava de reforma, mas aí a construtora foi só até a metade. Eles ainda não conseguiram continuar a reforma. Está sem uso, por ora. No curto prazo, vai funcionar. – E acrescentou: – Eu estava esperando todo mundo aqui pra ninguém se perder. É melhor a gente ir. Você é a última.

Ela o seguiu à esquerda do vestíbulo, e os dois desceram as escadas barulhentas até um patamar que dava para um espaço amplo e vazio. Era muito maior que o porão do centro recreativo, mas não havia claraboias ali, apenas uma fraca luz amarela que vinha de cima. Também não havia mesa de lanche. Uma fileira de cadeiras dobráveis estava empilhada em uma parede, intocada. O carpete azul estava puído, e nas paredes do recinto viam-se imagens da Via-Sacra, fora de ordem; a representação mais próxima deles mostrava Jesus morrendo na cruz, mas outra, a poucos metros, apresentava Jesus encontrando Maria. Decerto tinham levado lá para baixo os retratos emoldurados durante o início das reformas, motivo pelo qual não estavam pendurados. Eles conferiam ao recinto uma aparência estranha, desconexa.

Todo o espaço tinha um cheiro forte de serragem, e teias de aranha se acumulavam nos cantos.

Os outros esperavam por eles, parados, sem rumo, perto do centro do local. Cyra ficou chocada por ver Mockingbird.

Agora havia apenas cinco deles.

– Cuckoo não vem, acho – disse Whipworm, espiando atrás de Cyra.

– Não – respondeu Python. – Foi também por isso que mudamos. Ele não fez *check-in* na noite passada. Está fora.

– Eu mesmo quase não vim – disse Lamprey, olhando a bandana vermelha de Cyra com o espectro de um sorriso nos lábios. – Sabemos que diabos está acontecendo ou agora está bem claro para todo mundo que foi Cuckoo quem apagou Pea?

– Disso a gente não sabe – comentou Python. Ele parecia exausto e esvaziado, por assim dizer, apesar de seu tamanho. Como se alguém tivesse furado um balão do dia de Ação de Graças e ele estivesse murchando lentamente. – Vou ser honesto, não acho que o grupo continue depois de hoje.

– Estamos nos dispersando – concordou Whipworm, e Python lhe lançou um olhar grato e terno que imediatamente substituiu por uma careta, ao notar que Cyra estava observando.

Lamprey voltou a encarar Cyra, lançando-lhe um olhar compreensivo. Ela se lembrou do que ele dissera semanas antes, sobre Python ladrar sem morder. Ele não era qualificado para moderar o grupo – era um ex-condenado que estava tentando reunir um monte de *serial killers*. Não conseguiria descobrir o assassino de Pea Crab – não mais do que ela.

Mas Cyra não podia ver o grupo debandar. Não antes de obter o que viera buscar.

– Não sei quanto a vocês, mas eu preciso deste grupo. Preciso destas reuniões – disse ela, enquanto cinco outras cabeças se viravam em sua direção. Sand Fly estava enervantemente quieto, com os olhos escuros cravados no peito dela. – Fora daqui, tenho de ser outra pessoa: doce, calma e estúpida. Preciso me emburrecer, e a meu verdadeiro eu, porque a sociedade não sabe lidar com minha melhor versão. Sei que sou nova, mas estas reuniões têm sido uma lufada de ar fresco para mim. Não tenho que fingir. Posso ser eu mesma e saber que não serei julgada por isso. Gostaria de continuar.

– Belas palavras – murmurou Lamprey, alto o bastante para todo mundo ouvir e com um toque de sarcasmo na voz ao olhar para Cyra.

Os olhos de Sand Fly passaram de Lamprey a Cyra, e uma sombra atravessou seu semblante antes que ele limpasse a garganta.

– A gente estava bem antes de você entrar. Talvez seja você. Talvez você tenha matado Pea Crab.

– Ah, qual é?... – disse Cyra com doçura. – Nós dois sabemos que você não acredita que eu seja capaz disso. Sou uma garota, certo? Não faço bagunça.

O semblante de Sand Fly ficou mais sombrio, mas Python interrompeu a discussão:

– É bem legal da sua parte compartilhar o que sente, Mistletoe, mas isso não muda o fato de que esta merda está caindo por terra.

– Então conserte. – As palavras vieram de Mockingbird, que estava mais longe do grupo e mais perto da escadaria.

A sala toda se virou para ele, imediatamente magnetizada pela sua voz, que raramente se ouvia.

– Como? – perguntou Whipworm, dando um passo à frente e formando um ângulo com o corpo de modo a ficar em frente a Python, como se o protegesse.

– É por isso que você está aqui, não é? Era para você ser a parte neutra que mata qualquer um que quebre as regras – disse Mockingbird, dirigindo-se a Python.

– E sou – replicou Python, afastando Whipworm e atravessando a sala para ficar cara a cara com Mockingbird. – Andei investigando. Mas, se você quer confessar que matou Pea, facilitaria demais minha vida. Eu poderia acabar com a sua raça agora mesmo.

Pela primeira vez desde que o conhecera, Cyra viu Mockingbird sorrir. Ela achava os sorrisos de Lamprey enervantes, mas eles nem se comparavam aos de Mockingbird. Ele não tinha um dos caninos superiores, e seus dentes eram manchados de tons de amarelo, provavelmente por fumar. Ela sentira cheiro de cigarro nas poucas vezes que tinha passado perto dele. Mas não era só sua boca que era desagradável – seu sorriso era do tipo que fazia você se lembrar de que os dentes são ossos saindo da cabeça para rasgar e mastigar.

– Eu não estaria aqui se o tivesse matado – disse Mockingbird. – Agora sai da minha frente, porra.

– Ei, gente, calma lá! – disse Whipworm, adiantando-se e afastando Python de Mockingbird. – Vamos fazer nossa reunião de hoje e...

– Acho que não – retrucou Python, cerrando a mandíbula enquanto encarava Mockingbird com agressividade explícita. – Melhor dar um tempo e irmos para casa pensar.

– Tá, e que tal isto? – Whipworm propôs freneticamente, e Cyra se concentrou, enquanto ele afastava Python e ficava entre ele e Mockingbird. – Vamos fazer isso de outro jeito. Vamos entrar em um acordo e nos encontrar aqui sábado à noite. Às dezoito horas. E podemos fazer um trato. O assassino de Pea Crab não vem. Ele – Whipworm olhou para Cyra – ou ela concordaria em nunca mais voltar para o grupo. Sumir. Não conseguiríamos achá-lo. Este é um passe livre. Se você fez isso, pode ir embora. Não vamos te matar. Se não quiser mais estar aqui, pode ir embora também. Beleza? – Sua voz estava ligeiramente mais aguda que o habitual, e Cyra conseguiu compreender o que ele queria dizer por seu tom de voz, vendo a verdade em seus olhos esperançosos.

– Um passe para o inferno – disse Python em sua voz baixa, olhando pensativo para Whipworm. – Talvez...

Cyra imaginou se tinha ficado óbvio para todo mundo o que ela finalmente percebera.

– E se todos nós aparecermos? – perguntou Lamprey.

Whipworm sugou as bochechas.

– Então aí estaria a resposta: foi Cuckoo que fez isso.

Ela escondeu um sorrisinho de descrença com a mão. Cuckoo estava morto, mas sua ausência no grupo não absolvia ninguém se eles não soubessem disso. Basicamente, o que Whipworm sugeria era encontrar um bode expiatório.

Ela sentiu o restante do grupo absorver as palavras de Whipworm, apostando que a maioria deles estava chegando à mesma conclusão que ela. Lamprey, em particular, percebeu seu olhar e lhe deu uma piscadela.

Sand Fly debochou:

– Acho que...

– É – interrompeu Python, lançando um olhar ameaçador para Sand Fly. Com relutância, o homem fechou a boca, com a fúria estampada no rosto. – É, acho que seria aceitável. Esse é o novo plano.

Aquilo era o bater do martelo: Whipworm matara Pea Crab, e Python sabia disso. Cyra suspeitava que Whipworm fizera aquilo para proteger o grupo, querendo eliminar a pessoa que mais provavelmente seria pega e entregaria tudo; mas ele não tinha refletido bem. Ele tirou a foto por um motivo qualquer, e agora estava deixando Python em uma situação desconfortável. Cyra imaginou se Whipworm teria contado a Python que matara o homem, ou se Python simplesmente sabia disso.

– Beleza! – grunhiu Mockingbird.

– Pra mim funciona – disse Lamprey.

Sand Fly e Cyra assentiram com um gesto de cabeça, mas um plano efêmero estava começando a surgir na mente dela. Uma forma de cuidar de um problema. Ela precisava conseguir antes de sábado o que queria. Era um prazo apertado, mas potencialmente factível.

– Então não há razão pra continuarmos a reunião hoje – disse Python.

– Vamos. Dez minutos de lambuja. Ainda estou olhando.

CAPÍTULO 20

Cyra saiu primeiro, entrou em um dos banheiros químicos do lado de fora da igreja, que felizmente não era tão horrível quanto poderia ser, e esperou meia hora enquanto dava aos outros tempo para se dispersar e para Lamprey voltar.

Ela se olhou no espelhinho preso na parede plástica do banheiro portátil. Suas bochechas estavam emaciadas, e ela tinha uma meia-lua sob os olhos. Não se lembrava da última vez que fizera uma refeição quente e completa. Na semana anterior engolira alguns sanduíches de pasta de amendoim e geleia. Seu corpo era algo que ela tinha de abastecer, como colocar gasolina em um carro. Ela não comia mais pelo prazer ou pelo sabor; a comida servia para impedi-la de desmaiar no meio da rua.

Deixou de olhar o rosto emaciado e saiu, voltando a entrar no porão vazio da igreja. Abriu uma das cadeiras dobráveis da pilha inclinada na parede, colocando-a no centro da sala. Tirou o casaco e o colocou no espaldar da cadeira. Pondo a mão dentro da sacola, ela tirou o laptop de Mira e o colocou gentilmente no assento.

Um som vindo de trás a fez virar.

– Eu trouxe... – ela começou a dizer, mas interrompeu-se ao ver quem estava perto da escadaria.

Ela esperava ver a silhueta encorpada de Lamprey, mas, em vez dele, o corpo anguloso e pontudo de Sand Fly deu um passo à frente, aproximando-se lentamente dela.

Algo frio e pegajoso tomou conta da espinha de Cyra, culminando na base de seu estômago, enquanto o homem mais alto se arrastava para perto dela, fazendo movimentos constantes como se estivesse tentando chegar perto de um gato arisco.

– Eu sabia – Sand Fly suspirou.

– O que está fazendo aqui? – perguntou ela, tentando desesperadamente trazer de volta a compostura e a ousadia de Mistletoe. Mas pela primeira vez Cyra não conseguiu interpretá-la bem, não foi capaz de colocar a máscara dela no rosto.

Aquilo não era mais um jogo. Era a realidade.

– Voltei para ver se estava certo. E estava. Tem alguma coisa acontecendo com você – Sand Fly sibilou. – Você e o Lamprey, não é? Que bobagem, Mistletoe... De todos os homens do grupo, é ele que você escolhe? Que clichê! Odeio babacas como ele. Eles se acham demais, a última bolacha do pacote. Mas não é pra fazer amizades dentro do grupo, isso não é permitido! – Sand Fly deixou escapar uma risadinha que atravessou Cyra até os ossos. – Isso vai ser divertido. Vou gostar de tirar alguma coisa dele.

– Merda! – disparou Cyra. Ela não teve tempo para tirar a navalha do bolso da saia; Sand Fly se jogou em direção a ela, de cabeça baixa, com a clara intenção de jogar seu corpo contra o dela no chão.

Mas Cyra tinha treinamento para isso. Ela saltou em postura de luta, dobrando os joelhos, preparando-se para o impacto. Quando ele a atingiu, batendo a testa em seu esterno, Cyra fez um *sprawl*, jogando as pernas para trás e deixando o peso do corpo cair todo sobre a cabeça de Sand Fly. Com um oponente de altura mediana, esse movimento lhe teria permitido obter vantagem, talvez até derrubá-lo e travar sua cabeça. Mas Sand Fly era muito mais alto que ela, e, quando ele caiu, com o peso repentino do peito dela por cima do seu, ele conseguiu se libertar, fazendo-a cair sobre um dos joelhos enquanto ele se recompunha.

Aquilo parecia acontecer como um filme em alta definição e borrado ao mesmo tempo, como se ela estivesse em um *video game* hiperestilizado.

Cyra rolou ao atingir o chão e puxou a navalha do bolso, sacando a lâmina com um único movimento rápido e ensaiado, e segurando-a pela lateral antes de empunhá-la à frente e esfaquear o rosto de Sand Fly.

Ele se afastou, contorcendo-se, evitando que ela o alcançasse, e parou no ápice do movimento para avaliá-la enquanto ela dava um passo para trás, de volta à postura de luta. Então, sorriu.

– Andou treinando, hein? Que fofo... Mas isso não vai funcionar aqui.

Ele deu um mergulho à frente, tentando colocar uma das mãos no braço direito dela, a fim de detê-la e desarmá-la.

Tudo aconteceu muito rápido. O punho esquerdo de Cyra disparou, derrubando Sand Fly, e então sua lâmina se moveu quase por conta própria, golpeando-o depressa como se estivesse dando um soco, deslizando para dentro da parte macia do olho direito dele.

Sand Fly gritou e Cyra o calou automaticamente, como se ele estivesse perturbando o sossego em uma biblioteca.

Ela puxou a mão para trás, e o olho de Sand Fly se estreitou quando ela sacou a lâmina de dentro dele.

– Sua vadia de merda! – guinchou ele, enquanto ela se afastava, tentando se recompor.

Sand Fly se contorcia no chão entre ela e a porta. A faca pendia solta na mão de Cyra. Ela não queria olhar mais de perto a lâmina manchada de sangue de Sand Fly. Devia acabar com ele imediatamente, antes que fosse tarde demais.

Mas ela não podia fazer isso. Não ainda. Não sem saber.

– Você matou uma garota no Prospect Park em setembro?

Ele bateu uma das mão sobre o olho sangrando, e gemeu enquanto lutava para se sentar.

– Vou matar você bem devagar – ofegou ele, levantando-se. Seu olho bom estava lacrimejando e pulsando de fúria.

– Você matou uma garota no Prospect Park em setembro? – repetiu Cyra. Até ela percebeu como sua voz estava histérica, com um tom agudo e frenético.

Com o líquido vermelho escorrendo dos dedos colados no olho direito, Sand Fly levantou a ponta de sua jaqueta preta *bomber* e revelou uma bainha contra a barriga lisa e pálida, retirando rapidamente, com a mão livre, uma feia faca serrilhada.

Cyra hesitou. Ele podia ser o homem que ela procurava. E estava ferido. Em contrapartida, ela deixara sua marca em uma briga de facas com um sujeito cuja alegria na vida era apunhalhar mulheres jovens. E Cyra não poderia vingar Mira se estivesse morta.

Ela se jogou para a direita, na esperança de usar o ponto agora cego de Sand Fly para contorná-lo e alcançar a escada. A sala era grande o bastante para que, se ela fosse rápida, ele nem chegasse perto dela.

Sand Fly rugiu e se contorceu, antecipando o movimento de Cyra. Ela o contornou, ficando do lado ferido, e se jogou nas escadas. Cyra sentiu a respiração pesada atrás de si, aproximando-se; ele era mais alto, mais comprido e mais rápido do que ela, com suas pernas curtas.

– Vadia! – ele voltou a gritar, e uma coisa quente deslizou pelas costas dela.

A saída estava perto, muito perto, mas um líquido úmido descia pela coluna de Cyra.

Então, houve passos na escada, e ela guinchou, virando-se para a direita, quase batendo na parede enquanto se esquivava da nova silhueta que corria para dentro da sala: Lamprey.

Ele se moveu rápido. Rápido demais. Era como mercúrio líquido, escorrendo para o lado e girando, deixando Sand Fly passar por ele e tropeçar até parar no patamar da escada.

Lamprey observou a cena: Cyra contra a parede, com a navalha pingando na mão, de olhos esbugalhados; e Sand Fly na escada, com o olho ferido pingando e a cruel faca de caça manchada de vermelho.

"Isso é meu?", perguntou Cyra a si mesma, olhando o sangue na lâmina de Sand Fly, enquanto sentia as costas começarem a arder e formigar.

Um pensamento terrível lhe ocorreu quando o olhar de Lamprey ricocheteou entre os dois e suas duas facas. Havia dois *serial killers*. Cyra era uma só. Se decidissem se unir, nunca na vida ela escaparia. Morreria ali, no porão da igreja, provavelmente de forma lenta e dolorosa. Sua mão tremia.

– Jason – disse ela, quando o olhar dele esquadrinhou seu rosto. Ela estava preocupada com o desaparecimento de toda a sua compostura; ele veria seu medo e adoraria isso.

Ele não respondeu; o tempo parou, enquanto os três formavam um estranho triângulo assimétrico, com Sand Fly bloqueando a saída e sangrando entre os dedos.

Então, o feitiço se quebrou.

– Ela é minha! – rosnou Sand Fly, cravando o olho bom em Lamprey.

– Acho que não – replicou Lamprey, e sua expressão não era jovial; não havia nenhum traço de deboche em sua voz. Seu semblante estava impassível, e seus olhos eram fossos azuis vazios. Sua fachada bonitinha sumira. Tudo o que tinha sobrado era o vazio feio de seu verdadeiro eu.

Esse era o verdadeiro Jason Weston. O psicopata. O *serial killer.*

Sand Fly o atacou.

Uma vez, Cyra e Mira tinham assistido a um documentário da natureza sobre morsas. Cyra se lembrava da luta entre dois machos que a equipe de câmeras captara; não havia sutileza naquela batalha brutal entre as duas morsas em busca de ocupar um lugar como macho alfa da praia. Era violência pura – um colapso de corpos unidos, um bater de presas e uma ignorância de peles esfoladas. Mira gritou quando a morsa maior perfurou a concorrente, arrastando-se para seu harém e deixando o corpo do outro macho ensanguentado e cheio de marcas na areia. Cyra tentou lhe explicar que a natureza era assim mesmo; eles não pensavam no certo e errado, era uma questão de sobrevivência.

Observar Lamprey disparando contra Sand Fly foi como rever o tal documentário, exceto que dessa vez Cyra podia ouvir o bater de peles, sentir o calor dos corpos se digladiando, ver em detalhes nítidos a luta entre dois machos que se julgavam donos das pessoas.

A luta acabou rápido.

A faca de caça de Sand Fly de repente foi parar na mão de Lamprey e jogada para o lado, enquanto os dedos deste pressionavam o pescoço anguloso do outro, que se contorcia e resistia embaixo dele.

– Espere! – gritou Cyra, quando os movimentos de Sand Fly desaceleraram; suas mãos se estenderam em direção ao rosto de Lamprey como se atravessassem um caldo espesso. – Espere, porra! Você a matou? – Cyra correu até os dois homens, esquecendo-se do ardor das costas, esquecendo o perigo. Ela caiu de joelhos ao lado de Lamprey e sacudiu

Sand Fly pelos ombros, com as mãos sangrando. – Mira Griffin. A moça loira do Prospect Park. Você a matou?!

Mas era tarde demais.

As mãos de Sand Fly caíram e emolduraram seu rosto arruinado; o olho direito era um buraco sangrento, e o esquerdo olhava para o teto sem enxergar.

– Por que fez isso? – guinchou Cyra, socando os braços musculosos de Lamprey enquanto ele tirava os dedos do pescoço ferido de Sand Fly. – Podia ter sido ele! Eu precisava saber!

Lamprey se virou, rápido como uma víbora, pondo-se de pé e agarrando seus punhos, puxando-a para cima consigo.

– Obrigado por furar o olho dele. Foi muito mais rápido. Embora, na verdade, ele não tivesse sido páreo para mim em seus melhores dias. Ele é como um bicho-pau. No que ele estava pensando? Tenho quase quarenta quilos a mais. Idiota.

– Podia ter sido ele!

De algum modo, a navalha de Cyra agora estava no chão. Suas costas coçavam, e havia uma coisa úmida grudada no interior da linda blusa. Lamprey a agarrava com força, os braços dela pendiam, e nada parecia real.

Ele a mataria naquele instante, e Cyra nunca saberia quem tinha levado Mira para longe dela.

– Ele te acertou? Ei. *Ei*! *Cyra*, presta atenção, você não pode apagar agora.

– Hein? – Cyra olhou para o rosto quadrado de Lamprey como se tivesse esquecido que ele estava lá.

– A faca dele. Tinha sangue. Ele te acertou?

– Nas costas… acho.

– Está mais calma? – perguntou Lamprey, sacudindo os braços.

Cyra fez um aceno apático e ele soltou seus punhos, pondo uma mão em seu ombro e dando uma volta ao redor dela para olhar as costas. Ela estremeceu quando ele lhe ergueu o colarinho e espiou por dentro da blusa para analisar o estrago.

– Você vai ficar bem – afirmou Lamprey, soltando o colarinho e se afastando dela. – É só um arranhão feio. Limpe as costas quando chegar em casa e cubra com gaze. Você teve sorte. Nem vai precisar de pontos.

Cyra não se importava. Como ele poderia se importar? *Por que* se importava?

Suas palavras fizeram a ficha dela cair.

– Você não vai me matar.

Lamprey ergueu uma sobrancelha.

– Gostaria que eu te matasse?

Ter sua proteção era quase pior do que ele tentar atacá-la. Não fazia o menor sentido, portanto, só podia ser sinal de uma coisa perigosa. Algo que ele devia querer dela. Cyra olhou para o corpo retorcido de Sand Fly.

– Ele não me respondeu. Não sei se ele matou Mira.

Lamprey deu de ombros.

– Desculpe, mas isso foi necessário. Processo de eliminação, certo? Se Mockingbird não for quem você está procurando, provavelmente era Sand Fly. Caso resolvido.

– Ou você – disse Cyra, ausente.

– Ainda sou suspeito, mesmo depois de ter salvado sua vida? É assim que você me agradece? – perguntou Lamprey, e o tom irônico habitual voltou a se insinuar em sua voz.

Cyra não conseguia pensar nisso. Não conseguia aceitar que poderia não estar ali, respirando, se Lamprey não tivesse aparecido.

– Por que você fez isso?

– Eu te devia essa – respondeu Lamprey imediatamente. – Gosto de saldar minhas dívidas. Você me ajudou, manteve a palavra. Vou manter a minha. E eu voltei pelo laptop. Ainda vamos fazer isso ou o quê?

Cyra se esquecera completamente do laptop, mas então olhou para a cadeira que, por um milagre, permacera em pé, apesar da luta. O laptop de Mira ainda estava no centro do móvel, emoldurado pelo casaco de Cyra no espaldar, esperando que eles parassem de dizer besteiras e fossem direto ao assunto.

Lamprey acompanhou o olhar de Cyra e foi até lá, avistando-o.

– Preciso levar o laptop pra casa pra desbloquear, você entende, né? Preciso do meu software.

Era isso que Cyra temia, preocupada com o que Lamprey pudesse fazer ou ver sem ela para monitorá-lo. Ela não poderia ir para a casa dele. Era imprudente demais, mesmo para ela. Mas a preocupação que sentia horas antes agora tinha sumido, como se ela não tivesse energia suficiente para se importar com isso.

– Você deveria ir embora – disse Lamprey baixinho. – Preciso dar conta disto. Pode levar algum tempo.

A ideia de deixar o laptop de Mira com ele era como deixar a irmã sozinha com aquele homem. Na vida real, ela jamais teria permitido isso. Mas não tinha escolha. E Cyra não gostava de como estava se sentindo – crua, exposta, emotiva. Precisava recompor-se e se recalibrar. A violência não lhe era estranha, mas o fato de ter sido atacada com brutalidade e depois observar o agressor ser assassinado sem escrúpulos bem na frente dos seus olhos a abalava mais do que ela gostaria de admitir.

Ela meneou a cabeça.

– Quanto tempo?

– O laptop? Não tenho certeza. Alguns dias, talvez. Posso conseguir um celular descartável; te mando mensagem quando terminar.

– Depressa. Por favor.

– Farei o melhor possível – prometeu Lamprey.

– E... você... você tem o número do meu celular. – Não era uma pergunta. Cyra estava cansada, cansada demais de se sentir atrás de Lamprey. Ele salvara sua vida, mas tinha de haver um motivo. Ele estava jogando com Cyra, ela sabia. Ele sempre tinha uma carta na manga que não lhe mostrava. Ele era perigoso, e ela precisava tomar cuidado com isso. Não confiava nele. Nem por um segundo.

Lamprey sorriu, fingindo timidez, mas interrompeu o ato quando Cyra não reagiu.

– Você quer que eu faça isso ou não?

Cyra pensou em Mira e no que ela acharia daquilo se pudesse vê-la nesse momento. O que ela diria se visse até que ponto Cyra havia chegado, quanta escuridão ela já permitira entrar em si? Mira se importaria? Ou pensaria que era o que Cyra merecia, depois do que lhe fizera?

Cyra acenou com a cabeça.

– Bom. Então, vá. Tenho trabalho a fazer – disse ele.

Ela pegou o casaco da cadeira, virou-se e foi embora da sala, dando a volta pelo corpo de Sand Fly ao sair. Parou no banheiro químico para passar álcool em gel nas mãos, enxugar o sangue com a camisa e cobrir todas as evidências de luta abotoando o casaco até o topo.

Foi só a meio caminho de casa que Cyra se lembrou de que a navalha ainda estava no piso do porão da igreja, perto de um cadáver.

CAPÍTULO 21

Em casa, Cyra lavou no chuveiro o corte das costas, observando os feixes rosados de água circularem no ralo e pensando na sorte que tivera. E em como Lamprey ia querer algo mais por ter salvado sua vida.

Ela se enrolou no roupão azul grosso que mantinha pendurado atrás da porta do banheiro e caiu na cama, imaginando quando a casa de repouso a demitiria. Ia faltar de novo no dia seguinte. E, mesmo que eles a deixassem fazer o que quisesse e fossem empáticos após a morte de Mira, Cyra sabia que esse tipo de compreensão ia só até a página dois.

Ela estava ficando sem tempo.

Mas não podia preocupar-se com isso agora. Abraçou um travesseiro contra o peito e se enrolou em volta dele, sentindo o corpo dolorido. O trauma do dia – do mês anterior, na verdade – estava tomando conta dela.

Um devaneio, pintado em aquarela gotejante, reluziu em sua mente – vestir-se, ir à mercearia, comprar um fardo com seis cervejas e bebê-las uma por uma debaixo das cobertas, assistindo a um *reality show* sem sentido.

Cyra nunca fora de beber demais. Nem no ensino médio, nem na faculdade. Ela tomava um ou dois coquetéis quando um amigo ou um *crush* eventual a arrastava para fora de casa, mas era só isso. E sempre evitava uísque. Percebia, mesmo antes da morte de Mira, como o pai adorava essa bebida. Na lista de coisas que o pai amava, Cyra sempre soube que vinha depois de Mira, mas era mais difícil admitir que também vinha depois do uísque.

Quando Mira convenceu Cyra a se mudar para a cidade com ela, esta descobriu quanta coisa era capaz de esquecer quando bebia álcool. Quando Mira ia a festas, Cyra comprava um fardo com seis cervejas e as bebia sozinha. Pensava nisso como um autocuidado – seu momento a sós, em que podia enfurnar mais os sentimentos e preocupações e se entorpecer.

Entretanto, à medida que o tempo na cidade transcorria, Cyra se pegou bebendo cada vez mais, para sentir cada vez menos, e seus ataques de pânico pioraram. Podia quase cronometrá-los. Um ou dois dias após uma bebedeira pesada, Cyra tinha um ataque de pânico.

Seis meses atrás, ela foi à loja de bebidas, quando Bea passava o fim de semana visitando o irmão, e comprou uma garrafa de uísque. Bebeu metade enquanto olhava fixamente sua foto emoldurada no meio de um ataque de pânico.

Na manhã seguinte, com asco de si mesma, Cyra jogou fora todas as garrafas do apartamento. Enviou uma mensagem a Bea dizendo que tinha parado de beber. Cyra não sabia ao certo por que não havia contado a Mira que estava sóbria. Por que foi somente a Bea que ela confiou sua decisão de parar. Ela esperava, mais cedo ou mais tarde, contar à irmã. Talvez quando tivesse ficado um ano sem beber. Quem sabe isso voltasse a uni-las mais uma vez e ajudasse Mira a perdoá-la.

Agora, ela nunca saberia. Nunca contaria a Mira nenhum segredo seu.

O devaneio de ir à loja e comprar cerveja estava ficando mais forte, mas aquilo também parecia um esforço excessivo. Um esforço que a distrairia do que ela de fato precisava fazer, que era se preparar. Ela tomou uma decisão: era preciso lidar com Lamprey. Se ele realmente tivesse matado Mira, nunca admitiria. Estava se divertindo demais enrolando Cyra.

A ideia que se formou durante a reunião agora estava a todo vapor. Cyra obteria de Lamprey antes de sábado a informação de que necessitava, e então o entregaria ao grupo na mesma noite. Diria que foi ele quem matou Cuckoo, e também colocaria nas costas dele a culpa pela morte de Pea Crab. E deixaria os homens fazerem o que faziam melhor: matar.

× × ×

"Gatinha. Me encontre na igreja em uma hora. Está frio demais para ficar em pé na frente da mercearia."

A mensagem veio na noite de sexta-feira de um número desconhecido, mas Cyra percebeu, pelo horrível apelido de pet, que era de Lamprey. Ela se perguntou se ele estaria mentindo, se ele preferia encontrá-la no Bronx porque era mais perto de onde quer que ele morasse, talvez fora do bairro.

"Já terminou?", foi a mensagem de volta.

"Sim. É bom você ver isto."

"Beleza. Mas é melhor no centro recreativo, não na igreja."

Era mais perto do seu apartamento, e ela não queria mais ninguém dando um flagra neles, como Sand Fly tinha feito.

Cyra colocou o disfarce de Mistletoe, ainda que não precisasse fazer isso com Lamprey. O traje a deixava mais confiante. Enquanto abotoava a blusa, pensou nos dedos de Lamprey esfregando sua pele, puxando o colarinho da camisa ao verificar sua ferida. Seu corpo ficou tenso, lembrando que as mesmas mãos eram responsáveis pela morte de sabia-se lá quantas pessoas.

Sua pele ficou toda arrepiada.

Cyra sentia imensamente a falta de sua navalha. Dava tapinhas no bolso vazio só para se lembrar de que ela não estava lá; sentia um nó na garganta ao pensar que poderia estar em posse de Lamprey uma arma com suas digitais e o sangue de um homem morto por ela. Ultimamente, ela andava tendo pesadelos com Sand Fly – sonhos em que ele a prendia sob seu corpo magro como se fosse uma aranha gigante, enquanto os buracos sangrentos dos olhos pingavam cera quente no rosto dela.

"Será que Lamprey planeja me matar hoje à noite?"

Ela pegou uma faca de cozinha do conjunto com uma lâmina de dez centímetros, colocou-a com cuidado no bolso do casaco de inverno e saiu, deixando o corpo relaxar, apático, escondendo qualquer choque residual do ataque do dia anterior.

O exterior do centro recreativo parecia estar desmoronando – ela só vira o prédio durante o dia, e à noite parecia ainda mais abandonado. Contornou a borda do prédio no beco que ele dividia com um restaurante de comida indiana e foi em direção à porta de trás, perto das caçambas, que Python tinha dito que sempre ficava destrancada.

Lembrando-se do hábito de Python de deixar as pessoas ficarem no centro quando fazia frio, Cyra entrou em silêncio. Não vendo mais ninguém, esgueirou-se escada abaixo e entrou na sala do porão.

Ela deu um tapa do lado de fora do bolso do casaco, apalpando a faca antes de entrar totalmente na sala. Lamprey já estava lá, sentado à mesa frágil, com o laptop de Mira aberto à sua frente, banhando seu rosto com um brilho azul intenso na sala, que, com exceção dessa luz, estava escura.

– Como estão as costas? – perguntou Lamprey sem tirar os olhos da tela, quando Cyra parou a poucos metros de distância da mesa, observando-o.

– Estão bem. Você o destravou? – Ela não queria que ele visse como estava nervosa, e fingiu despreocupação.

– Sim, consegui entrar para você – disse Lamprey, tirando os olhos do laptop. – De novo essa peruca? Sou só eu.

– Cuidado nunca é demais.

– Um dia você vai me mostrar seu verdadeiro eu – insistiu Lamprey, sorrindo, e a mão de Cyra, a essa menção, deslizou um pouco mais para perto do bolso do casaco. Ele curvou os dedos em sua direção, pedindo que se aproximasse, e voltou-se para o laptop.

– Vou mostrar o que achei. O celular da sua irmã, é óbvio, não consigo acessar, mas ele estava conectado por nuvem ao laptop, então a maioria das mensagens dela tem *back up* aqui. Ela deixou o e-mail aberto, então nem precisei hackear a conta. Pelo jeito, ela mandou e-mails do celular várias vezes nas semanas anteriores à morte. Além disso, não tem muita coisa no computador, tirando centenas de arquivos de fotografias. E, ao que parece, artigos antigos de faculdade. – Lamprey olhou para cima e percebeu que Cyra estava imóvel. – O que foi? Não quer ver?

"Isso está errado!", berrou Cyra mentalmente. "É o mundo particular da minha irmã!"

Ela se sacudiu, aprofundando a respiração, cravando as unhas nas palmas das mãos com força até sentir a pele romper-se. Ela não era a irmã de Mira naquele exato instante; era a sua vingadora. Era Mistletoe. Cyra puxou a escuridão e a frieza sobre os ombros como um casaco que a protegesse diante dos protestos. Endireitou-se, mais calma.

Limpou a garganta, afugentando as hesitações. Foi até a mesa.

– Você não resistiu em fuçar? São informações privadas da minha irmã morta.

Lamprey deu um sorrisinho.

– Nós dois sabíamos que eu não ia hackear e ir embora. Qual é, gatinha? Vê se cresce.

– Vá se foder, Lamprey. Então você achou algo, suponho.

Lamprey, sentado, estendeu o braço e esfregou uma das mãos no quadril dela.

– Ah, sim, achei algo ótimo.

Cyra afastou a mão dele.

– Foco! Me conte.

Lamprey deu uma risadinha, ajeitando de volta os cabelos onde a brisa provocada pela mão dela os havia bagunçado, mas não tentou voltar a tocá-la. Em vez disso, empurrou o laptop em sua direção e ficou em pé, olhando para Cyra.

– Não vou estragar sua empolgação – disse ele. – Tenho certeza de que você vai querer explorá-lo sozinha. Há alguns e-mails que você vai achar muito interessantes.

– Só me diga – Cyra falou, frustrada, tocando o laptop. – Quem foi? Com qual deles ela estava conversando? – Seu desespero estava começando a vir à tona, tão forte que suplantava sua *persona* anexa.

"Preste atenção nele", sibilou uma voz de sua mente. "Não o deixe distraí-la!"

Por mais que ela quisesse concentrar-se na tela do laptop com as mensagens e os e-mails da irmã, não podia baixar a guarda perto de Lamprey. Desvencilhando-se da tela e encarando-o, com a mão perto do bolso, Cyra cerrou a mandíbula.

– O que era? O que você encontrou? – ela voltou a perguntar.

Assim como ela, Lamprey ainda estava de casaco. Estava mais quente dentro do centro recreativo do que lá fora, mas, ainda assim, fazia frio. O lado direito do rosto dele refletia o brilho esbranquiçado do laptop, conferindo ao lado esquerdo um visual sombreado, mórbido. Seu sorriso parecia assimétrico e mais venenoso do que nunca.

– Você tinha tanta certeza de que era um de nós… – disse Lamprey, resmungando em voz baixa. Parecia o som que a geladeira de Cyra fazia tarde da noite.

Cyra estacou.

– E foi.

– Foi? Você fez a tarefa de casa. Você sabe que, na maioria dos casos, quando uma mulher é morta, foi o parceiro quem a matou.

– Mira era solteira.

Mas aquilo não era exatamente verdade. Ela estava sempre em aplicativos de paquera; gostava de conhecer pessoas novas e com frequência marcava vários encontros por mês com homens diferentes. Se Arthur McCowen ainda estivesse vivo quando Mira morreu, sem dúvida a polícia o examinaria bem de perto. Mas Arthur era praticamente a única pessoa que Cyra conseguira descartar cem por cento, já que ele havia morrido semanas antes de Mira, após Cyra o aporrinhar sem cessar na internet.

– Ela estava saindo com uma pessoa – disse Lamprey, e seu tom indicava que sabia que estava cravando pregos na pele dela. – Alguém de quem ela não te falou. Por que será? Você fez alguma coisa com ela? – Suas palavras eram beladona líquida pingando da boca.

– Pare de encher a porra do meu saco! – disparou Cyra, arrependendo-se imediatamente daquilo quando o rosto de Lamprey se contorceu ainda mais na escuridão, com uma expressão de avidez. – Vou embora.

Ela fechou o laptop e o colocou dentro da sacola, mas não se mexeu, ainda sem confiar que Lamprey a deixaria ir embora. Queria estar preparada para o que ele pudesse fazer em seguida.

– Nunca perguntei, na verdade – disse Lamprey quando ela não fez menção alguma de ir à porta –, por que você achava que era um de nós. Digo, vi todos os artigos sobre a morte de Mira Griffin, sabia que ela tinha sido assassinada. Mas por que recorrer a *serial killers* em vez de suspeitos mais óbvios? – Diante do silêncio dela, que olhava fixamente para ele como uma coruja de vigia, seus olhos se arregalaram. – Ah, entendi. Você teve informações internas, não foi?

Cyra não queria contar a ele, não queria revelar ainda o ás que tinha na manga, mas talvez a reação dele pudesse ser uma pista.

– Os tornozelos dela estavam cruzados um sobre o outro quando ela foi encontrada. Isso já era um padrão estabelecido. Os tiras me contaram. – A última parte era uma mentira deslavada, mas ele não precisava saber disso.

Lamprey nem piscou.

– Entendi. Bem, isso não significa nada para mim, mas fomos bastante cuidadosos em guardar coisas do tipo para nós mesmos no grupo. Como você presumiu e acertou, isso pode ser muito revelador.

Cyra ainda não tinha certeza alguma se ele era a pessoa por quem ela estava procurando. Era impossível saber quando ele estava mentindo ou não. Ele não parecia ter ficado nem surpreso nem na defensiva ao ouvi-la falar sobre os tornozelos cruzados, mas ela não podia confiar nele nem saber se ele estava apresentando ou não uma versão genuína.

Lamprey se espreguiçou, tocando o teto com os braços, deixando estalar o pescoço. A mão de Cyra saltou para o bolso do casaco ao movimento repentino, e ela deu um passo para trás para ter mais espaço. Mas ele somente deu um grunhido de satisfação ao desenlaçar os dedos e baixar os braços.

– Vou cair fora, preciso ir a um lugar hoje à noite – disse Lamprey, dando outro sorrisinho. – A menos que você tenha uma tentação melhor para me oferecer.

– Você realmente encontrou alguma coisa lá? Ou plantou algo?

À sua maneira macabra, Lamprey fez cair o sorriso como uma sacola cheia de tijolos, e a expressão vazia, oca de sua verdadeira expressão, o substituiu.

– Leia os e-mails dela. E tente lembrar-se de onde você tirou aquela informação interna. Esperta como é, vai descobrir.

E então ele foi embora, saindo da sala a passos tão largos e tão depressa que Cyra mal teve a chance de lhe dar espaço. Um cheiro de colônia e creme dental pairou quando ele passou, e o estômago dela se revirou.

Não dava para acreditar em nada do que Lamprey dizia. Ele mentira sobre saber o nome dos membros do grupo; estava sempre fugindo das perguntas sobre si mesmo; ele a tinha chantageado para trabalhar com ele a fim de identificar a ratazana do grupo; e poderia ter plantado evidências no laptop de Mira. O fato de que estava tentando afastá-la do grupo de apoio era mais uma evidência contra ele.

Mas Cyra não podia desistir. Ela tinha de ver. Tinha de saber.

E não podia esperar para chegar em casa.

Fechou a porta da sala, pegou a faca e o laptop e colocou ambos na mesa, puxando a cadeira abandonada de Lamprey.

Sentou-se na escuridão e começou a ler os e-mails da irmã.

CAPÍTULO 22

Querendo demonstrar autocontrole e provar que Lamprey não conseguia fisgá-la com tanta facilidade, primeiro Cyra examinou algumas mensagens de texto de Mira.

Sentia-se asquerosa analisando palavras particulares da irmã, mas não podia deixar que os olhos de Lamprey fossem os últimos a ver o que Mira pensava.

O laptop de Mira não estava com ela no Brooklyn na época de sua morte, portanto, as mensagens mais recentes eram de uma semana anterior. A maioria eram mensagens de Eli e Izzie, tanto separadas quanto em bate-papos de grupo. As mensagens de Eli eram memes e vídeos. As de Izzie eram longas e aleatórias, sobre seu relacionamento. Ao que parece, Izzie tinha certas questões de insegurança.

O nome de Arthur também estava na lista de mensagens de Mira, um pequeno emoji de berinjela próximo ao contato. Sabendo que ele não era responsável pela morte de Mira e querendo que a irmã tivesse um pouco de privacidade, ela ignorou a sequência. Certas coisas as irmãs não devem compartilhar entre si.

Cyra passou depressa para os e-mails.

No início, ela não tinha certeza do que Lamprey estava falando. Havia um monte de e-mails de spam que Mira não deletara – sua caixa de entrada tinha uma horrível quantia de quatro dígitos em negrito acima do pequeno ícone de envelope. Em vez disso, Cyra se concentrou nos e-mails que tinham sido claramente abertos e respondidos. Havia muitas mensagens referentes a fotografia, mas elas paravam após o artigo, juntamente com quaisquer e-mails de Arthur.

Então, ela os encontrou.

As trocas de e-mails entre Mira e o dono de uma conta do Yahoo com o apelido DragonsAreReal datavam de quase um ano. No começo as mensagens pareciam unilaterais, com DragonsAreReal expressando sentimentos e admiração, e Mira dando respostas vagas, mas sem as calar por completo. Isso aconteceu por meses até Mira começar a retribuir, no verão anterior.

"Sei o que quer dizer", escreveu ela quando DragonsAreReal mencionou como era difícil negar os sentimentos que nutria por ela. "Às vezes me arrependo de como as coisas aconteceram. Eu sabia que você estava interessado em mim, mas não estava pronta para admitir isso. Como teria sido se fôssemos eu e você, em vez disso?"

Os e-mails, até esse ponto, eram curtos e sem identificação. Uma sensação profundamente inquietante crescia no peito de Cyra.

"Não devemos a nós mesmos uma tentativa?", DragonsAreReal escreveu no dia 16 de julho.

"Mas não quero perder sua amizade", respondeu Mira quinze minutos depois. "Além disso, ia partir o coração dela. Não podemos fazer isso com ela. É minha melhor amiga."

– Ai, Mira, não! – murmurou Cyra em voz alta, pondo a cabeça entre as mãos por um momento e cerrando os olhos com força, lembrando-se de como Eli conhecera Mira e Izzie em um bar e demonstrara interesse inicial em Mira, e não em Izzie.

"Não consigo dormir pensando em você no sofá, sozinha", ele escreveu após aquela desastrosa noite de queijo e vinho, um pouco antes de Mira morrer.

"Então venha. Preciso sentir você."

As duas mensagens continham "enviado do celular" na base, o que fez Cyra dar-se conta de que eles estavam trocando mensagens no celular enquanto Izzie dormia.

Cyra beliscou a ponta do nariz, franzindo o cenho.

Eli e Mira deviam ter usado e-mails porque deixar mensagens ou *directs* nos celulares, onde Izzie poderia visualizá-los com facilidade, teria sido burrice; mas e-mails, inseridos em uma pasta que podia ser deletada totalmente do celular, eram mais seguros.

A troca mais recente de e-mails, no dia anterior à morte de Mira, tinha um clima diferente.

"Eu não entendo. A gente se dá tão bem... Você não pode nos descartar", Eli escreveu.

"Mas também não posso descartar Izzie", respondeu Mira. "Desculpe, mas tem de ser assim. Não posso mais fazer isto. Ela te ama. Você precisa me esquecer."

E a resposta dele, um minuto depois, em negrito e maiúsculas:

"NÃO CONSIGO".

Era evidente que Eli estava apaixonado por Mira, provavelmente havia muito tempo, e, pelo tom de seus e-mails, parecia obcecado por ela. E Mira, com seu eterno dedo podre para homens, caíra no triângulo amoroso mais clichê que conseguira encontrar. A melhor amiga e o namorado. O que ela fez? Ao menos parecia que Mira havia recuperado o juízo no fim, percebendo que não podia continuar magoando Izzie. Mas sua decisão de ser uma boa pessoa teve um preço.

Cyra encarava a tela, e seus olhos começaram a doer pelo contraste do porão escuro com a luz do laptop.

Lamprey podia ter plantado esses e-mails? Ele ainda podia estar atrás disso. Só que não: como ele poderia conhecer bem o bastante as nuances desses relacionamentos para replicá-los *online* de maneira convincente? Ela estava tentando evitar a verdade – Cyra havia seguido o rastro errado. Suas mãos ficaram quentes ao pensar na avidez com que Eli lhe contara sobre o grupo de apoio quando ficou claro que ela não ia parar de procurar o assassino de Mira. Pensou em como ele lhe conseguira os arquivos e a facilidade com que acessara informações sobre assinaturas e métodos.

– Não, isto é loucura! – sussurrou Cyra, afastando-se da mesa e ficando em pé, olhando ao redor da sala escura, enquanto o vento soprava contra as claraboias acima dela.

Aquilo significaria que Eli tinha matado sua irmã porque não conseguia viver sem ela. Significaria que ele se lembrava da assinatura da cruzada de tornozelos sobre a qual lera num arquivo. Significaria que ele tinha visto uma oportunidade para mudar a culpa, colocando gentilmente o tornozelo esquerdo de Mira sobre o direito no Prospect Park, e então saiu correndo para casa a fim de consolar Izzie quando as notícias se espalhassem. Significaria que ele tinha enviado Cyra em uma busca infrutífera para tirar os holofotes de si mesmo.

– Mira, você deveria ter me contado – disse Cyra em voz alta, voltando a dar um passo à frente e tocando com delicadeza a tela do laptop.

Mas por que ela faria isso? Depois do que Cyra fizera com PJ, e da maneira como traíra Mira com Arthur, sua irmã não tinha nenhum motivo para fazer confidências sobre Eli.

"Lamento muito." Então, mais alto, mentalmente, em voz fria: "Vou consertar as coisas".

As batidas de seu coração se estabilizaram, os músculos do rosto relaxaram. Naquela sala, disfarçada de Mistletoe, era mais fácil tomar uma decisão.

Cyra olhou para o laptop e para a sala vazia. Na noite do dia seguinte, voltaria à igreja no Bronx; chegaria cedo, e diria a Python que Lamprey fora responsável pela separação do grupo. Com um bode expiatório fácil, Python mataria Lamprey, tirando-o do caminho de Cyra e abrindo uma via para ela fazer uma visitinha a Eli.

Lamprey e Eli teriam o que mereciam.

CAPÍTULO 23

Cyra sabia que Python estaria na igreja cedo.

Ela só precisava chegar lá antes de Lamprey.

Estava começando a sentir que passava mais tempo com os *serial killers* do que no trabalho. Ficara a semana toda sem trabalhar, alegando doença de novo. Ela sabia que logo seria mandada embora; percebera o alerta na voz do chefe, mas não podia se importar. Não agora.

Enquanto subia os degraus da igreja, com a fria brisa noturna bagunçando os fios da peruca, ela aproveitou a quietude do seu interior. Dessa vez Python não estava na entrada da igreja, e Cyra parou para dar uma olhada nos bancos e nas silhuetas das velas votivas através das portas do vestíbulo, que mal era possível enxergar sem a luz do sol. Ela não era religiosa, mas gostava do clima da igreja – em expectativa e vazio, como ela.

Dessa vez ela não precisou fazer exercícios de respiração ou ajustar a linguagem corporal – a transformação em Mistletoe aconteceu de forma natural e imediata. Ela já estava dentro de Cyra, já era parte dela.

O que ela pensava ser seu verdadeiro eu agora parecia efêmero, liberado para dar lugar à frieza que Cyra tinha cultivado durante um mês sob a máscara de Mistletoe.

Calma, confiante, ela foi até as escadas e desceu para o porão da igreja.

Na última vez que estivera ali, havia sangue respingado no carpete e um homem morto jogado no chão. Mas Lamprey se saíra muito bem. Não havia nenhuma mancha de água sanitária ou de ferrugem no carpete azul. Parecia exatamente o mesmo de antes do ataque de Sand Fly.

Como era esperado, Python chegou cedo, organizando as cadeiras em um semicírculo no centro da sala, com o teto baixo a apenas alguns metros do topo de sua cabeça.

– Chegou cedo – disse Python, olhando para ela de soslaio.

– Preciso te contar uma coisa – falou Cyra.

– Vai confessar sobre Pea Crab?

Ela o fustigou com o olhar.

– Nós dois sabemos quem fez isso.

Houve sons de passos na escada atrás dela, e, xingando por dentro, percebendo que perdera a chance de falar a sós com Python, Cyra se afastou pela sala quando Whipworm e Mockingbird entraram.

"Ah, bem... Talvez funcione melhor assim."

Whipworm e Mockingbird sequer tiveram a chance de dizer "oi".

– Lamprey matou Pea Crab – disse ela, incapaz de desviar o olhar do local onde o corpo de Sand Fly estivera. – E matou Cuckoo também.

– Hein? – Python se endireitou, esquecendo-se de organizar as cadeiras que estava arrumando no meio da sala. – Como você sabe disso?

Essa era a parte arriscada. Mas não importava. Ela não se importava mais com o grupo; a pessoa por quem ela procurava nunca havia estado lá, para começo de conversa.

– Eu dormi com ele.

Whipworm ficou vermelho, mas Mockingbird balançou a cabeça para ela, interessado.

Python franziu a testa.

– Isso é contra as regras. É proibido manter contato externo, lembra?

– Não foi externo, foi interno, depois das reuniões – Cyra mentiu, e um tremor de asco lhe subiu e desceu pelas costas ao mero pensamento de tocar em Lamprey.

– Isso é uma questão de semântica – grunhiu Python.

– Quem se importa com isso? – perguntou Cyra, incitada ao pensar que Lamprey desceria as escadas a qualquer momento. – Ele quebrou uma regra maior. Me ouça, Python. Eu não sabia disso até a última vez, juro. Mas ele matou Pea Crab. E... também matou Cuckoo e Sand Fly. Você nunca notou como ele é vago ao falar? É porque o negócio dele não é matar mulheres; é matar *a gente*. Ele quer ser o manda-chuva. Quer se provar como o alfa. Mesmo num grupo de *serial killers*, ele quer ser o mais perigoso.

– Sand Fly está morto? – perguntou Mockingbird, como quem não quer nada e com ligeiro interesse, como se perguntasse qual era o prato do jantar.

Whipworm balançava a cabeça com empatia, mas Python parecia preocupado.

– Então por que ele não te matou? – perguntou Python, cruzando os braços e encarando Cyra.

– Não sei. – Pelo menos isso ela respondera com honestidade total. Lamprey tivera muitas chances de apagá-la. Até salvara sua vida. Mas esse não era um pensamento reconfortante. Significava que ele tinha coisa pior à espera dela. – Escute, estou contando a verdade. Ele me falou sobre Pea e Cuckoo, mas Sand Fly eu vi pessoalmente. Ele voltou à igreja na semana passada, depois da reunião. Acho que esqueceu alguma coisa. E Lamprey o matou para guardar segredo.

– Foi o *Lamprey* quem apontou para a foto do Pea naquele dia – disse Python, pensativo, olhando para Whipworm com uma pequena ruga aparecendo entre as sobrancelhas.

– Por que você está contando isso pra gente? – perguntou Whipworm. Estava olhando ansiosamente para a escadaria, sentimento compartilhado por Cyra; era preciso fazer aquilo depressa.

– Porque ele vai matar todo mundo – respondeu Cyra com um quê de impaciência na voz. – Ele está escolhendo um por um. No fim ele também vai chegar a mim, não tenho a menor dúvida. – Era verdade, ela não tinha.

– Ele pode tentar… – grunhiu Mockingbird, torcendo o canto da boca como se para impedir um sorriso.

– Você precisa fazer alguma coisa – pediu Cyra a Python. – Você queria saber quem matou Pea, certo? Bem, aí está a resposta. Lamprey matou *três* dos nossos.

Ela notou que os olhares de Python e Whipworm se cruzavam, o que confirmava suas suspeitas anteriores. Python sabia muito bem que Lamprey não matara Pea Crab, mas não perderia a chance de usar um bode expiatório para proteger Whipworm.

– Você tem alguma evidência? – perguntou Mockingbird, genuinamente curioso.

– Isto não é um tribunal – disse Whipworm com expressão calma, mas torcendo os dedos nas costas. Ele devia ter chegado à mesma conclusão de Python: a acusação de Cyra, verdadeira ou não, resolvia o problema deles. – Três de nossos membros estão faltando. Isso não é coincidência. Python?

– Ele vai entrar pela porta da frente – comentou o grandalhão. – Vou esperá-lo aqui. Cuidarei de tudo.

Cyra foi tomada por um rompante de empolgação e alívio. Ele ia resolver o problema de Lamprey por ela, tal como esperava.

– E nós? – Mockingbird queria saber.

– Vão lá para cima agora – disse Python. – Há outra saída na parte de trás da igreja. Passem pelo altar e pela sacristia e verão. Vou ficar aqui.

– Sozinho, não – falou Whipworm. – É o Lamprey. Vou ficar com você. Para ajudar.

A expressão de Python ficou brevemente suave enquanto ele olhava para Whipworm. Fez um aceno de cabeça e então se virou para Cyra e Mockingbird.

– Agora vão.

– Boa sorte – murmurou Mockingbird.

Cyra sentiu que deveria dizer algo, mas não tinha mais palavras. Meneou a cabeça para Python e Whipworm e seguiu Mockingbird para o andar de cima.

O vestíbulo estava vazio; ainda faltavam dez minutos para o horário combinado da reunião. Em vez de ir à frente, Mockingbird empurrou as portas internas da igreja, e os dois adentraram o espaço silencioso.

– Por aqui – grunhiu Mockingbird, dirigindo-se ao lado esquerdo da igreja para que pudessem esconder-se sob os beirais e ao lado dos bancos, se por acaso Lamprey os observasse pelas portas no vestíbulo.

A igreja estava escura, o sol já se punha. Os vitrais deixavam entrar uma fraca luz colorida do céu azul-marinho manchado, mas, com exceção disso, era difícil enxergar muita coisa. Os bancos eram fileiras compridas de sombras paralelas, e o altar, uma massa escura que se erguia acima deles. Sem aquecimento, a igreja estava gelada, e Cyra sentia a ponta do nariz congelar.

– Será que Python está armado? – Cyra sussurrou. Ela vira Lamprey em ação. Sabia como ele era rápido e potente. Mas estava satisfeita com as probabilidades. Python sozinho provavelmente era páreo para ele; com Whipworm ao lado, bateria os pregos no caixão.

Eles passaram por uma fonte de água benta totalmente seca. Seus passos eram suaves e faziam *tap, tap* no piso de mármore. Mesmo no escuro, Cyra notou que Mockingbird mancava. Lembrou-se de que ele fora ferido por uma vítima no passado.

"Lembre-se disso", disse ela com seus botões, e quase meneou a cabeça.

– Lamprey está armado? – perguntou Mockingbird, fazendo-a lembrar-se de que de repente estava sozinha com ele pela primeira vez.

A boca de Cyra secou, mas ela se portou como se não tivesse preocupação alguma no mundo, com as batidas do coração estáveis.

– Não sei. Ele deve ter surrupiado a faça de caça de Sand Fly. Não acho que portar armas seja do feitio dele.

– Não, você está certa. Ele não – replicou Mockingbird. – Ele é das antigas, como eu. Faz as coisas com as mãos.

Eles chegaram ao altar, contornando as velas votivas apagadas que cercavam o retrato da Virgem Maria. Cyra olhou para trás, mas não viu nenhum movimento vindo da frente da igreja. Todos os sons das portas da frente ou do porão que eram abafados pela cidade se infiltravam nas janelas: buzinas de carros, o zunir do vento, uma sirene passando a distância. Cyra não sabia se Lamprey já estava dentro da igreja. Pelo que ela imaginava, ele já poderia estar no porão.

Os dois atravessaram o altar, passando pelo púlpito, pelo tabernáculo e pelos bancos dos coroinhas. Enquanto os olhos se adaptavam à falta de luz, Cyra viu que a parte de trás do altar continha uma imensa mesa de mármore em frente a uma escultura barroca que quase tocava o teto da abóbada. A escultura consistia em pilares e anjos entalhados, e semiescondida atrás havia uma porta atarracada que devia dar na sacristia e na saída prometida. Mockingbird parou em frente à porta, virando-se para olhar para Cyra.

Ela sentia falta de sua navalha; a faca de cozinha parecia desajeitada em seu bolso, mas ela ainda considerava usá-la.

"Você não pode fazer isso. Ele está preparado demais. E esperaria isso de você, sobretudo depois do que contou a eles."

– O grupo já era – disse Cyra, esperando para ver o que Mockingbird faria.

– Eu sei. Metade de nós morreu, e a outra metade está se devorando feito lobos.

Ela inclinou a cabeça, olhando para ele na penumbra, esperando movimentos bruscos.

– Por que você não me ataca?

Mockingbird deixou escapar uma risada chiada e então baixou a voz, olhando à frente para o interior da igreja por cima do ombro dela. Tudo ali dentro estava quieto e banhado em sombras densas.

– Você não tem os olhos certos para mim, querida. Sem ofensa.

"Os olhos certos?" Ela teve vontade de estripá-lo. Mas não era a hora certa para isso. Havia muito peso do outro lado da balança. Em vez disso, Cyra alocou o comentário sobre olhos no canto do cérebro onde mantinha anotações sobre *serial killers*.

– A gente devia sair um de cada vez. Como sempre – sugeriu Mockingbird. – Quer ir primeiro?

Ela não gostava da ideia daquele homem no seu encalço. Balançou a cabeça.

– Vá você.

– Bem, foi divertido – disse Mockingbird, colocando uma mão na maçaneta.

– Ei – Cyra sussurrou quando o homem mais velho abriu a porta, com o rosto áspero parcamente visível pela luz que se insinuava do vitral. – Por que você entrou no grupo? Você não parece ser do tipo que socializa.

Mockingbird parou com os dedos roliços na maçaneta. Parecia estar refletindo se respondia ou não. Por fim, lambeu o lábio superior e falou:

– Minha vida é solitária. Faz parte do trabalho. E é disso que eu gosto. Mas, quando tenho mesmo que interagir com as pessoas, gosto de gente que não pensa que é melhor do que eu. – Ele a olhou como quem talvez a considerasse desse grupo e continuou: – Aqueles caras lá podem ser assassinos e mentirosos, mas me respeitam. Entendem o que faço e por que faço.

Era o máximo que ela já ouvira Mockingbird dizer. Sua voz era grossa, com um leve sotaque regional. Talvez tivesse crescido em Long Island ou no Queens. Ou estivesse fingindo.

– Está querendo dizer que eu não o respeito – replicou ela, curiosa. Será que ele tinha adivinhado que ela não era quem dizia ser?

– Isso não seria possível. Você diz que é como nós, mas com mulher é diferente – comentou Mockingbird, agora em voz baixa. – Vocês não têm o nosso corpo. Não têm o ímpeto animal de caçar. – Ele a esquadrinhou em meio à escuridão. – Para as mulheres, matar é um jogo. Vingança mesquinha e coração partido. As mulheres matam pela morte. Os homens, pela vida. Isso nos dá ânimo. E é algo que vocês jamais entenderiam.

Ele não a esperou responder. A porta se abriu e Mockingbird desapareceu na escuridão da sacristia.

Cyra não gostava da ideia de esperar sabendo o que estava acontecendo no porão, mas era melhor do que entrar em uma luta com Mockingbird. Naquele instante ela tinha prioridades, e não podia arriscar-se antes de eliminar o assassino da irmã. Cyra se afastou da porta e se encostou na imensa escultura, escondendo-se das vistas da parte da frente da igreja, esperando.

Na sombra, a vários metros da porta da sacristia, Cyra imaginou o rosto de Mira, vívido e sorridente. Esperou que a máscara de Mistletoe caísse, como em outras vezes que se sentira presa na *persona* de seu alter ego. Nada aconteceu. Ela trouxe à tona lembranças de Mira, enrolada num cobertor, tomando sorvete direto do pote, rindo. Um sentimento de carinho surgiu no peito dela, mas foi só isso. Não havia máscara para remover.

Mistletoe tinha começado como uma força de enganar os homens, mas aos poucos se tornara um refúgio, um lugar para Cyra ser a versão de si mesma que escondera durante anos. Cyra temia Mistletoe no início porque ela parecia real *demais*, confortável *demais*. Mas agora seu coração flutuava, e seus membros estavam leves. A versão de si mesma que apresentava ao mundo ainda estava lá, ao alcance dentro dela, mas não sentia mais vontade alguma de usá-la.

A escuridão de Mistletoe preencheu a cavidade quebrada em seu peito. Cyra não precisava de emoções dramáticas ou atitudes forçadas para ser inteira quando o vazio podia fazer as vezes de sua âncora.

Houve um barulho de luta atrás dela, um *tump* abafado, como se viesse de longe. Ela arriscou olhar em torno da borda do esconderijo, espiando a igreja escurecida. Só conseguiu divisar as portas do vestíbulo, mas não havia mais luzes que permitissem ver nenhum movimento.

Um som mais suave, mais humano, como um gemido ou um grito, ecoou além dos bancos. E então, um último e sonoro *clunc*, antes de o silêncio tomar conta da igreja.

Cyra engoliu em seco. Não tinha certeza do que estava acontecendo, mas era hora de ir embora. Ouviu o clique da porta da sacristia atrás de si, e o rangido de uma maçaneta girando.

Ela se virou e viu Lamprey ensanguentado.

CAPÍTULO 24

Lamprey fechou a porta da sacristia atrás de si com um leve ruído.

Ele estava a poucos metros de distância do lugar onde Cyra se encontrava, atrás da escultura, e, ao vê-la, afastou-se das sombras e foi para onde o fraco brilho de luz das ruas se filtrava pelas janelas de vitrais, bem acima deles. Ela conseguiu ver melhor o sangue respingado no rosto e no pescoço dele.

Um barulho inundou os ouvidos de Cyra, como se ela estivesse perto demais da beira da plataforma quando o trem parava. Sua garganta estava arranhada e seca, e os membros formigavam. Lentamente, ela saiu para a lateral, de modo que suas costas não mais estavam pressionadas contra a escultura barroca, mantendo o olhar treinado em Lamprey, cujo rosto estava pálido.

Era evidente que o plano dela não dera certo. E, a julgar pelo sangue no rosto de Lamprey e pela maneira confiante como se portava, ele havia escapado ileso, e os outros, não. Será que o sangue era de Python ou o de Whipworm? Ou de Mockingbird?

Cyra cerrou os dentes e inspirou pelo nariz. Tinha cerca de dez segundos para acertar na mosca o que diria, ou Lamprey a atacaria – disso ela não tinha nenhuma dúvida.

O ar rançoso da igreja esfriou suas costas, e a faca de cozinha pesava bastante no bolso, mas ela esperou antes de sacá-la. Não podia permitir-se movimentos bruscos. Tinha de acalmá-lo. Precisava agir da forma contrária à que ele esperava dela.

Cyra olhou bem no rosto enregelado de Lamprey e perguntou:

– Ei, você tá bem?

Ele piscou, e um pouco de expressividade voltou ao seu rosto, como um rubor.

– O quê, isto? Estou bem, gatinha. Obrigado por se preocupar.

Ele passou um dedo no sangue da bochecha e o tirou, examinando à luz fraca a mancha escura na ponta do dedo.

– Você encontrou Mockingbird? – Ela acenou com a cabeça, indicando o rosto sangrento dele.

– Não, eu o perdi de vista.

– Então, como sabia que eu estaria aqui? – perguntou ela, cruzando os braços sobre o peito como quem aprisiona as batidas do coração numa gaiola.

Ela meneou a cabeça, olhando para Lamprey sem malícia ou acusação. Não foi difícil – seu corpo estava reagindo como se ela estivesse com medo, o coração acelerado, os músculos tensionados, mas tudo o que sentia era antecipação.

– Gosto de conhecer nossos pontos de encontro – respondeu ele, baixando a mão e olhando para ela. – Outro dia explorei a igreja para conhecer o leiaute dela. Não vi nem você nem Mock na frente, então achei que provavelmente estariam aqui dentro, em algum lugar. Talvez usando a saída lateral ou a de trás. Obrigado por me esperar. – E ali estava seu sorriso, assustador e açucarado, assinalando que ele sabia que o que dizia não era verdade.

Mas ele estava falando, o que era um bom sinal. Estava ainda mais interessado em brincar com ela do que em matá-la. Ela precisava incentivar isso. Talvez até... usá-lo. Será que ela poderia manipular em seu favor a satisfação explícita de Lamprey com seu joguinho de gato e rato? Mas era evidente que a armadilha dela não estava funcionando. Mas, se pudesse tapeá-lo, distraí-lo, usá-lo, poderia escapulir mais tarde, fugindo dos planos que ele devia ter para ela.

– Você estava pronto para Python e Whipworm – adivinhou Cyra.

Lamprey meneou a cabeça.

– Para ser honesto, fiquei impressionado por você ter tido colhões para organizar aquilo. Era o que eu teria feito também. Não estou zangado, gatinha. Você conseguiu o que queria e tentou limpar sua bagunça depois. Estou prestes a fazer o mesmo.

– O que aconteceu lá? – perguntou Cyra, acrescentando um toque de espanto à voz e erguendo as sobrancelhas, como que impressionada. – Você não parece estar nem um pouco ferido.

Lamprey parou, avaliando-a.

– E não estou.

– Eu não deveria me surpreender – disse Cyra, acenando para ele em reconhecimento. – Você é bom nisso.

– Vou tomar isso como um elogio. Bajulação é novidade, vinda de você – Lamprey notou, observando a expressão dela.

Cyra não tinha certeza se ele sabia que ela estava fingindo ou se ele realmente acreditava que ela estava impressionada, mas Lamprey evitava sua primeira pergunta. Ela repetiu:

– O que aconteceu?

Ele suspirou.

– Whip tentou se insinuar atrás de mim enquanto Python fazia um discurso pomposo sobre como quebrei a confiança de todo mundo, e eu o peguei desprevenido. Enfiei sua navalhazinha na lateral do pescoço de Whipworm, e depois a cravei no peito do Python, mas a tirei logo depois. Eu tinha de garantir que conseguiria pegar você aqui.

– Eles estão mortos? – perguntou Cyra, percebendo que os sons que ouvira da frente da igreja poderiam ter sido de Python carregando Whipworm para fora, afastando-o da ameaça de Lamprey.

Lamprey deu de ombros.

– Python não, certeza. Sua lâmina era pequena. Até que me viro com facas, mas ela só o pegou embaixo da clavícula. Mas Whipworm... – Lamprey deu uma risadinha. – Se já não estiver morto, logo vai estar, se Python não o levar para o hospital. Mas quem sabe... Talvez eles estejam no pronto-socorro neste exato instante. Talvez o médico coloque a navalha em uma sacola de evidências para os tiras. Talvez os tiras passem pó nela em busca de impressões e descubram as suas; usei luvas, sabe?

– Você estava armando para mim – observou Cyra.

– Isso passou pela minha cabeça – admitiu Lamprey, olhando para as unhas e examinando uma das cutículas. – Parecia um desperdício não fazer nada com a sua faquinha. Mas acho que, no fim, sempre seria assim que acabaríamos.

– É claro – disse Cyra em um tom de voz que sugeria poder e segurança. Ela permitiu que um toque ínfimo de intimidade se insinuasse em seu tom, de modo que as palavras seguintes se derramassem lentamente, como mel. – Ou poderíamos continuar nos divertindo.

Lamprey congelou por inteiro, tirando os olhos das unhas para encará-la.

– Hã?

– Você gosta disso – afirmou Cyra, descruzando os braços e dando um passo à frente na direção dele. A manipulação tinha de ser perfeita. Impecável. E, para isso, ela precisava infundir um pouco de verdade no seu tom de voz. – Também gosto. Aprendi com você, Lamprey. E gosto do poder que Mistletoe me proporciona. Acho que não estou assustada ou fora de controle. Gosto de não ter de fingir sentir coisas que não sinto mais, e gosto de estar pronta para fazer o que precisa ser feito para conseguir justiça por minha irmã.

Lamprey baixou as mãos, imitando a linguagem corporal de Cyra. Ele também deu um passo à frente, até ambos ficarem a apenas trinta centímetros de distância. A linha em que ela pisava era perigosamente fina. Lamprey estava perto do limite; ela sentia a energia predatória emanando de sua atitude, mas podia afastá-lo.

A igreja ao redor deles estava em silêncio, e o fraco aroma de incenso pairava no ar.

– O que você está propondo, gatinha?

– Trabalho em conjunto.

Os lábios de Lamprey se contorceram antes de ele cair em si e sua expressão se suavizar.

– Já encontramos a ratazana. O grupo já era. O que mais eu ia querer de você?

– Hoje à noite vou confrontar o homem que matou minha irmã – disse Cyra, e uma chama de calor lhe lambeu o estômago ao imaginar Eli. – Você poderia vir me ajudar. Tenho uma ideia.

– Por que eu faria isso?

Pela primeira vez Cyra sorriu para Lamprey, e o efeito foi imediato. Os olhos dele se arregalaram, e ele se moveu de leve em sua direção, olhando a boca dela.

– Porque depois faremos alguma das suas – disse Cyra.

– Sim – respondeu ele instantaneamente, com firmeza.

A expressão de Cyra não mudou, a respiração não passou rente ao peito, mas os músculos das pernas relaxaram, e o estômago, também. Todas as horas passadas com Lamprey haviam compensado. Ela o decifrara corretamente, e com isso ganhara um pouco de tempo.

Apesar disso, também sabia que ele poderia estar manipulando-a, tentando atraí-la para uma situação de falsa segurança. Não podia confiar nele nem por um instante, mas apostava que ele agora estava envolvido demais para matá-la.

– E agora? – perguntou Lamprey, observando Cyra. – Você disse que tinha uma ideia.

Essa dinâmica não era usual para eles. No passado, era Cyra quem perguntava as coisas a Lamprey, e ele quem dava as cartas. O respeito dispensado a ela parecia um teste, mas o grupo de apoio tinha ensinado Cyra a pensar rápido, e mais uma vez ela sorriu para ele, observando os olhos dele rastrearem seus lábios.

– Tenho o e-mail de Eli. Se eu o der a você, é possível enviar uma mensagem que ninguém possa rastrear? Que se deletaria de forma permanente depois de ser lida?

A boca de Lamprey se curvou, imitando a dela.

– Você sabe que sim.

Cyra meneou a cabeça. Não planejara essa parte. Ia mandar uma mensagem a Eli depois do grupo de apoio e dizer a ele que a encontrasse a sós no Prospect Park, mas talvez assim fosse melhor. Significaria mais punição para ele.

– Diga que você sabe o que ele fez. Seja vago. Ameaçador. Diga que, se ele não concordar em encontrá-lo hoje às dez da noite no Prospect Park Boathouse, você vai falar com os chefes dele. Seria fácil demais prendê-lo no trabalho.

Quanto mais ela pensava a respeito, mais perfeito parecia esse roteiro. Ela daria a Lamprey o e-mail idiota de Eli, o que ele usava para enviar mensagens a Mira. Ela sabia que ele prestaria atenção a qualquer coisa que chegasse a esse endereço. E Cyra conhecia o poder da chantagem depois do que fizera com Arthur McCowen. Eli daria uma desculpa para esconder a verdade de Izzie, tirando-a do caminho de modo que Cyra pudesse fazer o que tinha de ser feito. Se mandasse uma mensagem como ela mesma, não havia garantia de que ele não aparecesse com Izzie a tiracolo, como da última vez.

Lamprey deu uma risadinha.

– Ah, sua fonte interna, entendi. Beleza, mas vou ter de ir pra casa para fazer isso. Preciso do meu equipamento. E depois?

– Nós dois vamos ao Prospect Park. Você o encontra lá e o distrai. Eu cuido do resto. Na verdade, não preciso de você no parque, mas estou presumindo que você vai querer envolver-se. Querer ver acontecer.

– Correto – disse Lamprey, quase ronronando. – Estou curioso para ver se você consegue ir até o fim ou se vai tentar me trair de novo.

– Não vou, prometo – falou Cyra, lembrando-se de como Lamprey tinha feito uma promessa similar a ela semanas atrás, ao prometer não machucá-la. Imaginou se ele estaria mentindo como ela, agora. – Também vamos precisar de algum tipo de peso para o corpo.

– Posso trazer uma coisa que tenho – Lamprey ofereceu. – Tenho sacos de areia. Posso trazer vários. Eles são pesados. Será mais que o suficiente de peso.

– Tudo bem.

– E depois? Depois que dermos sumiço no corpo do seu amiguinho?

Cyra deixou de lado o asco e o desinteresse e fez algo que nunca tinha feito antes – estendeu a mão e apertou gentilmente o ombro de Lamprey.

– Depois, será a sua vez.

Lamprey sorriu para ela com os olhos de repente vazios e rasos, apertando os lábios finos antes de olhar para a mão dela.

– Ultimamente você parece diferente. Está falando comigo como se... bem, como falava nas reuniões. Como Mistletoe.

Cyra deu de ombros.

– É?

– E qual é a atriz? – perguntou Lamprey, erguendo a mão de Cyra de seu ombro e segurando-a por um instante, com as palmas frias e secas contra os nós dos dedos dela. – A irmã desolada em busca de justiça ou a mulher de sangue-frio que está na minha frente?

Cyra tirou gentilmente a mão, pondo os olhos no rosto de Lamprey.

– Quem disse que não posso ser ambas? – Ela pôs as mãos nos lábios. – E então, temos um acordo ou não?

O espectro de um sorriso atravessou o rosto de Lamprey enquanto as sombras da igreja se estendiam ao redor deles.

– Ahã... Você conseguiu um acordo, gatinha.

× × ×

O Prospect Park estava vazio àquela hora da noite; a lua alta iluminava as calçadas vazias e os bancos solitários. Cyra passou por um homem num saco de dormir em um dos bancos do parque perto da entrada, mas não viu mais ninguém além de alguns corajosos passeadores de cães voltando para casa. Estava segura de que ela e Eli não seriam incomodados àquela hora. Todas as pessoas do bairro ainda estavam tensas desde o assassinato de Mira. Não haveria muita gente fora, especialmente naquele clima gelado.

Cyra usava roupas escuras discretas e um gorro que lhe cobria os cabelos. Fizera uma parada em casa após o encontro com Lamprey na igreja, para se trocar e dar tempo para ele contatar Eli. O celular de Cyra vibrou uma hora e meia antes do que ela esperava, com uma mensagem do telefone descartável de Lamprey:

"Tudo pronto. Te vejo em breve".

Um cachecol preto e grosso, que Mira dera a Cyra no aniversário que compartilhavam, estava enrolado de forma frouxa ao redor do rosto dela, tapando seu nariz, a boca e o queixo, impedindo que se vissem suas feições. A faca de cozinha estava guardada no bolso do casaco, mas como um último recurso.

Mira tinha morrido porque Eli havia esmagado a cabeça dela com uma pedra. Esse ato devia ser pago na mesma moeda.

Uma avidez percorria o corpo de Cyra enquanto ela andava pelo parque escuro, evitando feixes de luz na calçada dos postes. Estava tão perto de finalizar aquilo! De vez em quando olhava para o chão, mantendo os olhos abertos, e por fim se agachou, apanhando uma pedra do tamanho do punho, com uma ponta afiada e irregular. Ela a colocou no bolso.

Quando chegou ao ancoradouro, ela ficou em meio às sombras densas feitas pelas árvores perto da Lullwater Bridge, fora do campo de visão. Espiou ao redor, percebendo que era a primeira a chegar ali, enquanto fitava o lago e o prédio que ficava depois dele. Durante o verão, as pessoas saíam de barco e de caiaque no laguinho; uma vez, Mira e Cyra fizeram esse passeio juntas. Tiraram uma *selfie* em frente ao ancoradouro, e Cyra se sentiu honrada quando Mira a postou no Instagram, mesmo não sendo sua estética habitual.

"Minha melhor amiga para sempre", foi a legenda que Mira colocara.

Cyra fitou o ancoradouro. Era um prédio bonito, estilo belas-artes, com colunas toscanas e janelas amplas do teto ao piso, iluminadas além da ponte. Postes de luz cercavam o ancoradouro, fazendo-o brilhar como um farol no escuro.

Estava agradecida pelo fato de a irmã ter conseguido olhar uma estrutura tão bonita antes de sangrar na terra perto da beira do lago.

Mira fora morta e encontrada de manhã cedo, não muito longe de onde Cyra estava agora. Fora pura sorte de principiante de Eli que nenhum corredor matutino tivesse visto alguma coisa.

– Estou aqui – Cyra sussurrou roucamente noite adentro. – Estou com você. Isto está quase acabado.

Um galho se quebrou e Cyra virou-se, avistando Lamprey atravessando a ponte com cuidado. Ele parou no final, apoiando-se casualmente no guarda-corpo, como se estivesse esperando um *crush*. Estava escuro demais para ver os olhos dele, mas Cyra conseguia sentir o alerta. Ele sabia que ela estava ali; ela via a curva de seu sorriso do esconderijo.

Ah, como ela queria poder matá-lo... Mas tinha de focar-se. A prioridade era Eli, e nada podia distraí-la disso.

Ela espiou ao redor para se certificar de que eles ainda estavam a sós.

Às dez em ponto, houve barulho de passos na via que atravessava a Lullwater Bridge, e a silhueta familiar de Eli se descortinou; ele virava a cabeça com nervosismo enquanto esquadrinhava os arredores até avistar Lamprey, que o aguardava no fim da ponte.

Eli usava uma jaqueta bomber e um cachecol vermelho. Parecia um pedaço de espaguete cru perto do corpo musculoso de Lamprey.

Ele parou a alguns metros de distância, aparentemente decidindo, de maneira acertada, que precisava deixar algum espaço entre o próprio corpo e o daquele homem estranho, antes que Lamprey saísse da ponte e se aproximasse. Eli foi obrigado a dar mais alguns passos para trás, virando-se ligeiramente de modo a ficar de costas para Cyra.

Perfeito. Lamprey devia ter feito aquilo de propósito.

Cyra começou a se mover, calculando cada passo silencioso, verificando o chão com cuidado para garantir que não pisaria num galho ou numa folha seca, aproximando-se da ponte como uma pantera perseguidora. Ela puxou o cachecol um pouco para baixo, revelando a metade inferior do rosto.

– Quem é você? – perguntou Eli a Lamprey em voz rouquenha e claramente assustada. – Como conseguiu aquele endereço de e-mail? Eu só o dei a uma pessoa.

Lamprey não respondeu à pergunta de Eli. Ele grunhiu:

– Sei de coisas fascinantes sobre você.

– O que você quer de mim? – perguntou Eli. – O que significa isto?

– Relaxe, só quero conversar. – A voz de Lamprey era fria e dura.

– Chantagem é ilegal – disse Eli em um tom inseguro. – Como conseguiu esse endereço de e-mail?

– Mira me deu – sibilou Lamprey.

– Q-que porra é essa?! – gaguejou Eli. – Mira tá... M-Mira tá morta!

Eles não tinham planejado essa conversa particular, mas Cyra conteve um sorriso de satisfação ao continuar se aproximando, agora bem mais perto. Foi um toque legal. Uma inesperada cartada de Lamprey.

– Você fez uma maldade, não fez? – perguntou Lamprey com um quê de provocação na voz.

– O que quer dizer? – perguntou Eli, nervoso. – Quem é você?

Lamprey sorriu.

– Você estava tendo um caso com Mira Griffin.

Eli começou a balançar automaticamente a cabeça.

– Eu juro... por favor... aquilo foi um erro...

– E depois você a matou, não foi?

– Pera aí, não, pera aí...

– Foi uma coisa muito maldosa de se fazer.

Cyra tirou a pedra do bolso, satisfeita por ela se encaixar lindamente em sua mão; o lado áspero era fácil de segurar, e a beirada afiada, pontuda como o cume de um penhasco.

Agora ela estava somente a poucos metros de Eli. Conseguia ver seus cabelos escuros, as pontas douradas pelas luzes do parque; sentia o cheiro de sua colônia com aroma de couro; ouvia os dentes dele bater de frio.

Lamprey pousou os olhos nela, olhando por cima do ombro de Eli com uma expressão de expectativa. Não sorria nem fazia careta. Estava esperando. Observando.

Eli pareceu perceber que o outro homem perdera o interesse e começou a se virar, seguindo o olhar de Lamprey.

Mas Cyra não queria ver o rosto dele. Em vez disso, visualizava Mira, a irmã amarrotada no chão a centenas de metros de distância, sangrando por um buraco esmagado no crânio. Estava pensando em todas as conversas que ela nunca mais teria com a irmã, em todos os pedidos de desculpa que jamais faria, em todas essas memórias perdidas, desfeitas por um homem que pensava que Mira lhe pertencia.

Um rompante gelado se ergueu pela cabeça de Cyra como água, drenando seu coração, deixando para trás um lago parado de torpor. Não sobrara nada que a parasse.

Esse homem tinha matado sua irmã. Ela o queria morto.

Cyra ergueu a pedra e bateu com ela na parte de trás da cabeça de Eli.

O ruído que escapou da boca dele era gorgolejante e pouco convincente. Ele tropeçou à frente, estendendo a mão para Lamprey como se esperasse que aquele homem o apanhasse e o segurasse, mas Lamprey deu um passo para o lado, deixando-o cair de joelhos.

Eli se virou, desorientado, olhando para cima e vendo Cyra acima dele, com uma pedra úmida na mão estendida. Arregalou os olhos ao reconhecê-la, e então sentiu uma onda de dor e terror quando ela voltou a avançar.

O golpe seguinte abateu Eli completamente. O terceiro, incentivado pela força dos braços potentes de Cyra, encerrou o assunto. Eli tombou de lado, com o rosto tomado de vermelhidão, os olhos baços e a boca contraída como se estivesse tentando dizer algo antes do último suspiro. O sangue que saía das feridas se transformou num leve vapor ao ar frio da noite.

Cyra ofegava. A mão que segurava a pedra estava pegajosa e quente de sangue. Ela foi até a ponte e jogou a pedra na água abaixo, ecoando em meio à noite silenciosa, *ploc*. Seu coração batia forte pelo esforço, e ela não notou a ardência nos olhos até voltar para perto do corpo de Eli. A ameaça de lágrimas foi embora com uma única respiração profunda. Não sentia tristeza nem arrependimento. Essas coisas estavam mortas agora, como Eli.

– Está com os sacos? – perguntou Lamprey, chegando ao local em que Cyra se encontrava, acima do cadáver de Eli.

Ela fez um aceno de cabeça, tirando vários sacos de lixo extragrandes de baixo do casaco.

– E os pesos? – Cyra perguntou a Lamprey com voz áspera e um tanto melancólica.

– Deixei do outro lado da ponte. Vou pegar a mochila. Também trouxe solução de limpeza.

Olhando em volta para garantir que ainda estavam a sós, Cyra pegou o recipiente de água misturada com água sanitária que Lamprey lhe dera e o borrifou nos pontos do pavimento em que o sangue de Eli respingara. Colocou de volta na mochila o recipiente vazio, ajudando Lamprey a desempacotar os sacos de areia. Ela remexeu os bolsos de Eli, ignorando seu calor que se desvanecia, até encontrar o celular, que ela desligou.

– Pegue a carteira dele também – instruiu Lamprey. – Descarte cada um em um lugar, a caminho de casa. Isso vai atrasar a identificação.

Cyra obedeceu, e os dois moveram o corpo de Eli, embrulhando-o nos sacos de lixo e embalando dentro os pesados sacos de areia. Tirando um rolo de fita adesiva do bolso do próprio casaco, Lamprey ajudou Cyra a enrolá-la ao redor do corpo, para manter os sacos no lugar.

Ambos precisaram de força considerável para erguer Eli e jogá-lo da ponte dentro do lago. Dessa vez a água que respingou acertou o rosto de Cyra, salpicando sua pele e escorrendo-lhe pelas bochechas.

Os dois ficaram no meio da ponte por um instante, observando as ondulações sumirem à luz reluzente do ancoradouro, do outro lado das águas.

– Ele vai acabar sendo encontrado – apontou Lamprey.

– Eu sei – replicou Cyra. – Aqui não é tão fundo. Mas vai fazer a gente ganhar tempo.

Lamprey se afastou da corrente da ponte, virando-se para olhar para Cyra.

– Estou orgulhoso de você.

Cyra sentiu engulhos. A apatia de Mistletoe era forte, mas uma bolha de repulsa por si mesma por ser alguém de quem Lamprey podia se orgulhar causou um embrulho no estômago dela.

– Obrigada pela ajuda – disse ela, sem olhar o rosto dele. Não queria ver como ele estava impressionado com a sua atuação.

Lamprey passou a mão na bochecha dela.

– Te vejo logo. Mal posso esperar pela minha vez.

Cyra meneou a cabeça, mas não ia ficar esperando Lamprey escolher uma mulher para matarem juntos. No dia seguinte, iria embora de vez da cidade. Ele tentaria segui-la ao perceber que ela tinha ido embora. Mas estaria pronta. Lamprey podia caçá-la, mas ela seria a verdadeira predadora.

– Sim – disse ela. – Me dê alguns dias para descansar. Aí planejaremos.

Cyra se virou; as árvores observavam em silêncio os assassinos irem embora, tal como haviam feito no caso de Mira.

LAMPREY

Matilda era o bebê perfeito, e Jason a odiava.

Odiava suas mãozinhas gordas, os olhos azuis gigantes, a maneira como ela abria a boca de pétalas de tulipa e tentava arrulhar.

O pai de Jason dizia que era só uma fase. Ele superaria o ciúme, dizia, e seria o melhor irmão mais velho do mundo.

Jason tinha só quatro anos, mas sabia que o pai estava errado. Ele nunca gostaria daquele bebê. Nunca.

E não gostou. Matilda estava crescendo e começou a andar, pondo as mãos sujas em todos os brinquedos especiais de Jason. Ela tinha começado a falar e a tirar a atenção da mãe com suas palavras estúpidas de nenê. Começou a ir à escola, trazendo para casa desenhos feiosos em papel colorido, e corria atrás de Jason, balbuciando sobre a própria vida.

Certo dia, quando Jason empurrou a irmã na frente do pai, este o levara para o quintal e o colocara no banquinho verde em frente ao lago da propriedade. Jason amava o lago – era viscoso e coberto de algas, e às vezes havia sapos ali. Ele sempre quisera pegar um sapo e espremê-lo até explodir, mas nunca conseguira apanhar um.

O lago era o lugar especial dele e do pai.

A mãe de Jason o odiava. Dizia que era perigoso ter um lago com duas crianças pequenas que poderiam entrar ali, e Jason ficara bravo ao ouvi-la dizer isso, porque ele não era pequeno, não mais.

– Você precisa ser um bom irmão mais velho – disse o pai de Jason naquele dia, em frente ao lago. – A Tildy te admira.

– Não gosto dela – disse Jason.

– Ela é pequena, mas logo vai ficar mais velha, e aí vocês serão amigos. Até lá, lembre-se de que você sempre será meu homenzinho – disse o pai, amarrando seu relógio de pulso dourado no braço do garoto. Ficou grande demais e escorregou na mesma hora, mas Jason passou a carregá-lo consigo – seu bem mais precioso.

Quando Matilda tinha cinco anos, Jason ateou fogo em seu rabo de cavalo.

Ele fez isso bem cedo, certa manhã, antes de ser despachado para a escola, depois que o pai já tinha saído para trabalhar. A mãe gritou e apagou o fogo do cabelo de Matilda. A irmãzinha chorou, chorou sem parar. A expectativa de Jason era ficar encrencado. Ele sabia que gritariam com ele. Mas, em vez disso, a mãe se limitou a olhá-lo como se ele fosse um inseto assustador e levou Matilda para o quarto.

Ela não contou ao pai de Jason o que havia acontecido. Disse que Matilda havia ficado perto demais do fogão durante o café da manhã, e os cabelos pegaram fogo. Matilda não a corrigiu. Ela havia parado de falar.

Três semanas depois, Jason encurralou Matilda na lavanderia e estava tentando convencê-la a beber o líquido azul que a mãe guardava em cima da máquina de lavar. A mãe o flagrou.

Um dia depois, a mãe de Jason o deixou em casa, sem ir à escola, e ficou esperando o pai sair do trabalho na concessionária. Jason gostava do pai. Gostava do fato de ele vender carros às pessoas e comprar relógios de pulso chiques que depois dava ao filho. O pai de Jason o amava. Tinha orgulho dele. Mesmo tendo apenas nove anos, Jason sabia disso.

Mas o homem que apareceu à porta naquele dia e se sentou com Jason na sala de estar não era como seu pai. Era mirrado e pálido. Não tinha as mãos grandes do pai ou seu bigode grosso. Era extremamente diferente do pai, em todos os sentidos.

Ele se sentou com Jason enquanto a mãe ficava na entrada da sala de estar até que o homem, o doutor Young, que dissera ser algo como um psicólogo, a fez ir para a cozinha.

O doutor Young fez a Jason toda sorte de perguntas sobre Matilda, o que ele sentia e pensava. Perguntou do que Jason gostava em Matilda, e Jason disse: "De nada". Perguntou por que Jason ateou fogo nos cabelos dela, e o menino disse que foi porque não gostava dela. Então, o doutor Young quis saber se Jason estava tentando machucá-la, e Jason revirou os olhos, porque achava que aquilo era óbvio.

– Sim – ele disse ao doutor Young. – Eu quero que ela morra.

Então, o doutor Young acenou com a cabeça e disse a Jason que ficasse lá, pois ia conversar com sua mãe. Mas Jason não era burro, ele não ia "ficar lá". Ele se levantou e se colou contra a parede, entre a cozinha e a sala de estar, e ouviu o doutor Young dizer à sua mãe algumas coisas ruins a seu respeito.

O doutor Young disse que não podia diagnosticar uma criança como sociopata, mas que achava que Jason era um perigo para Matilda.

Jason ficou irritado. Decidiu que dizer a verdade era, obviamente, a atitude errada. No futuro, ele seria mais cauteloso. Nunca mais diria a verdade, se isso fosse ser usado para fazê-lo parecer mau. Matilda era irritante; qualquer outra pessoa também atearia fogo nos cabelos dela.

O doutor Young dirigiu alguns ruídos empáticos à mãe de Jason, e então houve uma série de barulhos nojentos e úmidos de beijos que fizeram o menino botar a língua para fora. Ele pôs a cabeça ao lado da parede e viu o corpúsculo magricela do doutor Young agarrar o de sua mãe, e sentiu nojo.

Jason foi para o quarto e pensou em algumas maneiras de se livrar de Matilda.

No dia seguinte, quando o ônibus da escola o deixou, a casa estava vazia e silenciosa.

Matilda e a mãe tinham ido embora.

× × ×

O pai de Jason convenceu a mãe do garoto a fazer uma visita no Natal.

Alguns meses haviam se passado desde que ela os deixara, e a mulher não queria vir. Mas o pai dele ameaçou parar de enviar o dinheiro para o aluguel do novo apartamento que ela arranjara para si e para Matilda. Jason ouviu o pai gritar essas palavras ao telefone tarde da noite, depois de ter bebido um monte de cervejas.

O pai estava bebendo cada vez mais desde que descobriu que a esposa tinha fugido com Matilda. Ele trabalhava muito, bebia cerveja e lançava olhares estranhos a Jason, embora o garoto tivesse certeza de que a mãe não havia contado a verdade a ele.

Jason estava animado com o Natal. Havia pedido um novo boneco dos Power Rangers, e achava que ia ganhá-lo. E seria bom rever a mãe. Não achava que sentiria falta dela, mas sentia. Ela fazia a melhor comida. Seu pai não sabia cozinhar. Jason estava farto de cachorro-quente e macarrão com queijo.

No dia de Natal, não fazia frio suficiente a ponto de nevar, o que irritou Jason. Ele ficou ainda mais irritado ao ver Matilda à porta da frente, segurando firme na mão da mãe.

A família, novamente reunida pela primeira vez em meses, trocou presentes.

Jason não ganhou o boneco dos Power Rangers.

Quando o pai dele arrastou a mãe para a cozinha e começou a sussurrar palavras furiosas a fim de que Matilda e Jason não ouvissem na sala de estar, sob a árvore Jason pegou a irmã pela mão.

– Venha, Tildy – ele disse a ela. – Não se preocupe. Tenho um presente para você.

Matilda parecia ter voltado a falar, mas sua voz estava diferente e suave. Ela lhe disse que queria ficar lá dentro. Disse que queria a mãe.

Matilda tinha a mãe o tempo todo. Que injusto da parte dela, lembrou Jason.

– Venha – insistiu ele. – Vai ser divertido.

Jason apertou sua mão rechonchuda e a arrastou por todo o caminho, passando pela cozinha em meio à sala de jantar e abrindo discretamente a porta de vidro deslizante. Ele podia ouvir os pais levantando a voz. A mãe gritava e parecia assustada. Jason fechou devagar a porta deslizante. Puxou a irmãzinha para o gramado, onde ela caminhava com os pés descalços sobre a fria grama morta.

– Vamos pegar sapos – disse Jason.

Então, ele levou a irmãzinha para dentro do lago.

CAPÍTULO 25

Naquela noite, Cyra não voltou ao apartamento.

Em vez disso, foi do Prospect Park para a Brooklyn Bridge, perambulando rumo à rodovia federal. No caminho, jogou fora a carteira e o celular de Eli em duas latas de lixo diferentes.

Seus pés começaram a doer à medida que a madrugada avançava e esfriava. As ruas estavam mais silenciosas, e o ar tinha cheiro de neve. Quando chegou à Queensboro Bridge, Cyra a atravessou, voltando para seu bairro, caminhando vários quilômetros no Queens Boulevard enquanto o céu começava a clarear. Passou por caminhões de entrega que faziam a ronda e por corredores matinais. Não pensava em nada, muito menos no rosto de Eli.

Seus pés estavam com bolhas e sangrando quando ela chegou à parada de metrô habitual, a última da linha F, quase sete horas mais tarde. O sol nascia e as aves piavam quando Cyra se aproximava da sua quadra.

Um barulho estridente veio da bolsa dela, despertando-a do torpor. Ela prendeu a respiração ao ver o nome de Izzie na tela do celular – ela solicitava uma chamada de vídeo. Cyra quase não respondeu, mas no último instante imaginou que devia à melhor amiga de sua irmã esse último ato de cortesia. Ela estava bem ao lado da mercearia a que Lamprey a seguira, então parou na lateral da rua, encostando em um poste com uma placa de estacionamento presa no topo.

– Ei...

O rosto de Izzie apareceu na tela do celular de Cyra, rígido e de olhos arregalados.

– Cyra, você sabe do Eli? Ele não voltou para casa ontem à noite. Disse que ia encontrar um amigo para beber, mas não voltou. Estou ligando para ele, mas o celular está mudo, não atende ou coisa assim. Eu tô... tô surtando.

Cyra ficou admirada com o próprio rosto, calmo, impassível, na pequena tela ao lado do de Izzie. Ela não hesitou. Nem um lampejo de emoção ou de decepção cruzou seu semblante.

– Não, desculpe. Não sei dele.

– Onde você está tão cedo? – perguntou Izzie, distraindo-se momentaneamente com o céu atrás da cabeça de Cyra.

– Fiquei sem papel higiênico – disse Cyra, com pesar. Suas pernas doíam pela caminhada absurdamente longa.

– Acho que vou ligar para a polícia – disse Izzie. Seu cenário se moveu; ela estava andando pelo apartamento. Seus cabelos estavam oleosos, e os olhos, vermelhos. Pelo jeito, ela também não tinha dormido.

– Talvez ele tenha ficado com esse amigo e o celular tenha morrido – sugeriu Cyra, olhando ao redor. A rua ainda estava silenciosa. Havia apenas alguns passeadores de cães e corredores em volta, mas, de qualquer maneira, Cyra baixou o volume do telefone.

– Não – disparou Izzie. – Ele não faria isso.

– Você sabe para que bar ele foi?

– Ele não disse. – A voz de Izzie estava nervosa e abatida.

– Tenho certeza de que ele vai aparecer. – Cyra percebeu que sua voz estava quase insensível, e fez um esforço para suavizá-la. Izzie perdera a melhor amiga, e logo se daria conta de que o namorado também morrera. Cyra não conseguia reunir habilidades para se sentir mal por ela, mas podia dispensar-lhe um ato final de gentileza. Uma forma de aplacar a dor do sumiço de Eli e, ao mesmo tempo, impedir Izzie de chamar a polícia antes de Cyra sair da cidade. Além do mais, Izzie merecia saber que o namorado a traía. – Izzie, preciso te contar uma coisa.

– O quê?

– Consegui entrar no laptop da Mira – disse Cyra, falando devagar e com suavidade. – Vi as mensagens dela. Eli e Mira estavam tendo um caso. Lamento muito, mas talvez... talvez houvesse mais mulheres na jogada. Talvez ele esteja com uma delas.

Izzie parou de andar, encarando a tela.

– Porra, Cyra, está falando sério?

– Desculpe. Acho que você deveria saber.

– Não, não! – disparou Izzie. – Como foi que você conseguiu acessar os e-mails da Mira?

– Descobri a senha dela – Cyra mentiu, mas sem deixar de pensar nas palavras de Izzie.

Ela aproximou a tela ao rosto, analisando Izzie. As sobrancelhas da garota não estavam erguidas, o rosto não murchara. Sua boca estava aberta em um pequeno e perfeito O; ela ainda estava ao telefone, mas sua reação inicial ocorreu um pouco tarde demais, e agora a reprodução do choque não se encaixava autenticamente em sua expressão. Seus olhos estavam impassíveis, serenos.

Depois de todo aquele tempo tentando decifrar as expressões ambíguas e múltiplas das pessoas do grupo de apoio e lendo seus tons de voz para localizar as mentiras, Cyra pôde ler Izzie com a mesma facilidade com que lia um cartaz.

As palavras dela soavam na mente de Cyra: "Como foi que você conseguiu acessar os e-mails da Mira?".

Cyra não havia contado a Izzie que Eli e Mira estavam se comunicando por e-mail. Sua palavra exata fora "mensagens".

Izzie já devia saber que Eli estava pulando a cerca. Cyra devia ter adivinhado que Mira e Eli, nenhum dos dois versados na arte da sutileza, teriam sido notados por Izzie. Isso mudava as coisas de figura.

Cyra não dera a Eli uma chance para se defender, verbal ou fisicamente, mas se lembrava do horror e do choque que se via em seu olhar. Ela ouvira os protestos que ele dirigira a Lamprey antes de aparecer atrás dele. Parecia genuinamente surpreso com a acusação de ter matado Mira. No momento, pensou que ele tinha ficado chocado por ter sido pego, confiante de que escaparia da culpa. Mas talvez... talvez ele realmente não contasse com aquilo. Porque talvez não fosse ele o assassino de Mira. Cyra sabia como Izzie era ressentida. Sabia que Izzie tinha problemas com raiva e insegurança.

Um coágulo de amargor grudou no fundo de seu estômago.

"Ah, Deus! E se eu cometi um erro?"

– Olá? Terra para Cyra! – veio a voz estridente de Izzie pelo celular.
– Mas por que você está me contando isso? Está tentando me magoar?

– Você sabia que ele estava pulando a cerca? – perguntou Cyra em tom rígido.

– É claro que não! – exclamou Izzie, mas desviou o olhar da câmera e seus olhos se entrecerraram. – Escute, preciso ir. Preciso descobrir onde meu namorado está.

Antes que Cyra respondesse, Izzie desligou.

Uma corrente elétrica percorreu as veias de Cyra; ela precisava confrontar Izzie. Precisava conversar com ela e ver se suas suspeitas tinham alguma razão de ser. Tinha de voltar a Park Slope. Mas primeiro precisava cuidar dos pés; conseguia sentir as bolhas estouradas vazando nos sapatos. Cyra mancou na última quadra até o apartamento, entrou e subiu correndo as escadas, ignorando as bolhas que ardiam e as pernas exaustas da caminhada noturna.

A dimensão de seu possível erro pairou sobre sua cabeça, e o torpor tomou conta dela, espesso e em camadas. Ela matara Eli rápido demais, sem lhe dar tempo para se defender ou se explicar. A desconexão de suas emoções fora o motivo pelo qual ela o despachara tão depressa, mas talvez isso a tivesse prejudicado.

Cyra destrancou a porta do apartamento e entrou no silêncio.

Arrancou os sapatos, sem coragem de tirar as meias e verificar os pontos úmidos que sentia nos pés. Em vez disso, sacou um par de tênis detonados. Livrou-se do casaco, deixando a faca de cozinha no bolso, por ora. Precisava de algo mais quente por baixo: estava gelada por causa do trajeto.

Ignorando o interruptor, correu até a cômoda para pegar um suéter antes de congelar a meio caminho de lá.

Havia alguém sentado no futon.

– Que diabo! – Cyra exclamou, virando-se para a jaqueta jogada no chão perto da porta.

"Faca, faca, preciso da faca!" – as palavras se gravavam em seu cérebro feito tatuagem.

Mas ela estava mais perto do sofá do que da porta, e sua reação foi lenta demais; as pernas doloridas bambearam. Sentiu mãos no pescoço puxando-a para trás, jogando-a no chão.

O ar saiu de seu estômago com uma uniformidade abrupta quando ela atingiu o chão. Ficou ofegante, enquanto Lamprey se movia entre ela e a saída, bloqueando seu caminho não apenas para a porta e a faca, mas também para a cozinha, a única esperança alternativa de conseguir uma arma.

O rosto de Lamprey se parecia com um desenho a carvão. Iluminada pela fraca lâmpada do corredor, sua expressão era vazia.

Cyra segurou a barriga ao tentar sentar-se; a pele vibrava.

– Ah, é você... O que está fazendo aqui? – grasnou ela. – Como entrou?

Lamprey não sorriu.

– É isso que faço. Arrombo fechaduras.

– Por que está aqui? – Cyra voltou a perguntar, dando alguns passos para trás, aproximando-se da cama. A dor começava a voltar ao estômago. – Eu disse que voltaríamos a entrar em contato daqui a alguns dias para planejar sua vez.

– Você sabe por quê, gatinha. Chegou a hora.

Lamprey observou, imóvel, mas enrolado feito uma mola pressionada pronta para ser solta, enquanto Cyra usava a estrutura da cama para se colocar de pé, de punhos cerrados. De repente, não parecia que seu treinamento seria muito útil cara a cara com um assassino de verdade, especialmente depois de ficar sem dormir e de quase trinta quilômetros de caminhada. Mas talvez ainda conseguisse recuperar-se.

– Você prometeu – Cyra o lembrou com voz calma, afirmando um fato. – Você disse que não me machucaria.

– Eu menti.

– Íamos ser um time. E a sua vez?

– Esta *é* a minha vez – disse Lamprey, agora com voz de veludo. – Você concordou com isso.

Cyra sempre soube que isso aconteceria em dado momento, mas não esperava que fosse tão logo depois da morte de Eli. Realmente achava que Lamprey tinha ficado intrigado por sua proposta de saírem à caça juntos, mas deveria saber que ele já havia identificado seu próximo alvo: ela.

– Não posso morrer ainda – disse Cyra, com honestidade. – Primeiro tenho que cuidar da Izzie.

Lamprey ergueu uma sobrancelha.

– Izzie?

– A amiga da Mira. Acho… acho que posso ter cometido um erro. Izzie já sabia do caso. A resposta dela foi evasiva. Talvez eu estivesse certa e tenha sido Eli quem matou Mira, mas preciso ter certeza disso. Preciso falar com Izzie.

– Se isso te faz se sentir melhor, posso visitá-la um dia.

– Não faça isso – disparou Cyra. – Você sabe que lidar com isso por minha conta foi a única porra de motivo de eu ter entrado no grupo. Preciso achar o assassino da minha irmã. Preciso confirmar que matei a pessoa certa. E, se não matei, preciso corrigir a situação. Você não vai tirar isso de mim, Jason.

Antes, quando ela usava o nome verdadeiro dele, Lamprey se mexia como um cão, lembrando-se do acordo deles, acalmando-se. Mas agora isso parecia instigá-lo – ele a olhou nos olhos e avançou, dando um passo de cada vez. Talvez as reações anteriores a seu nome não passassem de uma atuação feita para acalmá-la, levando-a a pensar que tinha certo controle sobre a situação.

– Você não vai acreditar em mim, mas lamento que isso tenha de acabar desta forma – disse Lamprey. – Pense nisto assim: estou ajudando você a ficar com sua irmã.

– Por que agora? – perguntou Cyra, desesperada para mantê-lo falando, imaginando se os vizinhos fariam alguma coisa se ela começasse a gritar ou apenas aumentariam o volume da tevê. – Por que não me matou em alguma das outras vezes que ficou a sós comigo?

Lamprey a olhou como se ela fosse idiota.

– Porque eu gostava de você, Cyra. E, quando gosto de alguém, preciso de nosso momento especial juntos para ser perfeito. Nenhuma das outras vezes teria sido perfeita. Não eram o que eu planejava para você. – Ele se inclinou à frente, respirando fundo como se pudesse sentir seu cheiro a dois metros de distância, e Cyra subiu na cama, pressionando-se contra a parede oposta, colocando o colchão entre seu corpo e o dele. – Deus, acho você uma mulher muito especial, Cyra. E quero mantê-la para sempre assim.

– Você diz isso pra todas? – disparou ela, enquanto Lamprey olhava para a cama que o bloqueava como se ela tivesse brotado à sua frente sem avisar.

– Não. – A voz de Lamprey adquiriu um tom sonhador enquanto ele a contemplava do outro lado dos lençóis. – Minhas queridinhas são maravilhosas e interessantes. Mas nenhuma delas me cativou como você. E isso porque você é diferente. Você é como eu.

Então ele se moveu.

Seu corpo ondulou como uma cobra quando ele saltou sobre a cama, afastando-a com uma facilidade perturbadora. Cyra sibilou e se afastou; nesse momento a porta estava atrás dela, e Lamprey, perto das janelas. Vendo uma chance, Cyra tentou correr até a porta da frente de novo, mas ele se jogou tão rápido por cima dela que ela mal teve tempo de girar e levantar os punhos antes que ele os agarrasse.

– Você não entende? – sussurrou Lamprey, puxando-a para o peito como havia feito após matar Sand Fly, ficando tão perto que poderia ter-se inclinado para a frente e pressionado os lábios contra a testa dela. – Eu, o grupo, tudo que você fez para chegar até aqui neste instante somos parte de você. Vivemos dentro de você. Você aprendeu com a gente. Eu sei disso. Vi como você matou o homem no parque. E aplaudo seu crescimento. Tem sido excitante ver isso. Mas acabou, Cyra.

Foi o uso de seu nome verdadeiro que lhe confirmou que ele estava falando a sério. Dessa vez não haveria manipulação, não haveria nenhuma artimanha. Ele estava cansado dela. Agora, queria destruir seu brinquedo, para que ninguém mais brincasse com ele.

Da última vez que Lamprey a tinha segurado pelos punhos, Cyra se contivera, sem querer revelar suas habilidades nas artes marciais antes do momento certo. *Esse* era o momento certo.

Torcendo bruscamente os punhos e virando os cotovelos para fora, Cyra se soltou das mãos de Lamprey e deu uma cabeçada em seu nariz perfeitamente reto. No último segundo, ele recuou e ela bateu na maçã do rosto dele. A reverberação ressoou no crânio de Cyra, e Lamprey xingou, com dor. Cyra empurrou o joelho para cima com violência, acertando bem a virilha de Lamprey. Ele gaguejou, e seu rosto empalideceu.

Recuando depressa, Cyra firmou os pés, ampliou a postura, colocou o punho esquerdo em frente ao queixo, girou sobre o pé de trás e disparou um cruzado potente no queixo de Lamprey. Ele caiu para trás na cama; seu rosto ficou vermelho onde Cyra o havia socado.

Cyra não perdeu tempo. Correu até a cozinha, que estava mais perto do que a jaqueta amontoada no corredor, e apertou um interruptor, iluminando o apartamento com uma luz branca e brilhante. Tirou do jogo de facas de açougueiro uma faca de trinchar de dezoito centímetros.

Lamprey gemia e se recompunha, e houve um momento em que Cyra viu que podia fugir. Ela conseguiria fugir pela porta da frente. Poderia bater na porta de um vizinho e rezar para que ele abrisse, ou descer correndo até a rua e pedir para um transeunte ligar para a emergência. Mas isso era o que uma pessoa amedrontada faria. E Cyra não tinha medo dele. Tinha ódio.

Lamprey olhou para cima com um quê de apreensão no rosto ao perceber que ela poderia escapar com facilidade. Ele saiu da cama, esfregando o queixo, e ficou em pé, parado. Estava esperando a decisão dela.

Cyra olhou em direção à porta e depois para a faca, que segurava como se empunhasse um martelo, com o polegar apontando para o teto, como os tutoriais *online* ensinavam.

Ela o olhou nos olhos e percebeu que ele tinha visto a verdade refletida ali. Aquela era a guerra particular deles. Tinha sido assim o tempo todo. Ele não matara Mira, mas brincara com Cyra desde o primeiro dia. Ela ia acabar com aquilo agora.

Ela não ia sair.

CAPÍTULO 26

Lamprey observou com atenção Cyra voltar até o centro do apartamento, dando-lhe ainda um espaço amplo, mas posicionando-se de modo a ter um vão – tanto quanto possível, naquele local apertado – para se mover, a fim de não ser pressionado contra uma parede.

– Estou vendo que alguém andou praticando artes marciais – disse ele com a voz meio rouca por causa do ataque de Cyra, mas satisfeito. – Foi esperteza sua esconder isso. Você é *mesmo* especial. E nem estou surpreso. É o que eu esperaria de você. Mas esta não é uma luta justa. Você também tem uma faca.

– Acha que sou burra? – perguntou Cyra. Eles estavam a cerca de cinco metros de distância, e ela sabia como ele se movia rápido. Precisava ficar alerta. – Onde está a grande faca de caça de Sand Fly, hein?

– No fundo do Hudson. Na verdade, não gosto de facas. Acho que elas não são... elegantes.

– Espera que eu acredite que você está desarmado?

– Aproxime-se e descubra. – Em um átimo, o velho Lamprey estava de volta, sorrindo para ela e piscando de maneira absurda.

E, quando ele imaginou que ela não iria, por ter baixado a guarda predatória por um momento para provocá-la, Cyra se moveu.

Ela pulou sobre a mesa de centro baixa, coberta de pratos sujos, e disparou para a frente. Girou a lâmina para um lado quando Lamprey deu um suspiro agudo e se virou. Um jato vermelho cruzou o ar quando a faca de Cyra acertou a ponta do ombro de Lamprey, mas ele se esquivou depressa o suficiente para que o ferimento fosse pequeno. Estava se afastando da cama e indo em direção à parede mais à direita, colando-se nela no lugar onde Cyra estava minutos antes.

Por um momento, ela sentiu algo além da onda de adrenalina – uma expiração feroz percorreu seus músculos tensos e o corpo ondulante que ela havia treinado durante anos. Ela não era uma gazela de pernas bambas e coração esgotado tentando escapar; era um leão com presas que lutava. Naqueles poucos segundos, ela entendeu. Entendeu como era inebriante ser o caçador.

Mas também passara a madrugada toda andando, e seus pés estavam sangrando dentro dos sapatos.

O ímpeto de seu ataque a fez derrapar, parando desajeitadamente a poucos passos de Lamprey, que abandonou seu sorriso exagerado e, em vez disso, deu uma risadinha curta e perigosa.

– Olá, gatinha – ele sussurrou, e investiu.

Eles colidiram. Cyra segurava a faca com tanta força que começou a sentir câimbras no antebraço. A mão direita de Lamprey serpenteou em volta de seu pescoço, enquanto a mão livre de Cyra se afastava e batia com um punho na lateral da cabeça dele.

Os dois caíram no chão, Cyra por baixo de Lamprey. Agora seus corpos estavam enrolados, apoiados na cômoda dela; ela sentiu as roupas amassadas na parte inferior das costas machucando sua pele enquanto se contorcia embaixo do homem muito maior que ela.

Cyra tentou ficar numa posição de guarda em que pudesse envolver o torso de Lamprey com as pernas, trazendo a cabeça para baixo de modo a poder esfaqueá-lo, mas ele era mais forte, mais pesado e percebia os instintos dela. Ele montou em seus quadris, prendendo-a no chão, praticamente inutilizando suas pernas, já cansadas e doloridas da caminhada.

– Quieta, gatinha, isto vai acabar logo – disse ele em tom de consolo, mas os olhos eram dois feixes de gelo. Uma das mãos lhe pressionava a garganta, enquanto a outra procurava sua faca.

Mas Cyra não ia deixá-lo tirar outra lâmina dela. Com pontos pretos se formando nas beiradas de seus olhos, ela se esquivou da mão esquerda de Lamprey e enfiou a faca para cima, bem fundo, na lateral do corpo dele.

Lamprey exalou um suspiro áspero e olhou para baixo, como se estivesse confuso ao ver um cabo de faca saindo de sua caixa torácica. Ele pôs a outra mão no pescoço de Cyra, dobrando a pressão.

Cyra tentou arrancar a lâmina do torso dele para poder atacá-lo novamente, ou ao menos acelerar o sangramento, mas seus braços não estavam mais funcionando. Sua mão caiu no chão com um baque suave, enquanto a escuridão se turvava em seus olhos e as linhas mudavam e se cruzavam, como no brinquedo Traço Mágico.

– Bela... Mira... – ofegou Lamprey, enquanto fios de sangue começavam a sair do ferimento. Ele parecia estar com dificuldade para respirar, assim como ela, mas de um jeito diferente. – Agora, é um jogo de espera. Quem... vai... ceder... primeiro?

Cyra pensava que, no momento de sua morte, veria o rosto de Mira. Ou talvez a família inteira, Mira e seus pais, ali em pé, dando-lhe força, tomando conta dela. Mas não havia nada além do rosto de um homem que matara um sem-número de pessoas olhando para ela.

A mãe de Cyra a abandonara. Ela não era a favorita de seu pai. E a irmã...

A verdade era que Mira a usara. Ela usara Cyra para chegar à cidade de Nova York, a usara para catapultar sua carreira de fotógrafa, a usara como alguém em quem se joga a culpa sempre que as coisas dão errado.

Cyra amava sua família. E, um a um, todos a tinham deixado. Fazia sentido que também a deixassem na morte.

"Não. Ela pode ter feito algumas merdas, mas você ainda está em débito com Mira. E ainda precisa saber se matou a pessoa certa."

As mãos de Cyra estavam dormentes, sua visão se esvaía e as pernas tremiam. Não tinha certeza se lhe restava força para fazer o movimento necessário, mas podia fazer uma única tentativa. Tinha de tentar – agora.

Cyra pôs os pés sob os joelhos e então, com o que lhe restava de força, empurrou com tudo os quadris em direção ao teto. Lamprey, ainda no seu abdômen, foi sacudido pelo movimento repentino; seu corpo se inclinou para a frente em direção à metade frontal de Cyra, e um pouco do seu peso deslizou de sua garganta. Tirando vantagem do desequilíbrio dele, Cyra girou os quadris para a lateral, liberou os joelhos e terminou a fuga da montada[12] prendendo as pernas ao redor da barriga dele e puxando-o em sua direção para a guarda.

Ela agarrou o cabo da faca enterrada no corpo de Lamprey, com os pulmões arfando por oxigênio, enquanto a arrancava com um som de amortecimento úmido.

A pressão em sua garganta diminuiu por um segundo enquanto Lamprey chiava de dor, e, trazendo o pescoço dele para mais perto da sua cabeça ao apertar os joelhos, ela pôs a ponta da faca para cima e cortou a carótida dele. A pele do pescoço de Lamprey se partiu como a casca macia

[12] A montada é uma das técnicas mais usadas no jiu-jítsu, em que o lutador literalmente "monta" em seu adversário. (N.T.)

de um pêssego, e o sangue quente jorrou em cascata no rosto de Cyra enquanto ela puxava a faca de volta.

Cyra soltou a guarda e chutou Lamprey para longe de seu corpo. Ele caiu no chão, pondo as mãos na própria garganta, como se estivessem programadas para isso, como se a necessidade de preservar a vida que deixava seu corpo fosse um reflexo que ele não podia controlar. Ruídos úmidos e borbulhantes saíam da sua boca enquanto ele caía para o lado, com a metade superior do corpo apoiada na cômoda de Cyra.

A vontade dela era de fazer uma declaração final solene, dizer a Lamprey que, afinal, ela se saíra melhor que ele. Teria sido como uma cena de cinema e o fim de um ciclo. Mas a vida não era um filme, e o esôfago dela parecia um canudo esmagado. Em vez disso, ela fitou os olhos de Lamprey e observou-os ficar imóveis. Apenas o fato de seu peito ter parado de se mexer indicou a ela que ele tinha morrido. Seus olhos estavam tão vazios quanto em vida.

Cyra ficou deitada no chão por um minuto, puxando o ar para dentro do peito com inspirações profundas, com um som de carro pifando. Seu pescoço estava bem machucado, e a cabeça doía ao ser movida, mas ela se sentia viva, energizada, mais leve. Sentando-se, estremecendo de dor, afastou-se do corpo de Lamprey e descansou as costas na estrutura da cama. Com o rosto coberto de sangue, a expressão congelada no rosto de Lamprey não era de medo ou raiva; era de decepção.

Cyra ficou ali tempo suficiente para que a respiração se desacelerasse e voltasse ao normal. O único som que se ouvia no apartamento era o do sangue de Lamprey pingando no piso de madeira – um som que se tornava cada vez menos frequente à medida que o sangue coagulava e parava de fluir.

Estendendo a mão e puxando a faca para cima enquanto tentava ficar em pé, Cyra cambaleou até o banheiro para se lavar. Olhando-se no espelho, manchada de vermelho, com os olhos avermelhados e o pescoço tatuado com as marcas dos dedos de Lamprey, imaginou se repensaria o confronto com Izzie. Talvez estivesse exagerando. O fato de Izzie saber da traição não significava necessariamente que ela tivesse algo a ver com a morte de Mira. Cyra podia sumir, podia convencer-se de que matara a pessoa certa.

Mas seus instintos diziam o contrário. Izzie mentira várias vezes naquela chamada de vídeo, e Cyra precisava saber por quê. Precisava da verdade.

Tirou as roupas arruinadas e as jogou no chão do banheiro, resolvendo tomar um banho rápido enquanto esfriava ao lado da porta o corpo de um homem que no passado salvara sua vida.

CAPÍTULO 27

Fora do apartamento, Cyra acenou para um táxi e foi à casa de Izzie. Não estava mais preocupada em ficar anônima ou em não deixar rastros. Lidaria com aquela ponta solta e em seguida deixaria a cidade o mais rápido possível.

O dia estava bonito – frio e cortante, mas com um céu azul brilhante. Ela encostou o rosto na janela do táxi e observou o passar das casas decoradas para as festas.

Sua respiração estava estável, e os batimentos cardíacos, constantes.

Quando o táxi a deixou em frente ao apartamento de Izzie, Cyra tocou a campainha, ajustando a echarpe que usava de modo a cobrir os hematomas que já se revelavam no pescoço.

– Cyra? – perguntou Izzie, incrédula, abrindo a porta. – Espere, você sabe onde o Eli está? Ainda não o encontrei; liguei para todos os amigos, e ninguém sabe dele. Aliás, foi bem foda o que você disse ao telefone! – A mulher mais jovem estava divagando, e parecia ainda mais desgrenhada pessoalmente do que na tela do celular.

– Posso entrar? – resmungou Cyra. – Preciso falar com você.

– Sua voz está estranha – observou Izzie, franzindo o cenho, mas deu um passo para o lado, e as duas entraram no apartamento.

– O que aconteceu aqui? – perguntou Cyra ao entrar. Parecia que uma bomba tinha explodido. Havia roupas por toda parte, papéis espalhados por todos os lugares. Os laptops de Eli e Izzie estavam abertos na mesa da cozinha, um de frente para o outro. Havia uma garrafa vazia de vinho perto dos computadores e uma taça colorida ao lado dela.

– Você me deixou encucada, foi isso que aconteceu – sibilou Izzie. – Comecei a procurar mais evidências de traição. Mas não consigo achar nada, e Eli deve ter trocado a senha do computador.

Claramente, Izzie estava fora de si. Ter perdido o rastro do namorado parecia tê-la deixado totalmente fora de controle.

– Você sabia – afirmou Cyra. – Quando foi que descobriu, Izzie?

As duas estavam a alguns metros de distância, no meio da bagunça. Por um momento, Cyra pensou que Izzie mentiria. Mas então, por fim, ela suspirou, despencando. Baixou o rosto, e o peito se curvou para dentro. Ela olhou para os pés, com as mãos tremendo. – Depois da noite de queijo e vinho. Quando ela ficou com a gente. – Ela não disse: "Logo antes de sua morte", mas era como se Cyra tivesse ouvido isso, de qualquer modo.

– Você os pegou?

– Eu os vi! – Izzie gritou. – No sofá, no *meu* sofá, com a *minha* melhor amiga. Ele saiu da nossa cama para enfiar a língua nela enquanto eu estava no outro quarto. Eu sempre soube que ele tinha uma queda por ela. Sabia que ele tinha gostado dela quando nos conhecemos. Mas pensei... pensei que eu era o suficiente para ele. Acho que estava errada.

– Você sabia que Mira tinha terminado com Eli? – perguntou Cyra, com os músculos começando a se retesar. Ela pôs a mão no bolso do casaco para apalpar a ponta do punho da faca.

– O quê? – Dessa vez a reação de Izzie parecia real; suas pupilas se dilataram, as bochechas coraram e as sobrancelhas se curvaram em direção à linha do cabelo.

– Dessa parte você não sabia – observou Cyra.

– Não importa – explodiu Izzie, com o pescoço tenso e apertado. – Mais cedo ou mais tarde ela teria voltado para ele. Ela queria tudo o que eu tinha, até meu namorado. Ela o teria tirado de mim! Ele é tudo que tenho! Mira tinha você e o pai dela, Arthur e a atenção de todos os *crushes* do Tinder. Estava para ser uma fotógrafa famosa; era amada por todo mundo. Mas não era o bastante; ela tinha que tomar o meu homem!

– E foi por isso que você a matou – disse Cyra, e suas palavras caíram feito pedras.

Ela esperava que Izzie negasse, mas o truque que não funcionara com Lamprey – fazer uma acusação como se fosse um fato – funcionou com a garota mais jovem. O rosto de Izzie ficou vermelho. Ela se pôs em pé, empertigada, com os lábios curvados e os olhos cerrados e acalorados, e disparou:

– Eu não tive escolha!

Cyra se curvou um pouco antes de se forçar a endireitar-se de novo. Pensou no crânio quebrado de Eli, em seu sangue quente. Então, era verdade. Ela tinha cometido um erro.

Lembrou-se das palavras de Mockingbird. Ele dissera que as mulheres matavam por vingança ou pelo coração partido. Izzie matara por ambos.

– Como você sabia dos tornozelos cruzados? – perguntou Cyra, tentando encaixar a peça que faltava, aquela que a enviara em uma busca infrutífera.

Izzie deu de ombros, e Cyra notou que as palavras dela estavam inarticuladas. Voltou a olhar a garrafa vazia de vinho na mesa atrás de Izzie, que disse:

– Comecei a fuçar o telefone de Eli quando ele estava no banho para me certificar de que não estava mandando mensagens para outras garotas. Mas aí, um dia, vi que ele tinha baixado um arquivo esquisito e o li; fiquei enojada, mas o que eu poderia fazer? Não poderia levá-lo até ele e dizer, tipo: "Ei, amor, encontrei isto enquanto estava xeretando, vamos conversar a respeito?". Nunca mais me esqueci disso. Quando isso aconteceu… eu… eu entrei em pânico. Me lembrei do arquivo; ele voltou à minha mente como se estivesse esperando por mim o tempo todo.

As mãos de Cyra começaram a tremer discretamente, e ela se esforçou para voltar a uma condição estável. Ela tinha uma segunda chance de consertar um erro. Não podia perdê-la.

"Eu matei um inocente", pensou Cyra, e reprimiu o sentimento com tanta força e rapidez que ele se desintegrou na mesma hora, sem dar nenhum tempo para se enraizar e despertar emoções. "Ele não era tão inocente. Era obcecado por Mira. Ele a tornou um alvo para Izzie."

– Não acredito que no início deixei passar o lance da Mira – disse Izzie, passando as mãos nos cabelos, o que a deixou com uma aparência louca e frenética. – As mensagens que ele mandava para ela eram sempre normais. Eu não sabia que eles estavam trocando e-mails. Confiava em ambos. – Sua voz falhou e ela rosnou, rosnou para valer, como um animal, como se quisesse compensar a voz que lhe faltava.

– Você replicou a assinatura de um *serial killer* pra passar impune por matar sua melhor amiga – afirmou Cyra, segurando com firmeza a faca no bolso.

– Eu *precisei* fazer isso – repetiu Izzie, volvendo os olhos afogueados para Cyra. Ela piscou como se a estivesse vendo pela primeira vez. – Lamento muito, Cy. Não foi intenção minha. Decidi me juntar à Mira em uma de suas corridas matinais para poder falar a sós com ela, e, quando fizemos uma pausa no ancoradouro, não consegui mais segurar a raiva. Eu a confrontei, ela negou, e isso me deixou furiosa... Aconteceu, simples assim.

Izzie afirmava que o que acontecera não havia sido premeditado, mas aquilo não podia ser verdade. Cyra cerrou a mandíbula e expirou devagar.

– Se não tivesse sido planejado, você teria contado ao Eli aondc estava indo naquela manhã. Mas você já tinha decidido matá-la, então não quis se comprometer. Ninguém nunca mencionou o fato de você acompanhar minha irmã na corrida, ou seja, você manteve isso em segredo.

– Não, eu juro! Eu não planejei aquilo! – disse Izzie, com as mãos tremendo ao encarar Cyra. – Eu queria conversar a sós com ela, de mulher pra mulher. Mas eu... perdi o controle! Ela *riu* de mim quando contei que sabia! Disse que eu estava imaginando coisas, e aí me virou as costas. Como se eu não tivesse importância. A próxima coisa de que me lembro é do corpo dela estendido no chão, e de mim com uma pedra na mão. Foi como se eu tivesse tido um apagão.

– E aí você se deu conta do que fizera, resolveu virá-la e fazer uma pose com o corpo dela – disse Cyra com a voz fria. – Aposto que ela estava coberta com seu DNA, mas, já que estava morando com você, a polícia fez vista grossa.

– Não me culpe – disse Izzie, subindo o tom. – Foi *você* que estragou a situação. Sempre foi você. Você escreveu aquele artigo estúpido, e foi isso que levou Mira a se mudar pra nossa casa, e foi por isso que Eli pulou a cerca. É culpa sua. Sua.

Cyra viu o rosto de Eli em sua mente. Ela o julgara mal. Ele não era um assassino. Apenas mais um rapaz tonto que só pensava com a cabeça de baixo.

Cyra cerrou os olhos. Não podia trazer Eli de volta. Não podia fazer reviver a vida que havia tirado, e, de qualquer modo, Eli era parcialmente culpado por tudo aquilo. Não era vantagem sentir remorso, portanto, não havia motivo para tal. Mas ela havia feito uma promessa a Mira, e o mínimo que poderia fazer era dar algum significado à morte de Eli.

Cyra abriu os olhos, sacando a faca do bolso do casaco.

– Não vou pedir desculpas por isso – disse Cyra em voz baixa. – Você fez isso consigo mesma.

– Como assim? O que está fazendo? – disparou Izzie, cambaleando para trás. – Não se meta comigo, Cyra. Eu matei uma pessoa. Matei sua *irmã*. Você não faz ideia...

A energia de Izzie estava mudando. Cyra sentia aquela onda tomar conta dela, um desespero maníaco, que deixava os dentes à mostra. A visão de Izzie estava escurecendo, e Cyra sabia que estava presenciando aquilo que a irmã se recusara a ver alguns meses atrás.

Mas Cyra não era Mira. E Izzie deveria ter-se lembrado disso.

Ignorando a maneira como cada movimento fazia seu pescoço sensível e as pernas doloridas chacoalhar, Cyra imitou Lamprey, disparando em um único movimento fluido, girando e atingindo o flanco de Izzie antes que ela pudesse afastar-se. Poderia esfaqueá-la naquele exato instante e acabar com tudo. Mas queria que Izzie tivesse tempo para saber o que estava acontecendo; então, em vez disso, Cyra golpeou o torso dela, deixando-a desequilibrada. Izzie guinchou, mas, em vez de fugir ou recuar, cuspiu no chão e se lançou à frente. Cyra recuou depressa e deu um chute circular, fazendo Izzie se chocar contra a mesa da cozinha. A garrafa vazia caiu, e a taça de vinho se espatifou no chão. Os dois laptops se chocaram um contra o outro.

Depois de ter dado conta de Sand Fly e Lamprey, subjugar Izzie era como acossar um filhote de gato. Era fácil demais, e isso fez Cyra hesitar. Não sentia o mesmo zunir nos ossos que sentira ao lutar com Sand Fly ou com Lamprey. Se o oponente era fraco demais, a sensação de vitória não era merecida.

Havia algo sobrenatural na expressão de Izzie quando ela voltou a ficar em pé.

– Não é culpa minha – disse ela, e não havia remorso em sua voz.

A hesitação de Cyra desapareceu. Merecida? Izzie *mereceu* aquilo no momento em que matou Mira. Cyra mal conseguia proferir as palavras através de sua garganta machucada:

– Ela confiava em você. Ela a amava.

– Qual é, Cy? – disse Izzie de maneira inarticulada, dando um passo à frente, apesar de ver a faca na mão de Cyra. – Eu disse: foi um acidente. Você é melhor que isso.

– Não – replicou Cyra, enquanto um arrepio lhe percorria as veias. – Não sou.

Ela se moveu em direção à outra, rápida e certeira, observando a compreensão crescer nos olhos de Izzie ao perceber que Cyra estava séria, perigosa.

A faca de Cyra zuniu ao cortar o ar, encontrando pouso na carne de Izzie.

× × ×

Cyra ficou sozinha no meio do apartamento. Esperava sentir-se exausta, esperava que a falta de sono e a intensa atividade física finalmente tomassem conta dela, mas, tal como no caso de Lamprey, seu peito parecia mais leve, e os passos, mais ágeis. Seus ombros estavam erguidos, e sua respiração, fluida. Cyra tirou dos ombros o casaco manchado de sangue, deixando-o cair aos pés, decidindo pegar um de Izzie do mancebo ao sair.

Havia cacos da taça de vinho espatifada por todo o piso, e jatos de sangue decoravam as paredes. Um dos brincos dourados de Izzie, uma pequena argola de metal, reluzia no chão. Havia sido arrancado da orelha dela durante a luta. O apartamento em que Cyra passava tanto tempo com Mira e os amigos estava um caos total. E agora todos os três, Mira, Eli e Izzie, estavam mortos.

Cyra olhou para baixo e viu o rosto lívido de Izzie e as feridas abertas no peito e no pescoço. Enquanto o sangue de Izzie coagulava no chão sob o cadáver, Cyra se ajoelhou ao lado dos pés dela. Ergueu a sua perna esquerda, já pesada e inflexível como uma tora de madeira, e cruzou seu tornozelo esquerdo sobre o direito.

"Agora acabou", pensou Cyra.

CAPÍTULO 28

Quando chegou em casa, Cyra agiu com rapidez.

Seu corpo doía, e os pés estavam uma miséria, mas deixar o cadáver de uma professora num apartamento após uma luta barulhenta em um bairro legal era diferente de afundar um corpo em um lago. Cyra precisava sair da cidade imediatamente. Pôs algumas roupas e sua reserva de emergência em dinheiro em uma mochila preta. Tomaria um trem para o norte, parando na casa de seu pai. Ele estaria tão bêbado que sequer a notaria quando ela entrasse no porão e pegasse os vinte mil dólares em espécie que guardava em uma lata de alumínio ali.

Com exceção do dinheiro e de algumas roupas, o restante teria de ficar. O celular, o laptop, as chaves, a carteira. Recomeçaria com um novo propósito em mente.

Cyra sabia que seria difícil, quase impossível, encontrar Mockingbird agora. Ele estaria na estrada, deixando a cidade para trás enquanto a poeira baixava. Tudo o que ela tinha era o sobrenome, Walker, e o trabalho dele. Mas conhecia suas características. Sabia que ele não portava arma porque gostava de matar à moda antiga. Sabia que tinha uma queda por olhos e que mancava. E sabia que, com o planejamento certo e tempo suficiente, poderia encontrá-lo e surpreendê-lo.

Imaginou por um instante se Whipworm estaria morto; se deveria voltar a Nova York em algum momento e matá-lo também. Mas sempre havia tempo para isso.

Havia mais gente por aí como Lamprey e Mockingbird. Mais gente que precisava ser eliminada. Por causa de Mira, Cyra havia deparado com um ninho de cobras e, depois que vira a infestação, não podia voltar atrás e fingir que essa gente não existia.

Além do mais, ainda havia um desconhecido à solta assassinando mulheres e cruzando seus tornozelos.

Cyra olhou o laptop de Mira, aberto na mesa da cozinha. Era uma lástima não poder levá-lo. A última parte de sua irmã. Cyra sabia que não tinha tempo, mas não pôde evitar – sentou-se à mesa e deu uma última olhada nos e-mails de Mira.

Por capricho, Cyra navegou de volta à caixa de entrada e digitou o próprio nome na barra de pesquisa. Um fluxo de e-mails antigos surgiu de quando elas moravam juntas e Cyra enviava a Mira solicitações de aluguel. Mas havia algo novo também – um rascunho não enviado ao endereço de e-mail de Cyra que Mira escrevera um dia antes de morrer.

A mão que passava pelo *touchpad* tremeu de leve enquanto Cyra abria o e-mail não enviado; seus olhos se turvaram ao examiná-lo.

Cy,

Todos os dias me pergunto por que você fez o que fez, e dói demais saber que você não veio falar comigo sobre suas preocupações com Arthur. Não sou burra. Sei que ele estava me usando, mas você sequer pensou em como eu também o estava usando. Não sou uma criança que você precise pajear e salvar o tempo todo. E você me deve um milhão de pedidos de desculpa. Mas eu não te odeio; você é minha irmã mais velha, eu te amo muito. Preciso de um tempo, beleza? Longe de você. Sei que moramos em bairros diferentes, mas mesmo aqui posso sentir você perto de mim. Preciso ficar a sós um tempo para resolver isso. Sempre vou te amar. Quero dizer, você é minha irmã. Não posso deixar de tê-la em minha vida. Apenas me deixe fazer o que eu quiser. Não somos mais crianças. Você não precisa cuidar de mim. Cuide de si mesma agora.

Bjs. e abçs.,

Mira

Cyra se afastou do laptop, tentando memorizar as palavras. Então, passou o mouse sobre o ícone da lixeira e pressionou "Excluir definitivamente".

Fechou o laptop, deixando-o onde estava, e deu uma olhada no homem morto que apodrecia em seu apartamento. Ela mal notara que Lamprey estava lá ao vasculhar as gavetas acima do cadáver; agora, era como se ele fizesse parte da mobília – embora não invejasse quem quer que o encontrasse se ele ficasse apodrecendo ali por muito tempo.

Pronta para ir, Cyra foi ao corredor e abriu o *closet*, ajoelhando-se e puxando todos os casacos e outros cacarecos para o lado, pensando nessa versão de si mesma – em quem ela se tornara, ou melhor, quem ela finalmente tinha abraçado.

Se Cyra sentia arrependimento, talvez panteasse o que havia feito com Eli, mas não queria reavivar emoções mortas. Ademais, embora ele não tivesse matado Mira, as atitudes dele tinham ajudado a levar à morte dela. Cyra estava decepcionada com o próprio erro, mas isso era tudo o que podia conceder a ele.

As palavras de Lamprey quando eles interagiram pela primeira vez fora do grupo soavam em sua mente: "Você não é uma de nós. Mas acho que poderia ser".

Até nisso ele a julgara mal. Ele sentiu a escuridão cercá-la, mas não sabia até onde ela já se havia espalhado.

A primeira coisa que Cyra tirou do *closet* foi a foto emoldurada. Olhou o próprio rosto captado no retrato de Mira – o medo, a ansiedade, o desespero que se viam em sua expressão. Abriu a moldura, tirou a parte de trás e pegou a impressão, enfiando-a na mochila, sem se importar em rasgar ou amassar as beiradas. Ela a guardaria como lembrança de alguém que ela nunca mais poderia ser. E um lembrete de como Mira a enxergava.

Então, escarafunchou um par de galochas antigas e encontrou a caixa de sapatos.

Devagar e com reverência, ergueu a tampa, espiando para dentro dela. Puxou para o lado o saco plástico contendo o chapéu de beisebol manchado de PJ, colocando-o gentilmente sobre os joelhos para revelar o conteúdo remanescente.

Ali, no fundo da caixa, havia um anel.

Era grande, feio. De uma mão que uma vez havia apertado o pescoço de sua irmã.

Passou o dedo pelas ranhuras frias do rubi encravado na aliança. Perto do anel estava a outra recordação que ela colocara na caixa alguns meses antes – uma abotoadura de prata reluzente e nova.

Pensou em Mockingbird, na última coisa que ele lhe dissera antes de sumir. Ele dissera que as mulheres matavam por motivos mesquinhos, por vingança e pelo coração partido. Os homens matavam pela vida, algo que, pensava ele, ela nunca entenderia.

Ele estava errado. Ela entendia, sim. Entendia que matar não tinha a ver com dar fim a uma vida, mas com preservar a beleza daqueles que continuavam respirando.

Havia outras pessoas más por aí.

Matá-las lhe daria um respiro.

Cyra olhou dentro da caixa e tirou uma coisa do bolso: o relógio fino de ouro que costumava circundar o pulso de Jason Weston. Ela o jogou na caixa de sapatos. Do outro bolso, sacou o cartão de biblioteca que tinha tirado da carteira de Eli antes de descartá-la e o brinco de ouro que apanhara do chão do apartamento de Izzie. Parou por um instante, examinando o cartão de biblioteca. Eli não era como os outros. Talvez a caixa não fosse o lugar dele. Deslizou o cartão de volta para o bolso e analisou o brinco de Izzie. Ele tinha uma mancha vermelha de sangue seco. Cyra colocou o brinco na caixa de sapatos, perto do anel, do relógio e da abotoadura, e sorriu.

"Lamprey estava certo", pensou ela.

Talvez, afinal, o grupo fosse o lugar dela.

MISTLETOE

A chuva respingava no para-brisa de Cyra enquanto ela descia a estrada secundária ao escurecer. Anoitecia, e uma luz azul e turva vinha das nuvens.

Ela prosseguiu, lenta e cautelosamente. Estava procurando uma pessoa.

Após dobrar a próxima curva, ela a avistou. Finalmente.

Cyra viu Mira sorrir ao telefone na manhã posterior àquela em que confrontara PJ por bloqueá-la. Desconfiada, afanou o celular de Mira quando ela foi ao banheiro e leu as mensagens que PJ enviava, pedindo desculpas, implorando por uma segunda chance. Mira, ainda sentindo as dores profundas da manipulação psicológica e do abuso, voltaria para ele. E ele continuaria a machucá-la até matá-la.

Cyra não deixaria isso acontecer.

Ela sabia que PJ trabalhava duas vezes por semana em um posto de gasolina local depois da escola. Sabia que ele pegava alguns atalhos para casa após seu turno, de bicicleta, para manter a forma. O tempo estava ruim naquele dia, portanto, era perfeito – uma desculpa plausível para um acidente trágico. Um presente do universo.

Cyra foi procurá-lo.

O chapéu de beisebol de PJ estava emplastado em sua cabeça por causa da chuva, enquanto ele pedalava a todo vapor. Não usava capacete. Nunca usava. Os homens jovens pensam que são invencíveis.

Cyra pisou no acelerador, aumentando a velocidade, segurando o volante com força, com o coração aos pulos, desviando na frente de PJ de modo que ele puxou o guidão, fazendo os pneus deslizar no pavimento escorregadio. Cyra pisou no freio, parando o carro, enquanto PJ caía, ofegante, na lama na lateral da estrada.

Cyra agiu rápido. Saltou do carro, deixando a porta aberta, e correu até o namorado da irmã. Ele estava gemendo, de cara na grama, começando a empurrar o chão para se levantar.

Cyra pegou uma pedra da estrada e acertou a cabeça de PJ uma vez. O baque molhado e nauseante ecoou, e ele caiu de volta no chão. Havia sangue manchando seu chapéu de beisebol, e Cyra o tirou. Ficaria com ele como um lembrete de que era capaz de fazer coisas difíceis por Mira.

Satisfeita, ela colocou com cuidado a pedra no chão e virou PJ de costas, erguendo sua cabeça e deixando-a cair na pedra, bem no lugar onde o acertara.

Cyra se abaixou e gentilmente procurou seu pulso. Estava parado.

Os ombros dela caíram e as batidas de seu coração se desaceleraram. Um silêncio tomou conta de seu corpo. Antes de ir embora, Cyra tirou o anel de formatura da mão de PJ. Ficaria com ele também. Ele não o merecia.

Ela foi embora, com os pneus da bicicleta de PJ ainda girando devagar no retrovisor.

× × ×

Cinco anos depois, Cyra esperava por Arthur McCowen na garagem dele.

Mira havia dito a Cyra que Arthur sempre estacionava no mesmo lugar, na mesma garagem, na quadra de seu escritório no SoHo. Isso quando elas conversavam. Cyra estava sofrendo com a sensação de silêncio total da parte de Mira, então se mantinha entretida chantageando Arthur. Mas isso não era o bastante. Ele era o motivo do sofrimento de Mira e, pior, o motivo pelo qual as irmãs não se falavam. Apesar da exaltação *online* por Arthur conforme as pessoas começavam a notar os *posts* anônimos de Cyra, ele não respondia pessoalmente às ameaças dela; portanto, era hora de usar uma tática diferente.

Ela se escondeu atrás de um utilitário e esperou, olhando para cima e vendo a câmera inútil presa ao teto. Ela a verificara no dia anterior, ao examinar a garagem – não estava conectada a nada. Uma câmera *pro forma*, apenas. As pessoas que estacionavam ali ficariam possessas se soubessem a verdade, mas, para os propósitos de Cyra, aquilo era perfeito.

Os passos de Arthur anunciaram sua chegada, e o corpo de Cyra se aquietou, entorpecendo-se enquanto ela se preparava, mais uma vez, para proteger a irmã.

Quando correu por trás de Arthur e o empurrou sobre a barreira de pedra, no sexto andar da garagem, seus dedos se prenderam na abotoadura dele, arrancando-a e fazendo-a cair no piso de concreto com um *clac*. Arthur era um homem franzino, de braços fracos; para Cyra, foi fácil ativar a força de lutadora para erguê-lo e jogá-lo contra a parede usando o próprio impulso.

Ela se ajoelhou e pegou a abotoadura, colocando-a no bolso da calça jeans, antes de olhar sobre a grade de proteção e avistar a silhueta retorcida de Arthur na calçada abaixo. Ela ouviu alguém gritar, e na mesma hora recuou.

Arthur agora enfrentava a indignação pública pelo artigo no *Brush Culture*. Estava tendo o próprio pequeno momento *#MeToo*. As pessoas não ficariam chocadas em saber que ele havia tirado a própria vida. Mesmo que não fosse essa a verdade.

Cyra saiu da garagem, resmungando com seus botões.

Enquanto caminhava pela calçada lotada, ouvindo as sirenes distantes rumo à Greene Street, Cyra pensava no futuro. Mira não estava falando com ela, mas Cyra tinha esperanças de que logo a irmã a perdoaria.

Assim que elas acertassem os ponteiros, ela contaria a verdade a Mira, talvez. Sobretudo o que fizera para mantê-la a salvo. Ou talvez esperasse até ficarem velhas e grisalhas, bebericando chá gelado em um alpendre, em algum lugar no norte do estado. Talvez nesse ponto Mira achasse admiráveis as atitudes de Cyra, uma prova de amor da irmã. Ou talvez fosse melhor Cyra levar esses segredos para o túmulo, tirando o fardo das costas da irmã. Afinal, toda a questão se resumia em impedir Mira de sofrer. Mantê-la a salvo. E mantê-la perto de si. Para sempre.

Cyra pousou os olhos em duas gêmeas que passavam na calçada à sua frente. As meninas estavam discutindo por causa de um saco de pipocas caramelizadas, e os pais as seguiam com o olhar vidrado como o de alguns turistas que davam voltas pela cidade.

– Você ficou com mais do que eu, Mary!

– Nem pensar! Você está guardando. Me dá, Connie!

As gêmeas não eram idênticas, mas usavam a mesma roupa, macacões azul-claros, e cabelos pretos em rabos de cavalo. Cyra passou pelas meninas, olhando para trás uma vez para vê-las ir embora. As irmãs, embora discutissem, estavam de mãos dadas.

Cyra continuou andando, sem se importar em esconder o sorriso.